단두대에서 시작하는 황녀님의 전생 역전 스토리

티어문 제국이야기

II

TEARMOON
EMPIRE STORY
WRITTEN BY
NOZOMU MOCHITSUKI

모치츠키 노조무 지음
Giise 일러스트

contents

제1부 단두대의 황녀 Ⅱ

선크랜드 왕국

키스우드

시온 왕자의 종자.
시니컬한 성격이지만
실력이 좋다.

시온 [조력]

제1왕자. 문무겸비의 천재.
이전 시간축에선 티오나를 도와
훗날 단죄왕으로 이름을 떨친
미아의 원수.
이번 삶에선 미아를
'제국의 예지'로 인정하고 있다.

[바람 까마귀] 선크랜드 왕국의
첩보대.

[백아(白鴉)] 어떤 계획을 위해 바람 까마귀 내부에
만들어진 팀.

렘노 왕국

아벨

왕국의 제2왕자.
이전 시간 축에서는
희대의 플레이보이로 유명했다.
이번 삶에선 미아를 만나 진지하게
검 실력을 단련하기 시작했다.

[혁명군]

린샤

몰락 귀족의 딸로
혁명군 조직의 일원.

란베일

린샤의 오빠이자
혁명군의 리더.

다사예프 재상

국책에 이론을 제기하는 양식파(良識派) 백작.

성 베이르가 공국

[지원]

라피나

공작 영애. 세인트 노엘 학원의
학생회장이자 실질적인 지배자.
이전 시간축에서는 시온과
티오나를 후방에서 지원했다.
필요하다면 웃는 얼굴로 살인할 수 있다.

[세인트 노엘 학원]

인근국의 왕후·귀족 자제가 모이는
엘리트 중의 엘리트 학교.

STORY

붕괴한 티어문 제국에서 이기적인 황녀라 경멸받았던 미아는 처형당했다.
하지만 눈을 뜨자 12세로 돌아가 있었다. 두 번째 인생에선 단두대를 회피하기 위해
제국의 재정을 재건하기로 결의. 회귀 전의 충신을 아군으로 포섭하고 재정개혁을 시도한다.
세인트 노엘 학원에 입학한 뒤엔 약혼자 후보인 이웃 나라의 둘째 왕자, 아벨에게 접근했지만
의도치 않게 원수인 가난한 귀족 티오나와 대국의 왕자 시온과도
학우로서 우의를 다지게 되었는데——

티어문 제국

루돌폰 변경백가

원수

티오나 ← 원수 · 혁명

루돌폰 변경백작가의 장녀.
이전 시간축에서는 혁명군을
이끌어 제국의 성녀라
추앙받았다. 이번 삶에선 미아를
학우로 따르고 있다.

세로
티오나의 남동생.
우수하다.

룰루족

리오라
티오나의 전속 메이드.
정해의 숲에 사는 부족 출신.

미아

주인공. 제국의 유일한 황녀이자
제멋대로 굴던 황녀.
하지만 사실은 그냥 소심할 뿐.
혁명이 일어나 처형당했지만
12세로 회귀했다.
회귀 전의 일기장을 의지하며
온 힘을 다해 단두대 회피 중.

원수

루드비히
젊은 문관. 독설가.
지방으로 좌천될 뻔한 걸
미아가 구해주었다.
미아를 '하늘이 내려주신
위대한 지도자'라고 생각한다.

안느
미아의 전속 메이드.
가족은 가난한 상가.
회귀 전에 미아를 도와줬다.
이번 삶에선 미아를
신봉하고 있다.

디온 ←
백인대의 대장으로
제국최강의 기사.
이전 시간 축에서
미아를 처형한 인물.

[**포크로드 상회**]

클로에
여러 나라에서 활동하는
포크로드 상회의 외동딸.
미아의 학우이자 독서 친구.

※ ·········· 이전 시간 축에서의 관계

일러스트 — Gilse

제1부
단두대의 황녀 Ⅱ

THE PRINCESS ON THE GUILLOTINE

제1화 불쾌한 위화감

세인트 노엘 학원은 여름방학에 들어갔다.

많은 학생이 귀국하는 가운데, 미아도 제국으로 향하는 마차에 탔다. 덜컹덜컹 흔들리는 마차 안에서 미아는 오랜만에 피 묻은 일기장을 다시 읽기로 했다.

어쩌면 미래가 바뀌었을지도 모른다고 기대한 미아였으나.

"그렇겠죠……."

미아는 무심코 낙담의 한숨을 쉬었다.

일기장은 아직도 미아가 단두대에서 처형된다고 적혀있었다. 기본적인 부분은 바뀌지 않았다.

기근이 일어나고, 혁명이 일어나고, 황실은 멸망한다.

물론 다소의 변화는 있었다.

이전 시간축에서 백성들은 다 황실을 비난했는데, 신월지구 주민을 중심으로 소규모의 의용병이 일어선 것이다.

황실 전체를 위해서가 아니라 미아 개인을 구하기 위한 부대였던 건지 근위병과 연계하여 혁명군에 상당한 피해를 줬다.

그 외에도 주민 중에 미아를 구해달라고 호소한 사람이 어느 정도 있었던 모양이다.

그 덕분인지는 모르지만 미아의 처우도 개선되었다. 유폐되는 장소가 지하 감옥에서 성에 있는 객실로 변했고, 주방장의 온정으로 식사도 나아졌다.

심지어 처형당하기 전날에는 마지막 만찬이라며 호화롭게 차려주었다고 한다. 일기장에 황월 토마토 스튜가 아주 맛있었다고 적혀있었으니, 어지간히 실력을 발휘한 모양이다.

또 시온의 반응. 종자에게 강한 권유도 받은 그는 조금이나마 미아의 처형을 반대해준 모양이다.

반대로 미아의 행동 때문에 나빠진 것도 있었다.

안느는 미아를 구출하려다가 실패. 가족이 뿔뿔이 흩어졌고 본인은 죄인으로 잡혀버렸다.

아벨 또한 미아를 구출하려고 제국에 잠입까지 한 모양이지만, 들통나는 바람에 많은 사람을 길동무 삼아 죽어버렸다.

이로 인해 렘노 왕국과의 사이가 망가져서 제국은 더 큰 곤경에 처하게 된다.

"……썩 유쾌한 일은 아니군요."

일기 속 글귀는 아벨 왕자의 부고를 듣고 동요한 건지 떨리는 글씨로 적혀있었다. 글자가 살짝 번졌고 페이지가 젖어 있었다. 공포로 인해 땀이 흐른 걸까, 아니면…….

그런 작은 변화는 있었지만, 결과는 바뀌지 않았다.

──기근은 전보다는 나아진 모양이지만요.

혁명의 첫 번째 원인은 변함없이 식량부족인 듯했다. 루드비히에게 식량을 비축하라 지시한 덕분에 다소 개선되긴 했으나, 역시 기근이 일어나는 건 막지 못하는 모양이다.

비축량이 아직 부족한 것이다.

──게다가 변경의 소수민족과의 전쟁.

일기장에 적힌 건 숲의 민족, 룰루 족과의 영토분쟁이다.

이건 이전 시간축에서도 일어났던 건지도 모르지만, 미아는 거의 기억나지 않았다. 그 당시 미아는 관심이 없었기 때문에 사건의 원인도 모른다.

하지만 이 사건에서 뭐가 문제였는지, 지금은 그걸 잘 알고 있다.

——룰루 족……. 티오나 양의 종자도 룰루 족 출신이었죠.

리오라 룰루.

그녀의 출신 부족에 가해졌던 비정한 행위. 여기에 미아가 엮여있었다면 티오나가 악감정을 품어도 어쩔 수 없다.

일기에도 이 사건으로 인해 그녀와 사이가 나빠졌다고 적혀있었다.

바꿔 말하자면 이 사건만 어떻게 해결하면 적어도 티오나는 적으로 돌아서지 않을지도 모른다.

——루돌폰 가 영지에서 길러내는 농작물은 매력적이죠. 만약 우호적인 관계를 구축한다면 식량 사정이 꽤 개선될 거예요.

그것 하나에만 의존할 수는 없으나 큰 요소임은 분명하다.

——그건 그렇고, 이 기록은 마음에 걸리네요.

미아가 가장 주목한 것은 혁명이 일어나는 계기가 된 사건.

루돌폰 변경백 납치 사건이다.

일기에는 식량부족으로 허덕이는 백성들에게 자신이 소유한 식량을 나눠줘서 인기를 끌던 변경백을 질투한 황제가 저지른 일이라고 적혀있었다.

그에 분노한 민중이 일제히 봉기하여 혁명의 불씨가 되었다고.

그건 이전 시간축에서도 혁명의 계기가 된 사건이다.

하지만 미아는 신기했다.

확실히 아버지인 황제는 흔한 귀족들과 비교했을 때 청렴결백한 사람이라고는 할 수 없다.

그렇지만 백성에게 인기인 귀족이 있다고 해서, 그를 질투하냐고 하면 의문이 남는다.

——애초에 아바마마는 제 사랑에만 관심이 있는 분이신걸요.

귀여운 딸이 조르면 전쟁도 불사하지만, 그 외엔 대충 무해한 사람이다. 초특급이라는 수식어를 붙여줄 수 있을 법한 팔불출 아버지. 그게 미아가 아버지에게 지닌 이미지이다.

무해하기만 하지 유익하지도 않다는 점이 문제라면 문제지만, 적어도 나쁜 사람은 아니다.

——이 사건, 왠지 아바마마답지 않아요.

의구심이 미아의 머릿속에 달라붙어 불쾌한 감각을 남겼다.

마치 누군가가 혁명이 일어나도록 사건을 날조한 것 같은……. 혹은, 운명을 관장하는 신이 제국의 멸망을 바라는 것 같은, 참으로 불길한 예감.

배 속 깊은 곳에서 끓어오르는 듯한 불쾌함…….

그 형용하기 어려운 감각을 굳이 설명하자면, 그것은……!

"으윽, 속이…….”

바로 마차 멀미다.

흔들리는 마차 안에서 열심히 글자를 읽는 바람에 미아는 심한 멀미를 느끼고 말았다.

"……아, 안느, 안느……. 토할 것 같아요."

일기를 읽어야 하므로 마부석에 보낸 충성스러운 메이드에게
도움을 요청했다.

눈물을 머금고 웅크린 그 모습에선 세인트 노엘 학원에서 칭송
받는 현자의 이미지는 흔적도 찾아볼 수 없었다.

제2화 미아 황녀, 유능하다

루드비히가 미아를 찾아온 것은 그녀가 제국에 돌아온 지 닷새가 지난 뒤였다.

"……피곤하네요."

아버지인 황제에게 인사하고 대귀족에게도 인사하러 다니는 귀환 기념 파티. 대제국의 황녀는 한가하지 않다.

"편한 학원 생활이 그립군요."

벌써 학원에 돌아가고 싶어진 미아였다.

충신 루드비히가 찾아온 것은 바로 그런 상황이었다.

"오랜만에 뵙습니다, 미아 황녀 전하. 무사히 귀환하신 것을 진심으로 기쁘게 생각합니다."

여전히 딱딱한 태도.

무뚝뚝한 그 얼굴이 왠지 반가웠다.

"당신도 건강해 보여서 다행이에요, 루드비히."

인사도 하는 둥 마는 둥 루드비히는 미아가 없는 동안의 제국 내정에 대해 보고하기 시작했다.

"부족하네요……."

한차례 보고를 받은 미아는 한숨을 쉬었다.

"확실히 비축량은 충분하다고 할 수 없습니다. 하지만 미아 님, 이 이상 곡물을 창고에 쌓아두는 건 무용지물이 될 가능성이 무척 큽니다."

루드비히로서는 미아의 걱정에 고개를 갸웃거릴 수밖에 없었다.

그녀가 지시하는 양은 여태껏 겪어본 적이 없을 만큼 대규모의 기근을 상정하는 것처럼 보였다.

몇 년 동안 농작물을 전혀 수확할 수 없다고 해도 백성을 먹일 수 있는 양…….

아무리 그래도 이건 걱정이 지나치다.

그에게는 오히려 재정 파탄 위기가 훨씬 현실성을 띤 문제인 것처럼 느껴졌다.

비축이란, 바꿔 말하자면 농작물을 창고에서 재워두는 것이다.

아무 일도 일어나지 않는다면 이때 사용한 돈은 그대로 낭비가 된다. 보관해두는 돈도 필요하기 때문이다. 그걸 모르는 미아가 아닐 터인데.

그런데도 미아는 어두운 표정이었다.

"미아 님, 저는 당신을 믿습니다. 그러니 이해하진 못해도 비축량을 늘리라고 하시면 늘리겠습니다. 하지만 다른 귀족들에게는 설명할 필요가 있습니다."

"무슨 말이죠?"

"그렇지 않아도 낭비는 자중하라고 통지해두었습니다. 자칫 잘못하면 황녀 전하께서 낭비하고 있다며 발목을 잡고 늘어지지 않을까요."

"확실히 그 말이 맞아요. 상대방의 실수를 찾아내는 게 특기인 분들이니까요."

미아에게 식량 비축 확대는 당연한 사실이었다. 몇 년 뒤에 대규모 기근이 닥친다는 걸 알기 때문이다.

현재 비축량으로는 부족하다는 걸 아는데도 설명할 수 없다는 게 답답했다.

"사고방식을 바꿀 필요가 있을 것 같아요."

미아는 작게 한숨을 쉰 다음 생각을 바꿨다.

"루드비히, 저를 믿는다면 몇 년 뒤에 대기근이 일어난다는 걸 전제로 생각해주세요."

그 말을 들은 루드비히의 눈동자가 가늘어졌다.

"일어날 가능성에 대비하는 것이 아닌, 확실하게 필요해진다고 생각하라는 뜻입니까?"

"맞아요. 그러기 위해 묻고 싶은데, 만약 식량을 쌓아둘 수 없다면 기근이 일어났을 때 어떻게 하는 게 좋을까요?"

"일반적으로 생각하면 상인을 써서 들여올 수밖에 없겠죠."

미아도 그 정도라면 안다. 하지만……

"그러면 역시 재정이 파탄되겠죠. 기근 때의 식량만큼 비싼 것도 없으니까요."

"어쩔 수 없습니다. 수요가 공급을 넘어서면 가격이 상승하는 법. 원하는 사람이 많을수록 물건의 가치가 올라가는 건 자연스러운 현상이니까요."

"그것도 정도가 있죠."

밀 한 포대로 성을 살 수 있을 만큼 끔찍한 지옥이 제국을 덮친다.

──상인들에게 발목을 잡히지 않기 위해선 비축량을 늘릴 수밖에 없어요. 하지만…….

그게 불가능하다. 그렇다고 공급을 늘리는 것도 가능성이 희박하다.

인근 작물이 거의 전멸했기 때문이다. 예를 들어, 제국 내의 밭을 10배로 늘려놓는다고 해도 부족하고 그래서는 효율도 별로 좋지 않다.

──애초에 부당하다고요! 전세계에서 먹을 게 전부 사라지는 것도 아닌데!

미아는 딱히 학원에서 놀기만 한 건 아니다. 다소 연애에 들떠 있기는 했지만, 공부도 착실히 했다.

어느 날, 기근에 대해 조사하던 미아는 자신이 착각했다는 걸 알았다.

기근은 식량의 절대량이 부족해져서 일어나는 게 아니다. 물자의 흐름이 정체되기 때문에 일어나는 것이다.

식량이 '사라지는' 게 아니다. '오지 않게' 되는 것이다.

따라서 그 식량을 기근 지역에 가져가 고액에 팔아치운다는 상술이 성립되는 셈이니…….

"아, 그래요!"

미아는 번뜩였다. 번뜩이고 말았다! 나이스 아이디어가.

애초에 기근 때라고 해도 상인에게서 식량을 저가에 매입할 수 있게 된다면 문제는 해결될 테니…….

──친구 특가가 있어요. 친구 특가!

미아가 떠올린 것은 참으로 안이하면서 퍽 자기중심적인 발상
이었으나⋯⋯.

　"그렇군요⋯⋯."

　그 아이디어를 들은 루드비히는 한동안 숙고한 뒤 입을 열었
다.

　"그건⋯⋯, 멋진 생각이십니다."

　어째서인지 감탄하면서.

제3화 교섭

클로에의 아버지인 마르코 포크로드는 본인의 손으로 대상회를 만들어낸 실력 좋은 상인이었다.

상인으로서의 깊은 식견을 지녔고 냉정·침착한 판단을 내릴 줄 아는 거물로, 동업자들 사이에서도 한 수 위로 치는 인물이다.

그런 수완가가 딸을 세인트 노엘 학원에 보낸 이유는 순수히 딸의 장래를 위해서였다. 대륙 최고의 환경에서 지식을 배우게 해주고 싶었고, 낯을 가리는 딸에게 친구가 생기면 좋겠다고 바랐다. 다만……, 음, 그 친구가 어느 나라의 귀족님쯤 되어서 인맥이 생기면 더 좋지! 정도는 생각했었다.

아무튼 그는 뼛속까지 상인인 남자이기 때문이다.

이해득실에 밝고 넘어져도 그냥은 일어나지 않으며 돈을 벌 기회는 놓치지 않는다.

지혜를 구사하여 얼마나 자신에게 유리한 조건으로 거래할 수 있는가. 그에게 교섭이란 승자와 패자를 가르는 승부였다.

따라서 어떤 기회도 놓치지 않고 살리는 게 그의 모토였다.

그런 마르코라고 해도 설마 딸이 대제국의 황녀와 친구가 되었을 줄은 상상하지 못했다.

──딸아, 높으신 분과 친구가 되는 건 좋지만 조금만 더, 그…… 적당한 수준이었다면 이 아버지는 기뻤을 텐데 말이다…….

그런 생각을 하면서 그는 티어문 제국에 찾아왔다.

별안간 나타난 행운을 살리지 않는다는 선택지는 없었고, 그 이상으로 딸의 첫 친구에게 인사해둘 생각이었기 때문이다.

마침 제국 근처에서 거래가 있을 때 미아에게 면회를 요청했다.

제국의 예지라 불리는 미아 황녀이니 퍽 바쁠 줄 알았으나.

──열흘 이상 기다리는 걸 각오했는데, 설마 이렇게 빨리 면회할 수 있을 줄은…….

알현실로 안내된 마르코는 기분 좋은 듯 웃고 있는 소녀── 미아 루나 티어문을 바라보았다.

클로에에게 들은 대로 영리해 보이는 눈동자를 지닌 소녀다.

"처음 뵙겠습니다, 황녀 전하. 클로에의 아버지인 마르코 포크로드라고 합니다. 상회를 이끄는 상인이자 기사 작위를 받았습니다."

"잘 오셨습니다. 포크로드 경. 클로에는 잘 지내나요?"

"네, 덕분에……."

잠시 담소를 나눈 뒤 미아는 순간 침묵했다.

"그런데 포크로드 경, 질문이 있는데요. 바다 건너에서 물건을 들여올 수 있을까요?"

다시 입을 벌린 미아가 조용한 목소리로 그렇게 말했다.

"네? 아, 네. 가능합니다. 저희 상회에선 상선도 다수 보유하고 있으므로 뭐든 하명하신다면……."

이건 혹시, 거래를 틀 기회인 건가? 마르코는 밝은 미소를 지었다.

"한데 어떤 물건을 원하시는 겁니까? 향신료입니까? 아니면 카펫입니까? 바다 건너의 물건은 품질이 좋아서 제국 귀족분들께도 인기가……."

"밀입니다."

"네?"

미아의 입에서 나온 뜻밖의 말에 마르코는 순간 눈이 휘둥그레졌다.

바다 건너에서 밀을 들여온다……. 그건 상인의 상식으로는 생각하기 힘든 발상이었다.

왜냐하면 밀을 굳이 해외에서 가져올 필요가 없기 때문이다.

제국 내에서도 인근국에서도 밀을 수확할 수 있다. 일부러 먼 곳에서 긴 시간을 들여 수입할 필요도 없고, 장점도 없다.

그게 '있는' 장소에서 사들여 그게 '없는' 장소에서 비싸게 판매한다.

이것이 장사의 기본이다.

기근이 일어나 식량이 부족하다면 크게 벌어들일 수 있겠지만, 보통은 싸게 팔아치워야 하므로 운송비를 회수하는 것조차 어려운 게 보통이다.

저렴한 밀이 주위에 널려있는데 썩 맛이 다르지 않은 해외의 것을, 그것도 운송비가 들어가 값이 오른 밀을 사는 인간이 어디에 있을까.

하지만 그것만이 아니었다.

미아가 덧붙인 조건에 마르코는 무심코 눈을 부릅떴다.

"그리고 조건이 있어요. 가격을 먼저 정한 뒤, 무슨 일이 일어나도 변동하지 않을 것."

"그건, 즉……?"

"만약 기근이 일어났다고 해도 가격을 올리는 건 용서하지 않겠다는 뜻입니다."

"무슨…….."

아주 골치 아픈 요구였다.

그럼 포크로드 상회로선 아무런 이득도 없다.

물론 티어문 제국으로서는 만에 하나를 위해서 식량 매입처를 확보해두는 것에 의미가 있을 테지만, 그건 너무나 일방적이니…….

아니지. 마르코는 생각을 바꿨다.

클로에에게 들은 바로는 미아 황녀라는 사람은 권력을 이용해 억지를 부리는 성격이 아니다. 그렇다면 그녀의 말에는 반드시 숨겨진 의미가 있을 터…….

──시험받고 있는 건가?

마르코는 등이 살짝 서늘해지는 걸 느꼈다. 눈치채지 못하는 사이에 끌려 들어가 있었기 때문이다.

말과 말로 자웅을 겨루는 '교섭' 테이블에.

──미아 황녀의 말에는 반드시 숨겨진 뜻이 있을 거야. 그걸 알아챌 수 있는지, 없는지에 따라 내가 거래할 가치가 있는 인간인지 아닌지를 시험하는 건가?

생각할 필요가 있었다.

이 거래. 마르코가 계약을 맺고 싶어질 만한 요인은 대체 무엇인가.

"아, 그렇죠. 말하는 걸 깜빡 잊었는데……."

그때 미아가 들으란 듯이 덧붙였다.

"하한선을 미리 정하고, 그 이상은 무슨 일이 생겨도 구입하겠어요."

정해진 가격, 정해진 분량을 구입한다…….

어떠한 상황에서도 가격이 변하지 않는다.

기근이 온다고 해도……. 혹은.

──오지 않는다고 해도……? 그렇다는 건.

미아가 말한 몇 개의 조건이 마르코의 뇌리에서 조합되며 한 가지 결론을 내놓았다.

──물가 변동에 좌우되지 않는 상품이라는 건가?

장단점을 순식간에 검토한 마르코가 전율했다.

"해외에서 들여온다면 그만큼 비교적 고가의 가격이 책정될 텐데, 어떻게 생각하십니까?"

자신의 추측에 근거를 얻기 위해 마르코가 말했다.

그 말에 대답한 사람은 미아 뒤에서 대기하고 있던 청년 문관, 루드비히였다.

"이것이 구체적인 계약 내용입니다."

그가 건넨 양피지를 읽은 마르코는 신음했다.

──이건……, 절묘한 가격 설정이로군.

밀을 저렴하게 입수할 수 있게 되었다며 만족스러워하는 미아.

하지만 그녀와 일반인의 감각에는 결정적인 차이가 있었다.

미아는 무엇과 비교해서 '저렴한 가격'이라 생각하는가.

그건 바로 그 대기근 때── 밀 한 포대로 성을 살 수 있었던 미쳐버린 시대의 물가였다.

그럼 일반적인 감각으로 미아가 제시한 '저렴한 가격'을 보면 어떻게 되는가.

──원거리에서 수입한다는 걸 고려해도 제법 비싼 축에 속하는 가격 설정인가. 이 정도면 원가가 어지간히 폭등하지 않는 한 이득을 낼 수 있어.

마르코는 미아의 제안은 일종의 교환조건이라고 인식했다.

평소에 돈을 넉넉히 지불하는 대신 기근 때 도와달라는 거래.

말하자면 이 세계에는 아직 존재하지 않는 '보험'에 가까운 개념이다.

──아니, 그것만이 아니야…….

유능한 상인인 마르코는 이 제안에 포함된 것을 읽어냈다. 미아의 제안을 받아들였을 때 얻을 수 있는 가장 큰 장점……. '유통 루트 유지'를 깨달은 것이다.

애초에 왜 기근이 오면 식량이 비싸지는가.

당연히 수요와 공급의 균형 문제이지만, 만약 그걸 제외한다고 쳐도 역시 밀의 가격은 높아질 수밖에 없다.

왜냐하면 실제로 비용이 들기 때문이다.

예를 들어, 평소 사용하지 않는 밀을 해외에서 수입했다고 치자. 그 경우 포크로드 상회에선 해외에서 밀을 경작하는 농가를 소개받는 것부터 시작해야 한다.

또 수송선은 어떤 것을 이용해야 할까.

운반할 때 주의해야 하는 점은?

밀은 그만큼 조심해야 할 필요가 없을지도 모르지만, 그래도 어느 정도 노하우는 필요할 테고 지식이 있는 인간을 고용할 필요가 있을지도 모른다.

유통체제를 처음부터 쌓아 올리려면 비용을 들일 필요가 있다. 존재하지 않는 흐름을 만들어내려고 할 때는 막대한 에너지가 필요해진다.

하지만 소소하긴 해도 그 유통을 유지할 수 있다면 어떻게 될까. 좁은 흐름을 확장하는 게 끊어진 흐름을 부활시키는 것보다 편하지 않을까?

──만약 유통경로만 유지할 수 있다면 막상 기근이 일어났을 때는 다른 곳보다 먼저 순조롭게, 또 저렴한 비용으로 운송할 수 있을 거야.

그걸 유지하지 못하는 이유 또한 비용 문제다.

기근 때에만 이익이 발생하는 판로를 유지하는 건 불합리하다. 이득을 우선한다면 당연히 잘라내야 한다.

──그 부담을 미아 황녀께서 짊어지신다는 건가.

평상시의 이익은 제국에서 보장하는 대신 기근이 일어났을 때는 확실하게 식량을 공급할 수 있는 유통 시스템.

기근이 일어났을 때 제국에 약속한 상품을 판다고 해도 다른 상회보다 먼저 식량을 팔아치울 수 있게 된다.

——자국민을 굶주리게 하지 않는 체제를 만들면서도 거래 상대인 나에게도 이익을 제공하다니, 이건…….

마르코는 경외라고도 부를 수 있는 감정에 사로잡혔다.

——클로에. 넌 대체 어떤 분과 친구가 된 거냐…….

마르코가 감탄하면서 고개를 숙였다.

"포크로드 상회는 이 조건으로 황녀 전하와 계약을 맺겠습니다."

그 말을 들은 미아는 흡족해하는 미소를 지었다.

——미아 님의 지략은 빛바랠 줄을 모르는군…….

고개 숙인 마르코를 보면서 루드비히는 미아의 뛰어난 술수를 곱씹었다.

미아가 중얼거렸던 단어, '친구 특가'.

그는 거기에서 특별한 의미를 찾아냈다.

——미아 님께선 당신을 낮추는 것으로 귀족들이 받아들일 수 있는 이유를 만드셨어.

'백성이 굶주리는 걸 막기 위해' 낭비한다고 하면 귀족들은 반발한다. 그들은 고결한 뜻을 이해하지 못하기 때문이다.

백성이 굶든 죽든 그들은 관심이 없다. 따라서 이해도 공감도 하지 못한다.

하지만 친구에게 이익을 제공하기 위해서라고 하면 어떻게 될까?

그 이유라면 귀족도 이해할 수 있다. 그들도 자주 하는 행위이기 때문이다.

확실히 자신들의 부정을 비난한 자가 부정을 저지른다면 반감을 살 것이다. 하지만 그 제멋대로인 행동도 '황실 핏줄의 오만'으로 끝낼 수 있다.

그들 귀족의 상식으로는 그 정도의 오만은 '당연히 용서되는 것'으로 인식하기 때문이다.

──아니, 미아 님이시라면 어쩌면…….

루드비히는 미아가 학원에 가 있는 동안 자신이 수행한 일에 자부심을 느끼고 있다. 그러나 귀족들을 너무 조였다는 실감이 없지는 않았다.

그걸 느낀 미아는 솔선해서 자신이 부정을 저질러 이 정도의 이익 제공이라면 괜찮다고 족쇄를 풀어주려 한 게 아닐까.

정치는 청렴결백하게만 이뤄질 수 없다.

당근과 채찍. 두 가지를 절묘하게 이용해 숨통을 틔워줘야 한다.

──대체 이분의 머릿속엔 얼마나 많은 계산이 숨어있는 거지?

말할 필요도 없이, 그런 건 눈곱만큼도 존재하지 않지만.

제4화 유니콘 비녀

클로에의 아버지와 교섭을 마친 다음 주. 미아는 제도의 빈곤 지역인 신월지구를 시찰하러 가기로 했다.

그 방문은 미아가 강하게 바랐기에 이루어졌으며, 루드비히의 지시 하에 이번엔 10명 규모의 근위소대가 파견되었다.

갑작스러운 임무에 병사들 사이에선 은밀히 불평하는 자도 있었다.

"황녀 전하도 참 괴짜셔. 굳이 치안이 나쁜 빈곤 지구에 갈 필요는 없을 텐데……. 괜히 일거리만 늘어났다니까."

"당신께서 세우신 병원을 보고 싶은 거겠지. 인기를 얻기 위해 세운 것만이 아니라 그 후에도 방치하지 않다니, 역시 제국의 예지야. 철저하셔."

황녀에게 무슨 일이 생기면 큰일이다. 가능하다면 성안에서 얌전히 있어 주면 경호하기도 쉬운데.

그런 젊은 병사들의 야유를 타이른 자는 지난번 미아와 동행했던 베테랑 근위기사였다.

"너희들, 불손한 소리 하는 거 아니다. 황녀 전하께선…… 그런 게 아니야. 적어도 너희가 생각하는 귀족과는 전혀 다른 분이시다. 그분을 우롱하는 건 내가 용서하지 않겠다."

치안이 나쁜 지구라고 해도 필요하다면 주저 없이 발을 들이는 용감함. 꾀죄죄한 어린아이를 거리낌 없이 부축해주는 자비로움.

빈곤 지구에 필요한 병원을 세우는 현명함.

그가 미아에게 내리는 평가는 루드비히 못지않게 인플레이션 상태였다.

"오늘 하루 잘 부탁해요, 여러분."

마침 그때 미아가 나타났다.

부리나케 자세를 바로잡는 병사를 보고 미아는 생글생글 웃었다.

혁명이 일어났을 때 근위기사단은 대부분 배신하지 않고 자신과 운명을 함께 해주었다. 미아의 호감도가 아주 높은 기사단이다.

미소 정도는 얼마든지 보여줄 수 있다고 생각한다.

그러자 속물적이게도 젊은 병사들의 사기가 쭉쭉 올라갔다.

여하간 미아는 절세의 미소녀까진 아니어도 미소녀 카테고리에 아슬아슬 턱걸이할 수 있는 수준의 외모는 지녔기 때문이다.

게다가 대제국의 황녀라는 타이틀도 있다.

또 오늘의 미아는 승마용으로 만든 블라우스와 반바지라는, 조금 활동적인 옷을 입었다. 귀족이라면 드레스로 몸을 꽁꽁 동여매는 게 기본이라 믿었던 그들에게 이건 좋은 의미로 허를 찌르는 복장이었다.

그런 미아가 생글생글 친근한 미소를 짓고 있다.

기쁘지 않을 리가 없었다.

"그럼 갈까요?"

"네, 넵!"

미아는 다소 사기가 오른 근위기사들을 대동하고 성을 나섰다.

"어머나, 분위기가 조금 변한 것 같네요?"

신월지구에 발을 들여놓자마자 그 변화를 알아차렸다.

기분 탓인지 사람이 많이 오가게 된 느낌이다. 지나가는 사람들의 얼굴도 살짝 밝아진 것 같았다.

무엇보다 마을 전체를 덮고 있던 냄새가 흐려지고, 침입을 거절하는 듯한 분위기도 잦아든 모양이었다.

"병원이 돌아가기 시작했으니까요. 게다가 식량 배급도 예전의 두 배가 되었습니다. 길에서 죽는 자도 줄었고, 점점 활기가 돌아오고 있다는 보고를 받았습니다."

사느냐 죽느냐 하는 상황에선 생활환경에 신경 쓸 여유가 없다. 내일 죽을지도 모르는데 깨끗하게 다녀봤자 의미가 없다.

하지만 그런 위험이 멀어지면 주위의 불결함이 눈에 들어오게 된다.

처음에는 병원에 파견된 스태프들이 자주적으로 마을 청소를 했지만, 이윽고 주민들 사이에서도 청소하자는 분위기가 퍼져나갔다.

게다가 그곳은 제도의 일부이기도 하다.

깨끗해지면 토지의 이용 가치는 얼마든지 있다.

사람이 넘쳐나는 도시인 루나티어는 늘 주거지가 부족한 지역이기도 하다. 여기에 주목한 루드비히는 신월지구 가장자리에 새로 여관을 세워 마을 사람들을 종업원으로 고용하도록 지시를 내렸다.

상황이 갖춰진 장소에 노동할 기회를 부여하고 그곳에서 돈이 돌아가도록 만들었다.

여관이 활기를 띠기만 하면 이번에는 그곳에서 기회를 찾아낸 상인들이 나타나고 장사를 개시한다.

제도 안에서 괴사해가던 지역에 유통이라는 이름의 혈액을 공급하려는 것이다.

한차례 루드비히로부터 정보를 들었던 미아는 만족스럽게 고개를 끄덕였다.

"그래요. 그거 다행이네요."

"앗, 황녀 전하!"

그때였다. 멀리서 목소리가 들렸다.

그쪽을 보자 골목에서 돌던 어린아이 속에서 한 남자아이가 이쪽을 향해 달려오고 있었다.

"무엄하다, 멈춰!"

호위하는 기사들 사이에 긴장이 퍼졌다. 하지만.

"어머나, 당신은…… 그때 그…….."

미아는 그들을 한 손으로 제지한 다음 남자아이 쪽을 보았다. 예전에 왔을 때 미아가 발견했던 그 쇠약한 어린아이였다. 아직 조금 야위긴 했으나 지금은 피부에 건강한 탄력이 보이며 눈동자도 반짝거렸다.

"식사는 꼬박꼬박 하고 있나요?"

미아가 묻자 남자아이는 힘차게 고개를 끄덕이며 웃었다.

"응. 황녀 전하 덕분이야. 고마워!"

그 후 주머니에서 무언가를 꺼내더니 미아의 눈앞에 내밀었다.

"이게 뭐죠?"

"줄게! 보답이야!"

"이건?"

하얀 비녀였다. 표면이 미약하게 무지개색으로 빛나는데, 보는 각도에 따라서 색이 바뀌었다.

"유니콘 비녀!"

"어머나, 유니콘이라고요?"

미아는 놀라서 소리친 다음 비녀를 물끄러미 관찰했다.

그 비녀는 확실히 처음 보는 빛을 띠고 있었다. 정말 전설 속 유니콘의 뿔을 깎아서 만든 것처럼 보였다.

그런 미아를 보고 남자아이가 키득키득 웃었다.

"내 고향에 있는 나무로 만들었어. 유니콘 비녀라고 불러."

"세상에, 그런 거였군요."

미아는 다시금 비녀를 보았다.

"정말 멋져요."

미아는 기분 좋게 웃으며 유니콘 비녀를 머리에 꽂았다.

"고마워요. 기뻐요."

미아가 생긋 웃자 남자아이는 뺨을 붉게 물들이고는 달려가 버렸다.

"그건 저 아이의 어머니가 남긴 유품입니다."

"네?"

언제 온 건지 예전에 만났던 신부가 옆에 서 있었다.

이 근방에서 유일한 고아원을 운영하는 사람이다.

"어머나, 신부님. 오랜만에 뵙습니다."

미아는 예의 바르게 반바지의 옆 자락을 살짝 들어 올리며 인사했다.

"이쪽으로 오십시오."

예전에도 안내받은 적이 있는 교회 안 신부의 방은 여전히 소박하고 물건이 별로 없었다.

"아무것도 없어서 죄송합니다. 지원은 넉넉히 받고 있습니다만, 영 바빠서 마련할 시간이 없었습니다."

그렇게 말하며 쓴웃음을 지은 신부였지만, 그런 것치곤 교회나 고아원의 외벽 보수 등은 진행된 것처럼 보였다.

이 정도면 적어도 틈새 바람 때문에 고생하진 않을 것이다.

——자신의 방을 뒷전으로 미루다니, 딱 신부님이 하실 법한 행동이에요.

빈곤 지구에서 일하는 사람이 전부 청렴결백한 건 아니다. 나라의 지원을 목적으로 사리사욕을 채우려 하는 인간도 있다.

루드비히가 수배한 재정적 지원이 들어가고도 태도가 달라지지 않는 그의 자세에 무심코 감탄한 미아였으나…….

"그러고 보면 황녀 전하께선 성녀님과 친분을 맺으셨다고 들었는데……."

문득 떠올랐다는 얼굴로 신부가 말했다.

"성녀님……, 아, 라피나 님 말씀이군요. 네, 그분과 친구가 되었죠."

별로 가까워지고 싶지는 않았다는 말을 마음속에서 덧붙였다.

──그분은 무섭단 말이에요…….

그런 생각을 하는 미아였으나, 아무래도 라피나는 미아가 마음에 드는 건지 여름방학 중인데도 편지를 보냈다.

답장을 보내지 않을 수도 없으니 쓰긴 써야 하는데…….

──아아, 우울해요. 이상한 말을 적었다가 미움받기라도 하면 큰일이에요!

한탄하며 한숨을 쉬는 미아였다.

"오오, 세상에나! 역시 소문은 사실이었군요!"

미아의 말을 들은 신부가 흥분한 듯 소리쳤다. 어쩐지 그의 눈동자가 반짝반짝 빛나는 것처럼 보였다.

중앙 정교회에 소속된 그에게 라피나는 구름 위의 존재다. 따라서 흥분하는 것도 이해하지 못하는 건 아니지만…….

──어쩐지 무대 배우의 팬 같은 반응이네요?

미아는 예전에 극을 관람하러 갔던 대극장에서 있었던 일을 떠올렸다.

그때 수많은 손님이 인기 배우를 둘러싸고서…….

"저기, 만약 괜찮으시다면 다음에 사인이라도…….."

──정말로 팬이었잖아요!

대단히 못마땅하다는 표정으로 신부에게서 라피나의 초상화를 받고, '가능하다면 제 이름도 넣어주신다면 대단한 영광입니다 만……'이라는 등 상세한 지시까지 듣는 미아.

참고로 이 초상화는 성 베이르가 공국에서 라피나가 태어났을 때 대량으로 만들어진 것이라고 한다.

수많은 화가를 불러 딸의 초상화를 만든 뒤 희희낙락 배포하는 베이르가 공작에게서 미아는 자신의 아버지와 같은 냄새를 맡았다!

──라피나 님께서도 고생이시네요…….

아주 조금 동정하는 미아였다.

……이런 식의 유쾌한 대화가 오간 뒤 미아는 드디어 본론에 들어갔다.

"그런데 이 비녀가 유품이라는 건……."

"아, 네. 그랬죠."

라피나가 얼마나 대단한지 연설하려던 신부는 정신을 잡으려는 듯 고개를 크게 끄덕였다.

"그 아이의 어머니는 제국변경에 있는 삼림지대에 사는 소수민족 출신이라는 모양이지만, 다른 부족 남자와 사랑에 빠져 그 아이를 낳았다는 모양입니다. 그게 원인이 되어 부모와 싸운 뒤 갓난아기였던 그 아이를 데리고 제도로 왔다더군요. 하지만 그 아이가 어릴 때 병을 앓다가 숨을 거두었습니다."

'변경에 사는 소수민족'. 그 단어를 들은 순간 미아의 등에 불길한 오한이 스쳤다.

일기장에 적힌 기록이 뇌리에서 되살아났다.

미아의 본능이 외쳤다.

자신은 이미 사지에 발을 들여놓을 뻔했다는 사실을!

"……호, 혹시 그 부족이 룰루 족인가요?"

"오오, 역시 황녀 전하. 알고 계셨군요…….

신부는 조금 놀란 표정이었지만 바로 이해했다는 듯 고개를 주억거렸다.

"물론 황녀 전하시라면 알고 계셔도 이상하지 않죠. 그 성녀님의 친구이시니까요…….

이상한 이유로 미아의 평가를 올려주는 신부.

본래 미아에게 주는 평가도 높았지만, 이미 다른 사람의 팬인 그는 미아 팬클럽에 들어가진 않는 모양이었다.

그건 그렇다 치고…….

"세상에! 그렇게 귀중한 물건이라면 받을 수는 없어요!"

미아는 다소 연기하는 티가 나는 목소리로 주장했다. 무심코 받아버린 비녀지만 이 비녀가 계기가 되어 어떤 일이 일어날지 모른다.

이건 최대한 빨리 돌려주는 게 최선책…….

"아뇨, 그건 꼭 받아주시기 바랍니다. 그 아이가 꼭 드리고 싶어 하던 물건이니까요."

신부는 눈을 가늘게 휘며 흐뭇해했다.

"황녀 전하와 함께 이곳에 온 이후 그 아이는 계속 보답하고 싶다고 했습니다. 그 비녀는 그 아이의 진심이 담긴 선물이죠."

──그건 유품이라는 시점에서 절실히 이해했거든요! 굳이 언급할 필요도 없어요!

"그러니 부디 부탁드립니다. 황녀 전하께는 조잡한 물건으로 보일지도 모르지만, 버리지 말아 주셨으면…….

"다, 당연하죠. 흠집 하나 내지 않을 거예요!"

퇴로가 차단된 미아는 차선책을 택했다. 그건…….

"그리고 여기 오실 때는 가끔이라도 괜찮으니…… 그 비녀를 해 주신다면……."

"매일 착용하겠습니다!"

돌려줄 수 없다면 어쩔 수 없다.

최대한 소중히 아끼면서 그 남자아이와 우호적인 관계를 쌓아야 한다.

퇴로가 하나밖에 없다면 온 힘을 다해 그쪽으로 달려갈 뿐이다.

"그 아이에게 제가 무척 기뻐했다고 전해주시겠어요?"

"그렇습니까. 황녀 전하께서 마음에 드셨다면 그 아이도 분명 기뻐할 겁니다."

신부는 안도하면서 웃었다.

그 행동이 훗날 뜻밖의 영향을 불러온다는 걸 미아는 눈치채지 못했다.

제5화 주사위는 미아의 손안에

'미아 황녀의 저주받은 상자'라는 보석함이 있다.

호화로운 보석과 희귀한 광물을 듬뿍 사용했으며 지극히 뛰어난 예술성을 자랑하는 그 보석함은 수많은 주인을 파멸로 인도한 저주받은 보석함으로 유명했다.

최초의 소유주가 단두대에서 처형된 황녀, 미아 루나 티어문이라는 건 널리 알려진 사실이지만 이 보석함을 만든 사람의 이름은 의외로 알려지지 않았다.

베르만 자작—— 티오나의 출신지인 루돌폰 변경백작령 옆에 영지를 지닌 이 귀족이 제국이 멸망하는 간접적 원인을 만든 인물이었다.

"베르만 님, 역시 루돌폰 백작은 이쪽의 요구를 받아들이지 않았습니다."

"백작이라는 거창한 이름으로 부르지 마라. '변경백'이란 말이다, 어리석은 놈!"

공손히 머리를 숙이는 종자의 보고를 받은 베르만 자작은 혀를 찼다.

"짜증 나는 시골 귀족 놈이……."

사건의 발단은 참으로 시시한 일이었다.

"그건 그렇고 베르만 자작님께선 전통과 격식 있는 중앙귀족이

신데, 왜 벼락출세한 시골뜨기인 루돌폰 변경백이 더 넓은 영지를 소유하고 있는지 이해할 수 없군요."

어떤 파티 회장에서 우연히 들은 말.

베르만은 약간 발끈하면서도 대답했다.

"변경백의 영지는 넓다고는 해도 거의 농지나 삼림지대. 넓이를 자랑할 만한 땅도 아닐세."

"그렇다고 해도 말입니다. 그런 흙냄새 나는 귀족에게 한 가지라도 뒤처지는 게 있다는 것 자체가 불편하지 않으십니까? 아, 물론 자작님께서 신경 쓰지 않으신다면 문제없지만……."

베르만은 반론하려 했으나, 확실히 그 말은 일리가 있다는 생각이 들었다.

그런 시골뜨기에게 하나라도 뒤처지는 게 있다. 그 생각만으로도 그는 불쾌했다.

그 남자는 베르만의 귓가에 속삭였다.

"좋은 꾀가 있습니다, 자작님. 정해(靜海)의 숲을 개척하시면 됩니다."

"정해의 숲을?"

베르만 자작과 루돌폰 변경백의 영지 사이에는 제국 유수의 넓이를 자랑하는 삼림지대가 펼쳐져 있다.

그리고 양쪽 영지의 경계선은 엄밀하게 정해진 게 아니라, 대충 그 숲을 경계로 두는 정도로 애매모호했다.

귀찮기 때문에 굳이 숲을 둘로 갈라놓아서 영지를 확실하게 나누려 하지 않았기 때문이다.

"그렇군, 우리 쪽에서 숲을 개척하면 그만큼 이쪽 영지를 넓힐수 있다는 건가."

정해의 숲 어디에서 경계선을 가르는지는 정해지지 않았다.

극단적으로 보자면 나무를 한 줄 남기고 그 외 나머지를 전부개척해버리면 그만큼 영지를 늘릴 수 있을지도 모른다.

이건 제국 귀족에게 자주 보이는 자기중심적인 사고방식이자, 이렇게 생각하는 사람도 별로 드물지 않았다.

그는 바로 행동을 개시했다.

하지만 여기서 문제가 발생했다.

숲에 사는 소수부족, 룰루 족이 숲 개척을 반대하며 철저한 항전태세를 보였기 때문이다.

"건방진 것들······."

자작은 바로 군대를 관장하는 흑월청에 호소했다.

평소의 뇌물이 빛을 보아 흑월청은 바로 백인대를 보내주었다.

하지만 파견된 백인대 대장은 '어디까지나 치안 유지가 목적입니다'라고 지껄이면서 싸우려 하지 않았다.

"이놈이고 저놈이고······, 내 말을 듣지 않는다니!"

짜증이 쌓인 자작은 어떤 선물을 통해 상황을 타개하려 했다.

황제가 사랑해 마지않는 황녀, 미아 루나 티어문에게 선물을보내기로 했다.

작전은 무척 단순하다. 호화로운 보석함을 만들되 그 일부에는은근슬쩍 그 숲의 특징적인 나무를 사용한다.

'유니콘의 뿔'이라고 불리는 그 숲의 나무를 써서 작은 조각이라도 달아주면 그만이다.

그리고 주장하는 것이다.

"황녀님께서 원하신다면 같은 물건을 얼마든지 만들 수 있습니다만……. 그러기 위해서는 어떤 숲을 손에 넣을 필요가 있습니다……."

그렇게 미아라는 방패를 얻는다.

이러면 제국군도 움직일 테고, 룰루 족을 섬멸하는 것도 쉬워진다.

그렇게 생각했다.

동시에 자작은 다른 작전도 생각했다.

룰루 족 어린아이를 납치한 뒤 인신매매로 팔아넘긴다는 것이다. 이걸 제국 병사의 소행으로 위장한다면…….

분노한 룰루 족이 공격하면 군대도 움직일 수밖에 없어진다. 그러면 군이 보석함이 완성되길 기다리지 않아도 준비가 갖춰진다.

이상이 그의 작전이었지만, 실제로 시행되진 않았다.

"최근 황녀 전하께선 유니콘의 뿔로 만든 비녀를 아주 마음에 들어 하시면서…… **매일같이** 착용하신다던데……."

그런 이야기가 자작의 귀에 들어왔기 때문이다.

만약 그렇다면 굳이 보석함을 만들 필요도 없다.

유니콘의 뿔은 정해의 숲에서 자라는 나무로 만든다.

비녀 정도로도 충분하다면 당장에라도 준비할 수 있다.

이렇게 역사의 흐름이 미아를 도왔다.

분쟁이 시작되기 직전, 문제가 꼬이기 바로 전에.

주사위는 아직 던져지지 않고 미아의 손바닥 위에서 조용히 굴러다니고 있다.

"미아 님, 베르만 자작님께서 면회하러 오셨습니다만……."

"어머, 누구였죠? 기억에 없는 이름이네요."

운명은 지금 이 순간, 손님의 모습으로 미아 앞에 나타났다.

미아는 자신이 운명의 분기점 위에 서 있다는 걸 아직 알아차리지 못했다.

제6화 말 샴푸와 황녀의 억지

"처음 뵙겠습니다. 베르만 자작."

——오오, 이것은…….

미아를 본 베르만은 무심코 넋을 놓았다. 그 아름다움에 시선을 빼앗기고 말았다.

갑작스럽지만, 최근 미아는 반짝반짝 빛이 났다.

예전에는 '귀엽냐 귀엽지 않냐 중 선택하라면 대충 귀여운 쪽에 분류된다'는 정도의 외모였지만 지금은 사정이 달라졌다.

지금의 미아는 미아 사상 최고의 미모를 자랑하는 중이었다.

그 이유는 눈부시게 빛나는 백옥 같은 피부…… 가 아니었다.

물론 그것도 안느의 손질 덕분에 한층 곱게 다듬어지긴 했으나, 그 이상으로 미아를 빛나게 해주는 건 그 아름다운 머리카락이었다.

——마치 전장을 달리는 명마의 털 같은 아름다움이구나.

베르만을 매료한 그 머리카락은 아벨 왕자가 선물한 샴푸의 힘이었다.

"이건 더러움을 제거하는 것만이 아니라 영양을 공급해서 윤기를 더해준다고 평판이 자자해. 평범한 선물이라면 많이 받아서 익숙하겠지만, 이건 마음에 들어 할 것 같아서."

그런 편지가 동봉된 선물을 받은 미아는 대단히 기뻐했다.

너무 좋아하면서 매일같이 사용했다.

콧노래를 흥얼거리며 매일 목욕을 즐기는 미아를 본 안느도 훈훈해 했다.

——역시 아벨 왕자님이세요. 멋진 선물이에요.

뭐 그런 식으로……, 지켜보았…… 지만.

사실 이 샴푸는…… 말 샴푸다. 승마부 소속인 미아에게 애마를 돌볼 때 쓰라면서 아벨이 재치 있게 선물한 최고급 말 샴푸인 것이다.

말은 인간보다 털이 섬세하므로, 미아의 머리카락은 이 제국에서도 최상급으로 찰랑찰랑하고 윤기가 자르르 흐르는 아름다운 머리카락이 되고 말았다.

훗날 제국에서 말 샴푸가 크게 유행하게 되지만 그건 여기서는 생략하기로 한다.

——그렇군. 이 미모로 제국의 예지라며 칭송받았다는 건가.

베르만은 최근 미아의 평판을 외모의 효과라고 판단했다.

——예지입네 성녀입네 하는 것도 아마 저 미모에 현혹된 자들이 떠드는 헛소리일 뿐. 미아 황녀 전하께선 역시 제멋대로인 어린애에 불과해.

——그 증거로 얼마 전 미아 황녀는 친구의 아버지에게 편의를 봐줬다고 한다.

확실히 평민 출신으로 이름만 귀족인 자의 편의를 봐줬다는 점에서는 변했다고 할 수 없는 것도 아니나, 바꿔 말하자면 그건 미아가 얼마나 제멋대로인지를 보여주는 것뿐이다.

아마 이번에도 마음에 드는 물건만 제시하면 자신의 계획대로 움직여줄 게 분명하다.

──미아 황녀 전하라고 해도 공물을 받으면 좋아하시겠지. 그게 최근에 빠져있는 물건이라면 더욱더.

그런 확신을 느끼면서 베르만은 공물을 꺼냈다.

"최근 황녀 전하께서 유니콘의 뿔로 만든 장신구를 마음에 들어 하신다는 이야기를 들었습니다……."

그렇게 말하면서 시선은 미아의 머리카락으로 향했다.

그곳에는 정말 유니콘의 뿔로 만든 비녀가 꽂혀 있었다.

──흠, 고작 목제 장신구라 생각했지만 착용하는 사람에 따라서는 제법 봐줄 만하군.

그런 베르만을 본 미아의 눈동자가 스윽 가늘어졌다.

"확실히 최근엔 이 비녀를 자주 꽂고 다니는데요……."

"후후, 그렇군요. 그럼 이건 어떠십니까?"

베르만이 장인을 시켜서 만든 비녀를 미아 앞에 내밀었다.

미아가 착용한 것보다 더 화려하고 요란하게 생겨서, 딱 어린 아이들이 좋아할 법한 디자인이었다.

"그렇군요……. 무척 관심이 있어요."

그걸 본 미아는 생긋 웃었다.

"그러십니까. 실은 이 장신구는 어떤 숲에서 자라는 나무로 만드는 것입니다만……."

베르만은 내심 성공했다고 기뻐하면서 정해의 숲 이야기를 꺼냈다.

"어머, 그런 일이⋯⋯."

미아는 놀란 듯 눈을 동그랗게 떴다. 베르만이 몰아치듯 적극적인 공세를 펼쳤다.

"네. 그러니 만약 황녀 전하께서 관심이 있으시다면──."

"그래요. 아주 큰 관심이 생겼으니 직접 가서 그 숲을 꼼꼼히 시찰하겠어요."

"⋯⋯네?"

이어지는 미아의 말에 베르만은 얼어붙었다.

"저기, 그⋯⋯. 황녀 전하께서 친히 오실 필요는⋯⋯."

"루드비히, 지금 당장 가겠습니다. 준비하세요."

"지, 지금 당장입니까?! 그건──."

이러면 들켰을 때 곤란해지는 걸 숨길 시간도 없다.

──서, 설마 정말 실행하지는 못할⋯⋯.

베르만은 당황하면서 미아 황녀 옆에 서 있는 안경 낀 청년 문관 쪽을 쳐다봤다.

"정말이지, 미아 님께는 못 당하겠군요⋯⋯."

청년 문관, 루드비히는 어쩔 수 없다는 듯 어깨를 으쓱하며 고개를 내저었다.

"어머나, 몰랐나요? 저는 제멋대로인 황녀 전하랍니다."

짓궂게 웃는 미아를 본 베르만은 말문이 막혀버렸다.

제7화 마차 안에서 분노하는 미아

티어문 제국 근위부대에는 황녀전속근위부대가 존재한다.

만들어진 지 얼마 지나지 않은 그 부대는 언제 어떤 때라도 미아 황녀의 변덕에 대응할 수 있도록 루드비히의 요청에 따라 조직한 대응부대이다.

미아를 태운 마차는 그런 충성스러운 병사들의 보호를 받으며 베르만 자작령으로 향하는 중이었다.

"지시를 내린 뒤 반 각 만에 출발하다니, 역시 유능하네요. 루드비히."

"아뇨, 예전에 슬럼가에 방문하셨을 때 배운 게 있으니까요."

대답하는 루드비히의 얼굴에서 불쾌한 기색은 보이지 않았다.

미아의 행동에는 근본적으로 잘못이 없고, 그게 선의와 지성에 기반한 행위라는 신뢰를 보내고 있기 때문이다.

우수한 관리인 루드비히는 베르만 자작령에서 일어나는 문제를 정확하게 파악하고 있었다. 따라서 자작이 미아를 면회하러 온 시점에서 무언가 일어날지도 모른다고 예상한 뒤 미리 준비해 두었다.

──하지만 이번에는 정보를 갖고 있었으니 어떻게든 대처할 수 있었지만, 가능하다면 우리에게 조금 더 어떤 생각을 하시는지 밝혀주셨으면 좋겠어……. 아니, 황녀 전하의 속마음을 제대로 읽어내는 것이야말로 신하의 역할인가.

미아의 언동에선 이따금 천재이기 때문에 발생하는 논리 비약이 보인다.

두뇌 회전이 빠르다 보니 다른 사람보다 한 걸음, 두 걸음 앞서 있다는 걸 본인 스스로 눈치채지 못하는 것이다.

하지만 그건 미아가 어리기 때문이라는 이유도 있으리라.

이대로 성장하면 필시 총명한 군주가 될 것이라며 루드비히의 기대와 충성심은 하늘 높은 줄 모르고 솟구치는 중이었다.

"그런데 루드비히. 자작령에 대해 알고 있는 걸 가르쳐줄 수 있을까요?"

생긋 웃으면서 말하는 미아.

──황녀 전하께선 아마 베르만 자작령의 상황 정도는 이미 알고 계실 테지. 그런데 굳이 나에게서 정보를 듣고 싶어 하신다는 건…….

어린 소녀의 풋풋함이 남아있는 미소. 아무 생각도 없어 보이기까지 하는 그 미소 뒤에 대체 얼마나 복잡한 사고가 뒤얽혀있을까…….

루드비히는 최대한 미아의 의향을 파악하고 행동하고자 노력하지만 그래도 반도 이해하지 못했을 것이라며 자신의 부족함을 느꼈다.

──아마 당신께서 지닌 정보가 얼마나 정확한지 확인하고, 문제를 어떻게 해결할지 대화하면서 생각을 정리하시려는 거겠지…….

"그럼 설명해 드리겠습니다. 현재 베르만 자작령에는……."

루드비히의 이야기를 들으면서 미아는 자신의 등에 식은땀이 줄줄 흐르는 걸 느꼈다.

"제가 보유한 정보는 이 정도입니다만……."

──주, 죽다 살았네……!

그의 설명을 전부 다 들은 미아는 자기도 모르게 마음속으로 품위 없는 말을 흘렸다.

그럴 수밖에 없는 상황이긴 했다.

정해의 숲을 개척한다, 그러기 위해 소수민족인 룰루 족을 배제한다, 그 숲을 사이에 두고 건너편에는 루돌폰 변경백작령이 있다, 미아의 전면적인 지지를 받아서 행할 예정이다…….

짐작 가는 위험이 특별 서비스인 양 가득 담긴 이야기였다.

일기장에서 여러 번 봤지만, 미아 본인은 전혀 떠올리지 못했던 원인.

설마 자신이 모르는 곳에서 이런 일이 일어났을 줄이야…….

──그렇군요. 확실히 이러면 티오나 양과의 사이가 어긋날 만해요.

이전 시간축에서라면 모를까, 일기장에 의하면 이번 시간축에서도 또 티오나와의 사이가 망가져 버린다.

학교생활에선 그런 징조가 전혀 없었기 때문에 의문을 느꼈는데…….

──수수께끼는 전부 풀렸어요……. 베르만 자작, 용서할 수 없어요!

미아의 가슴속에 분노가 부글부글 끓어올랐다.

그런 미아를 본 루드비히는 '역시 이분은 귀족의 폭거를 보고 분노하실 수 있는 분이셔……'라고 중얼거렸지만, 미아의 귀에는 들리지 않았다.

"제가 아는 건 이 정도입니다. 지금 단계에선 베르만 자작에게 잘못이 있는 게 확실합니다만……."

루드비히는 거기서 말을 끊었다.

사실 이다음이 문제다. 베르만 자작이 하려는 행위는 비난을 듣기엔 다소 그레이존을 차지하는 부분이 컸다.

숲을 개척해서 영토를 늘리는 건 나쁜 일이 아니고, 본인의 영지에서 이뤄지는 일에 트집을 잡을 정당성도 없다.

루돌폰 변경백작령과의 경계도 애매모호하니 그걸 이유로 그만두라고 하기도 어렵고, 소수민족의 목소리와 자작의 목소리를 비교하면 제국의 중앙정부는 자작을 지지할 것이다.

게다가 군부 측에서도 한 번 부대를 파견해버린 이상 철수시키기 위해선 '현지의 치안 회복' 같은 분명한 이유가 필요해진다.

루드비히는 이러한 문제를 해결할 방법이 떠오르지 않았다. 그랬는데…….

"미아 님, 어떻게 하실 생각입니까?"

"당연히 쳐부숴야죠!"

미아는 씩씩거리며 그렇게 선언했다.

티어문 제국의 황녀, 미아 루나 티어문의 원수라고 하면 두말할 것 없이 유명한 시온 솔 선크랜드와 티오나 루돌폰이 널리 알려져 있다.

하지만 혁명군에 잡힌 미아를 실제로 처형한 사람은 사실 시온도 티오나도 아니었다.

젊은 여성의 목을 친다는 뒷맛 나쁜 영예를 맡은 자는 디온 알라이아라는 이름의 남자로, 원래는 제국군의 장병이었다.

혁명이 일어나자마자 바로 혁명군으로 전향한 그는 유명한 장병을 손수 무찌르며 제국군을 와해시키는 데 큰 역할을 했다.

혁명군의 최고 공로자인 그가 요구한 포상이 바로 미아 황녀의 목이었다.

그의 소원을 들은 시온은 처음엔 곤란해했으나 그의 경력을 듣고 수긍했다.

미아의 이기심으로 인해 시작된 분쟁, 정해의 숲 전투에서 그의 부대는 그만 남기고 전멸했기 때문이다.

부하들의 원수를 갚는 것. 그게 바로 디온이 혁명군으로 전향한 동기였다.

"왜 아직 전쟁을 개시하지 않은 거지? 군대는 의욕이 없는 것 아닌가?"

베르만 자작의 저택에 불려온 디온 알라이아 백인대장은 생글생글 웃는 얼굴을 무너뜨리지 않고 예전에 했던 말을 똑같이 되풀이했다.

"거듭 말씀드리지만, 우리의 목적은 어디까지나 치안 유지입니다. 불필요한 전투를 할 필요는 없죠."

'며칠 전에도 똑같은 말씀을 드렸는데, 기억력이 없으십니까?'라는 말을 삼킬 정도의 분별력은 지니고 있으나, 이러다 이쪽의 인내심도 끊어질지도 모른다며 남 일처럼 생각했다.

"저 숲은 룰루 족의 영역입니다. 싸우면 이쪽에도 큰 피해가 생깁니다."

자기 혼자라면 살아 돌아올 자신이 있지만, 부하들에겐 어렵다는 게 디온의 판단이었다.

"병사는 영주를 위해 목숨을 거는 법이지 않은가. 무엇을 위해 양성한다고 생각하는 거지?"

"우리는 황제 폐하의 병사입니다. 자작님씩이나 되시는 분께서 모르고 계셨군요."

무심코 덧붙인 본심에 자작의 얼굴이 꿈틀거렸다.

"우리는 어디까지나 황제 폐하의 인정을 받은 흑월청에 의해 숲의 치안을 유지하라는 명령을 받고 왔습니다. 무단으로 전쟁을 개시하는 건 황제 폐하의……."

"하아, 이제 됐다."

자작은 지긋지긋하다는 얼굴로 손을 내저었다.

"어휴, 정말 귀족 나리는 참 가볍게 죽이라는 명령을 내린다니까. 팔자도 좋지."

저택에서 나온 디온은 무심코 한숨을 쉬었다.

"오, 대장. 끝났습니까?"

디온을 발견한 건지 문 주변에서 기다리고 있던 거구의 병사가

잰걸음으로 다가왔다.

수염이 북슬북슬해서 산적이냐고 태클을 걸고 싶어질 법한 외모를 지닌 남자지만 그 눈동자에는 잘 훈련된 병사 특유의 날카로운 빛이 깃들어 있었다.

"거, 결과는 어떻게 되셨수?"

"마찬가지야. 그 숲에서 싸우는 건 위험이 너무 커. 살아서 돌아올 수 있는 건 나와 너 정도 아닐까?"

"하하, 그건 그래. 하지만 대장과 부대장만 살아남는 것도 소문이 안 좋겠죠."

호쾌하게 웃는 부대장을 보고 디온은 작게 어깨를 으쓱했다.

"그나저나 제도에 갔다고 해서 영락없이 황제 폐하의 칙명이라도 받고 돌아올 줄 알고 경계했는데, 아무래도 별로 잘 풀리지 않았던 모양이야……."

"글쎄요. 안심하는 건 조금 이를지도 모르죠?"

"응? 그건 무슨……."

디온은 말을 하다 말고 전방에서 오는 한 집단을 보았다.

제국군의 일반적인 장비와는 다르게 형식적이고 아름다운 갑옷. 실용성이 떨어지는 장식이 덕지덕지 달린 갑옷을 입은 자들은 황실을 수호하는 제국군 최고의 충성집단.

"근위병이라."

"네, 소문에 의하면 제도에서 황녀 전하가 시찰하러 오셨다나?"

"그건 또……."

질색이라는 듯 표정이 일그러진 디온을 본 부대장이 쓴웃음을 지었다.

"모처럼 황녀님이 오셨는데 참 불경한 표정인뎁쇼?"

"안타깝게도 왕녀니, 왕자니 하는 거에 설렐 만큼 순진하진 않아. 게다가⋯⋯."

"역시 대장도 수상하다고 느끼죠?"

"타이밍이 타이밍이니까. 자작이 제도에 가서 데려왔다고 봐야겠지. 과연 자작에게서 무슨 소릴 들었을지⋯⋯."

"그래도 우리나라의 황녀님은 머리가 끝내주게 잘 돌아간다고 들었는데요."

부대장이 북슬북슬한 수염을 쓰다듬으며 말했다.

"원래 원하는 대로 흘러가지 않는 법이야."

"그건 너무 비관적이지 않수? 어떤 철학자의 말이길래?"

"나. 희망적 관측은 거의 빗나가지. 덕분에 검술 실력이 향상된 셈이니 나쁘기만 한 것도 아니야."

"그건 요컨대, 무슨 일이 일어나도 대처할 수 있을 만큼 실력이 좋으면 된다는 뜻이우?"

"간단하게 말하자면 그렇게 되겠지."

부대장이 호쾌하게 웃었다.

"그거참, 대장다운 철학인데요!"

그때 근위병의 호위를 받으며 어린 소녀가 나타났다.

──흐음, 미아 황녀라⋯⋯.

디온은 별생각 없이 그쪽을 봤다.

마침 얼굴을 든 미아 황녀와 눈이 마주쳤고⋯⋯.

"히이이이이이익!"

어째서인지…… 미아 황녀가 기절했다.

"……근데, 이건 어떻게 헤쳐나갈 생각이신지?"

"몰라."

부대장의 딴죽에 어깨를 으쓱이며 대답하는 디온이었다.

제8화 루드비히, 궁리하다

——어, 어, 어, 어째서 이 남자가 이런 곳에 있는 거죠?!

의식을 되찾은 미아는 눈앞에 선 디온에게 시선을 보냈다.

"몸은 좀 어떠십니까? 미아 황녀 전하."

디온은 붙임성 있는 미소를 지으며 머리를 숙였다.

"처음 뵙겠습니다. 저는 디온 알라이아. 이 땅에 파견된 제국군을 지휘하는 자입니다."

악의가 느껴지지 않는 완벽한 미소. 하지만 미아는 그 미소에 찌를 듯한 공포만을 느꼈다. 그 얼굴을 보면 목에 차가운 칼날의 감촉이 되살아날 것 같았다.

"? 왜 그러십니까? 황녀 전하."

부르는 목소리에 얼굴을 들었다. 그곳에는 디온의 얼굴이 있었다.

바로 눈앞에서, 마치 미아의 마음을 꿰뚫어 보듯 물끄러미 미아의 눈을 쳐다보았다.

"힉, 히익."

자기도 모르게 다리에 힘이 풀려서 주저앉을 뻔한 걸 옆에 서 있던 거구의 부대장이 급히 부축했다.

"괜찮으슈? 황녀님, 마차 타고 오시느라 멀미라도 나셨나?"

염려하는 말도 귀에 들어오지 않았다.

미아는 디온에게서 시선을 피할 수가 없었다.

"제 얼굴에 뭐가 묻었습니까?"

"아, 아, 아무것도 아니에요. 이, 부, 부대장님이 곰 같아서 무서웠거든요."

"하하하, 곰이면 무난하네. 뭐, 확실히 황녀님에게 제 얼굴은 무서울 만도 하죠."

호쾌하게 웃음을 터트리는 부대장. 하지만 디온은 냉정하게 미아를 관찰했다.

――거짓말이군. 이 아이는 아까부터 날 무서워하는 거야.

그렇게 추측한 디온은 미아의 통찰력을 인정했다.

악당같이 생겼어도 어린아이에게 무른 구석이 있는 부대장은 어지간한 일이 없는 한 미아에게 해를 끼치지 않는다.

예를 들어 미아가 무기를 들고 공격한다고 해도 그 무기만을 노릴 정도로 순하다.

한편, 얼핏 무해해 보이는 디온이지만 필요하다면 어린아이라고 해도 가차 없이 죽인다.

상대가 무기를 들고 이쪽을 죽이려 든다면 용서하지 않는다. 게다가 디온이 부대장보다 압도적으로 더 강하다.

따라서 디온을 경계하는 태도 자체는 맞는 선택이지만…….

――전장에서 대치한 전사라면 모를까, 황실에서 자란 황녀님이 그걸 간파했다면 방심할 수 없겠는데.

그런 생각을 하고 있을 때였다.

미아가 데려온 안경 쓴 문관, 루드비히가 별안간 입을 열었다.

"미아 님, 디온 대장과 함께 숲을 조사하러 가주십시오."

"……네?"

입을 떡 벌린 미아는 맥 빠지는 소리를 냈다.

──오, 오호호. 정말이지, 이 안경은 무슨 소릴 하는 건가요…….

순간 현실 도피를 할 뻔한 미아였으나…….

"이대로 자작가에 가시면 훼방을 받을 우려가 있습니다. 미아 님만 비밀리에 가시는 게 상황을 더 확실히 파악할 수 있을 터입니다."

루드비히가 진심으로 그렇게 말한다는 걸 깨달은 미아는 당황하기 시작했다.

"무──, 잠──, 기──!"

"멋대로 진행하는 건 곤란해, 루드비히 씨."

디온이 귀찮다는 듯 얼굴을 찡그렸다.

"게다가 만약 숲으로 모신다고 해도 미아 님만 가셔야 하는데요?"

"그건 무슨 뜻이오? 우리 근위대도 당연히 동행을…….""

"갑옷이 너무 눈에 띄어. 숲은 지금 긴장 상태야. 룰루 족을 자극해서 싸움이 벌어지면 너희가 책임질 수 있어? 아니면…….""

디온은 입가에 장난기 어린 미소를 지으며 말했다.

"벗을래? 근위대의 상징인 그 갑옷을…….""

"그럴 수밖에 없다면 그렇게 할 뿐. 황녀 전하를 모시는 것이야말로 우리의 자랑. 전원, 무장을 풀어라. 갑옷을 벗고 검만 들고 황녀 전하를 따르라.""

근위대장이 밝게 웃으면서 말했다. 그 명령에 근위병들은 조금도 주저하지 않고 따르려 했다.

아무리 디온이라고 해도 놀라서 눈을 크게 떴다.

근위병이라면 충성과 무력 쌍방을 인정받은, 제국군에서도 가장 자존심이 강한 엘리트 집단이다. 그런데도 이런 행동을 보이다니.

"……그만큼 미아 황녀에게 심취했다는 건가?"

입속에서 작게 중얼거렸다.

"그쯤에서 멈춰, 근위대장. 너희는 우리와 함께 베르만 자작의 눈을 속여야만 하니까."

"하지만!"

"두 명. 미아 님을 따라가는 건 두 명뿐이고, 나머지는 우리와 함께 자작의 저택으로 간다."

그렇게 말한 루드비히가 디온 쪽을 보았다.

"이러면 어떻습니까?"

"어……, 응. 뭐, 그렇게 한다면 어쩔 수…… 없지."

상대방이 이 정도로 굽혀주니 디온이라 해도 거절할 수 없었다. 게다가 조금 호기심이 솟기도 했다.

근위병들이 이런 행동까지 하게 만든 미아 황녀라는 존재에게.

"그렇게 되었습니다. 괜찮으시죠? 미아 님."

한편 미아는.

──하, 하, 하, 하나도 괜찮지 않아요!

도저히 물러날 수 없는 상황. 이미 자신이 끼어들 수 있는 상황이 아니라는 걸 민감하게 감지해버렸다.

──전혀 괜찮지 않다고요!!!

미아는 그저 마음속으로 크게 절규할 뿐이었다.

──아아, 어째서 이런 일이…….

미아는 말 위에서 작게 한숨을 쉬었다.

선두에는 디온 대장. 설마 자신을 죽인 사람의 뒤를 따라 목적지로 향하게 될 줄은 상상도 못 했다.

우울해서 몸에 힘이 들어가지 않는 미아는 말 위에서 축 늘어져 있었다.

"오, 황녀님. 승마술이 제법 좋으시네요?"

미아보다 조금 앞에서 가던 부대장이 말을 걸었다.

"몸에서 힘도 딱 빼고 말의 움직임에 맡기고 계시다니. 평범한 귀족 아가씨면 이렇게 못하는데……."

"호호, 감사합니다."

미아는 악당같이 생긴 부대장에게 인사했다.

미아가 봤을 때 이 부대장은 외모는 그렇다 쳐도 인품은 나쁘지 않다.

조금 전부터 자기를 염려해준다는 걸 느끼고 있었다.

게다가 부대장이라는 직함을 생각해도 디온을 말릴 수 있는 위치에 있는 자일 것이다. 여차할 때 디온을 막아주는 역할로 쓸 수 있지 않을까.

미아의 타산적인 직감이 고했다.

이 부대장과 친하게 지내는 게 좋을 것 같다.

게다가 승마 실력을 칭찬받은 게 조금 기뻤다. 여름방학에 들어선 뒤에도 미아는 시간이 나면 말을 타는 연습을 했다.

승마술은 미아에겐 말 그대로 사활문제.

무슨 일이 일어났을 때 의지할 수 있는 건 충직한 부하들과 물리적인 이동력이다.

얼마나 말을 잘 다룰 수 있는가에 따라 단두대냐 도망이냐가 정해지니 자연스럽게 연습에 공을 들이게 되었다.

"어떤가요? 만약 제가 디온 대장에게서 도망친다고 했을 때 무사히 국경까지 도망칠 수 있을까요?"

"어……, 음, 그건…….."

"그건 어렵겠군요. 죄송하지만 반나절 정도면 따라잡을 수 있습니다."

문득 고개를 들자 디온이 싱긋 웃으면서 이쪽을 돌아보고 있었다.

"그러니 외국으로 사랑의 도피를 떠나실 때는 제 눈이 닿지 않는 곳에서 해 주시길."

"으, 으음. 하지만, 거 뭐냐. 지금부터 10년 정도 단련하면 대장에게도 지지 않을 만큼 잘 타시게 될 겁니다."

"……네, 그렇군요. 10년…….."

일기에 적힌 대로 역사가 진행된다면 혁명이 일어나는 건 지금부터 늦어도 5년 뒤.

미아는 시무룩해졌다.

그런 미아를 위로하듯 부대장의 말이 투레질을 했다.

"어머나, 이 말은……."

미아는 부대장이 탄 말을 보았다.

유연하고 강인하게 약동하는 근육과 그걸 뒤덮은 검고 반들반들한 털이 아름다운 말이었다.

"멋진 말이네요. 특히 털이 매우 아름다워요."

"오, 황녀님. 알아보시겠습니까?"

칭찬을 받고 멋쩍어하면서 웃는 부대장.

"헤헤헤. 이 녀석은 외국에서 수입한 말 샴푸를 써서 꼼꼼히 돌보고 있답니다."

"어머나, 그랬군요. 어째서일까요? 왠지 남 같지 않아요. 무척 친근감이 들어요."

말은 미아를 곁눈질하고는 '히히힝' 하며 살갑게 울었다.

대략 반나절이 지나자 미아 일행은 정해의 숲 입구에 도착했다.

디온이 인솔하는 제국군 백인대는 숲에서 조금 거리가 떨어진 평지에 진을 치고 있었다.

즉석에서 지은 막사가 질서정연하게 놓여 있고, 그 주위에 간이 울타리를 쳤다. 울타리 안쪽에서 병사들이 분주하게 움직이는 게 보였다.

각이 잡힌 움직임은 병사의 훈련도를 드러내는 걸지도 모르지만, 미아는 왠지 불길한 냄새를 맡았다.

"어쩐지 다들 날이 선 것처럼 보이네요."

"황녀 전하께서 오시니 긴장하는 것도 당연한 것 아닙니까?"

근위병의 질문에 미아는 고개를 저었다.

"……아뇨, 그런 것과는 조금 달라요."

팽팽하게 조여진 기척. 불이 타오르기 직전 같은 긴장감.

미아는 그 감각을 알고 있다.

──혁명 전날 밤의 분위기와 조금 비슷해요.

"역시나. 황녀 전하께선 감각이 날카로우시군요."

디온이 미아 옆에 서서 웃었다.

"여기는 전장입니다. 언제 전투가 시작되어도 괜찮도록 병사들도 마음의 준비를 하고 있죠. 그렇게 하지 않으면 목숨을 잃으니까요."

"어머!"

그런 가혹한 환경이라니……. 그렇지 않아도 흉악한 광전사인 대장 아래에서 구르고 있는데…….

사람을 사람으로 보지 않는 악독한 남자 아래에서 일하는 것만으로도 고생일 텐데…….

"병사들이 안타까워요……."

미아는 병사들을 절절히 동정했다.

"……흐음. 귀족의 폭거에 휘둘리는 병사들에게 동정할 수 있다니. 이 황녀님은 소문대로 똑똑한 사람일지도 모르겠어……."

다행히 디온에겐 독심술 능력이 없으므로, 그는 오히려 감탄하면서 중얼거렸다.

"여기에 병사들을 주둔시킬 필요가 있는 건가요?"

"제 개인적인 의견으로는 필요 없습니다. 반대로 여기에 있기만 해도 전쟁이 시작될 위험이 커지죠."

"그렇다면……."

"하지만 안타깝게도 저희는 명령을 받아서 온 것뿐이니까요. 물러나는 게 좋다는 걸 알면서도 이유가 없으면 움직이지 못합니다."

디온이 어깨를 으쓱했다.

"병사를 물릴 이유……."

미아는 살짝 고개를 숙이고 생각에 잠겼다.

주둔지에 있는 병사들에게 위로의 미소를 지으면서도 미아는 계속 고민했다.

──병사를 물린다…….

현재 자신의 단두대로 직결되는 전투가 시작되려 하고 있다.

그 위기가 들불처럼 번지고 있는 이 상황……. 미아의 뇌는 비명을 지를 기세로 빠르게 회전했다.

멍하니 허공에 시선을 배회하면서도 병사들과 눈이 마주치면 붙임성 있게 생긋 웃는 미아.

병사들은 무심코 숨을 삼켰다.

원래 안느가 정성껏 손질하는 매끈매끈한 피부와 말 샴푸의 효과로 찰랑찰랑한 머리카락을 갖춘 지금의 미아는 미아 사상 최강의 미모를 뽐내고 있다.

게다가 대귀족이 입지 않을 법한, 굳이 따지라면 서민적인 승마복을 입었다.

그런 황녀님이 어딘가 초점이 나간 듯 멍한 눈빛을 하는…… 그 신비롭고 몽환적인 'The 황녀 전하'라는 분위기에 디온의 정예병들은 홀랑 넘어갔다.

"오오, 정말 아름다워……. 저 사람이 미아 황녀 전하인가."

"우리 같은 말단 병사를 위해 위로하러 와주시다니…… 크흐읍."

황홀해하며 그런 혼잣말을 중얼거리는 형국이다. 참으로 쉬운 정예병들이었다.

감동에 떠는 병사들을 두고 미아는 계속 고민했다.

미아에게는 비장의 수가 존재한다.

바로 억지 부리기다.

어지간한 일은 미아가 억지를 부리면 통한다. 군부인 흑월청의 명령이라고 해도 황녀가 억지를 부리면 덮어버릴 수 있다.

이건 수많은 비극을 낳은 치명적인 결함이긴 하지만, 이번에는 큰 무기라고 할 수 있다.

하지만 그건 결코 만능이 아니다.

문제는 억지를 부릴 조건이 갖춰져 있는가, 아니냐다.

──제법 어렵네요.

무언가 원하는 물건을 조르는 거라면 모를까, 병사를 물리게 한다는 상황은 마땅히 떠오르는 게 없었다.

예를 들어 미아가 아무런 전조도 없이 병사들을 돌려보내라고 명령한다고 치자.

어떻게 될까? 디온 대장이 고분고분 병사를 데리고 돌아갈까?

대답은 아마도 No.

분명 부대장 선에서 '하하하! 장군놀이입니까? 황녀 전하, 아주 용감하시네요.'라며 웃어넘기고 끝이다.

어린아이의 지리멸렬한 억지라고 치부되면 안 된다.

고집을 부려도 이상하지 않을 법한 상황을 만들어낼 필요가 있다.

──뭔가 좋은 방법이 있다면 좋겠는데요……. 어머?

거기서 미아는 불현듯 깨달았다. 왠지 주위 풍경이 조금 바뀐 것 같은?

시야를 가득 차지하는 커다란 나무, 나무, 나무.

거기는 안느의 여동생, 에리스가 쓰는 소설에 나올 법한 깊은 숲속이었다.

미아가 지나가는 길도 좁고 구불구불해서 앞이 전혀 보이지 않았다.

"저……, 여기는?"

"네? 조금 전에 말씀드렸잖아요. 숲에 들어간다고."

"…………네?"

미아는 자기도 모르게 입을 떡 벌렸다.

"그러니까 숲속, 최전선입니다."

"최, 최, 최, 최전선이요?!"

"그렇습니다. 뭐, 아직 전투가 시작되진 않았으니까요. 별다른 짓을 저지르지 않는 한 갑자기 공격당하는 일은 없을 겁니다."

그렇게 덧붙이는 말도 미아의 귀에는 전혀 들리지 않았다.

──제, 제가 생각에 잠겨있는 사이에 이런 위험한 곳에 끌고 오다니요!

시찰이라고 해도 미아는 딱히 숲을 보고 싶었던 게 아니다. 애초에 주둔지에도 오고 싶어 한 적이 없었다.

미아는 어디까지나 분쟁을 막기 위해 온 것뿐이다. 그런데!

반사적으로 불평하려는 미아를 향해 디온이 낮은 목소리로 속삭였다.

"아, 미리 말씀드리겠습니다. 황녀 전하. 아무쪼록 숲에 있는 걸 경솔하게 건드리지 말아 주시길."

"네?"

"그들에게 이 숲의 나무는 신께서 내려주신 소중한 재산입니다. 그걸 거칠게 다뤘다간 화살이 날아와도 불평할 수 없죠."

──불평을 왜 못해요! 갑자기 화살이 날아온다니. 무서워서 견딜 수 없어요!

미아는 쭈뼛거리면서 주위에 있는 나무로 시선을 줬다.

기분 탓인지 어둠 속에서 활을 겨누는 남자들의 모습이 보인 것 같은 느낌이 들어서 소심한 심장이 벌렁거렸다.

"이, 이제 됐습니다. 어서 마을로 돌아…… 흐걱!"

미아가 요란한 소리를 내면서 넘어졌다.

땅 위로 구불구불 솟은 나무뿌리에 발이 걸렸기 때문이다.

"황녀 전하, 괜찮으십니까?!"

"다치신 곳은 없습니까!"

근위병들이 걱정하며 미아를 살폈다.

반면 디온은 어이없다는 얼굴로 한숨을 쉬었다.

"조심하세요, 황녀 전하. 제도가 아니니까요."

그래도 미아를 향해 손을 내밀었다. 미아는 그 손을 잡았다.

"이, 이런 곳에 뿌리가 튀어나온 게 문제죠. 이 나무가……,
아!"

그 순간…… 미아는 번뜩였다.

"그래, 그래요……. 이 나무가 나쁜 거예요!"

사악한 미소를 지으며 나무를 올려다보는 미아였다.

제9화 High-power Eye Princess

"그래요. 이 나무가 나쁜 거예요……. 이 나무가."

"미아 황녀 전하?"

뭐라고 중얼거리는 미아를 의아해하는 얼굴로 바라보는 디온.

"제 발을 붙잡다니, 건방진 나무로군요!"

히스테릭하게 소리친 미아는 나무줄기를 힘차게 퍽 걷어찼다. 황녀답지 않은, 좀 품위 없는 발차기였다.

그 직후 디온의 등에 긴장이 타고 올라왔다. 살기 덩어리가 미아를 향해 날아오는 걸 감지했기 때문이다.

"칫."

혀를 차는 것과 땅을 박차는 것과 검을 뽑는 게 거의 동시에 이루어졌다. 미아 앞으로 달려 나가 희미하게 바람을 가르는 소리가 들리는 쪽으로 시선을 보냈다.

이쪽으로 날아오는 화살은…… 넷.

"역시 수렵민족. 정확하게 겨냥하는군. 하지만, 그래서……."

디온은 검을 휘둘렀다.

한 번, 두 번, 세 번.

세 개의 참격이 거의 동시에 뻗어나가는 듯한 착각이 드는 멋진 검기.

직후, 그의 발치에 쪼개진 화살 세 개가 떨어졌다.

남은 하나는…….

"……………어, 어……, 엇?"

어리둥절한 듯 눈을 깜빡이며 멍하니 있는 미아. 그 작은 머리 바로 위쪽 나무에 마지막 화살이 꽂혀 있었다.

궤도를 읽은 디온이 일부러 무시한 화살이었다.

천천히 머리 위에 있는 화살로 시선을 준 미아는 경직된 비명을 지르며 그 자리에 엉덩방아를 찧었다.

"히, 히이익!"

이때 그녀가 머리에 꽂고 있던 비녀가 땅으로 떨어졌다.

디온은 그런 미아를 빠르게 옆구리에 끼는 것과 동시에 또다시 날아오는 화살을 검으로 쳐냈다.

"대장!"

뒤늦게 검을 뽑은 부대장과 근위병들이 달려왔지만…….

"물러난다. 숲 밖으로 퇴각해."

디온은 미아를 한쪽 팔로 안아 든 채 달려 나갔다.

"외람되오나 죽이고 싶습니다, 황녀님."

분노에 맡겨 미아를 노려보았다.

"히, 히익."

디온의 살기 가득한 시선을 받은 미아는 조금 전 화살이 날아올 때보다 더 큰 공포를 느꼈다.

"말씀드렸을 텐데요. 부주의하게 숲을 건드리지 말라고…….''

울상이 되어 몸을 바들바들 떠는 미아는 갈라진 목소리로 말했다.

"도, 도, 도, 도망쳐요!"

"시키시지 않아도 바로 주둔지까지 모셔다드리겠습니다."

"영도까지. 자작 저택까지 도망가지 않으면 안심할 수 없어요."

미아는 디온의 눈을 바라보면서 말했다.

디온은 마침 잘 됐다며 고개를 끄덕였다.

"네, 그렇게 하죠. 근위 두 명과 함께 아무쪼록 물러가시길. 호위로 부대 하나를 붙여드리겠습니다."

어차피 어린아이……, 응석받이인 아이인가.

디온은 한숨을 쉬었으나.

"그, 그걸로는 부족해요."

미아는 여전히 디온의 눈을 쳐다보았다. 그 눈에 깃든 강인함을 본 디온은 작게 고개를 갸웃거렸다.

"무슨 뜻이죠?"

"정예인 근위병이라면 모를까, 부대 하나로 황녀인 저를 충분히 호위할 수 있다는 뜻인가요?"

"……무슨 말씀을 하고 싶으신지?"

"전군을 써야죠. 모든 병사를 동원해 저를 호위하며 영도까지 돌아가세요."

"아니, 황녀님. 그건 좀, 아무리 그래도…… 그렇지? 대장."

평상시였다면 경청했을 부대장의 말.

하지만 디온은 미아에게서 시선을 떼지 않았다.

그 아름다운 눈동자 속에 깃든 의지의 뜻을 가늠하려는 듯.

"군을 움직이려면 시간이 필요합니다, 황녀 전하. 진지를 정리하고 물자 운반도 수배해야……."

"절 호위하는 것보다 더 중요한 게 있나요?"

미아는 디온의 눈을 똑바로 마주 보며 말했다. 그 말을 듣고 디온은 작게 한숨을 쉬었다.

그 후 한쪽 팔로 야생 고양이처럼 옆구리에 꼈던 미아를 두 팔로 공손히 안아 들었다.

"그래, 그렇지. 확실히 그 말이 맞습니다……. 부대장, 들었지? 주둔지에 도착하면 말과 병사를 최대한 빨리 움직여."

"대, 대장?"

"명령이시라니 어쩔 수 없지. 아무래도 황녀 전하께선 우리의 실력을 과소평가하시는 모양이니, 명예로운 황녀 전하의 호위답게 질서정연하게 영도까지 이동한다."

이어서 디온은 어째서인지 안도한 듯 눈을 감은 미아를 향해 말했다.

"잠시만 참아주십시오, 황녀 전하. 바로 숲을 빠져나가겠습니다."

──무, 무, 무, 무서웠어요!

디온의 품속에 있는 미아는 새삼 등에서 식은땀이 분출되는 걸 느꼈다.

계획은 뜻밖에 잘 풀렸지만…….

──설마 정말로 화살을 쏠 줄이야.

그 혁명전쟁 때도 우선 경고 차원에서 위협 사격부터 했다. 이번에도 그럴 줄 알았는데…….

게다가 그 후에 보인 디온의 반응.

미아는 확신했다.

먼저 눈을 피하면 죽일 거야!

따라서 미아는 필사적으로 디온의 눈을 응시했다. 말 그대로 모든 의지력을 총동원해서 시선을 피하지 않도록 노력했다.

──주, 죽도록 피곤해요!

머리 위에서 디온이 뭐라 말하는 것 같았지만 그러거나 말거나 미아는 눈을 감았다.

하도 열심히 부릅뜨는 바람에 깜빡이는 것도 잊어버려서 눈이 조금 아파진 미아였다.

제10화 타인의 불행을 비웃는 자는……

"알겠죠? 그 숲에서 있었던 일은 아무쪼록 비밀로 부탁드려요. 저는 나무뿌리에 걸려 넘어져서 조금 혼란스러웠던 것뿐이에요. 알았죠?"

영도에 도착한 미아는 동행했던 일행에게 그렇게 타이른 뒤 루드비히와 합류했다.

한편 디온은 뒤처리에 퍽 고생했다. 디온의 부대는 백인대다. 아직 희생이 나오지 않았으니 정확히 100명이라는 인원을 받아 줄 곳을 찾을 필요가 있다.

제도였다면 모를까, 자작령의 마을 하나에서 이만한 인원을 한꺼번에 받을 수는 없었다. 어쩔 수 없이 그는 부대를 10개로 분산하여 이웃 마을들에 머무르게 했다.

모든 지시를 마친 뒤 영도로 돌아오자 아무리 디온이라고 해도 다소 피로를 금치 못했다.

"상당히 고생이었수다……."

"그나마 백인대라 다행이지. 천 명, 만 명이었다면 침상이며 식량 수배로 죽어났을걸. 역시 이 이상 출세하고 싶지 않아."

"여전히 욕심이 없다니까."

부대장은 호쾌하게 웃은 뒤 말했다.

"그건 그렇고 대장의 감이 맞았네요."

"응? 무슨 소린데?"

"희망적 관측은 안 맞는다는 그거요. 그 황녀님, 제국의 예지라고 하길래 조금은 멀쩡한 사람일까 했는데. 뭐, 귀족이 다 그렇죠."

수염을 쓰다듬으며 중얼거리는 부대장에게 디온은 작게 고개를 저으며 대답했다.

"그 황녀님을 너무 얕보지 않는 게 좋아."

"엉? 아니, 근데……."

"상당한 수완가야. 군사를 시키면 실컷 지는 척해놓고 마지막에는 당당히 승리를 거두는 부류의 인간이지."

디온은 이해할 수 없다는 표정인 부대장을 데리고 주점을 찾았다.

거기엔 선객이 있었다.

"앗, 디온 백인대장……."

"수고하셨습니다. 수배는 무사히 끝나셨습니까?"

미아와 동행한 두 명의 근위병이었다. 디온과 부대장의 모습을 발견하고는 바로 일어나서 자세를 바로잡았다.

"여어, 너희도 술 마시러 왔어?"

소탈하게 손을 들고 인사하는 디온을 향해 근위병 둘이 고개를 푹 숙였다.

"이번엔 우리 황녀 전하께서 대단히 폐를……."

"폐?"

"평소엔 그렇게 오만한 분이 아니십니다만……. 이번엔 목숨의 위협을 느끼고 동요하셨던 모양입니다. 아무쪼록 용서해주십시오."

──아, 이 녀석들도 마찬가지인가. 으음, 이런 건 내 역할이
아니라고 보는데…….

디온은 작게 한숨을 쉬었다.

"별로 신경 안 써. 애초에 황녀 전하껜 도움을 받은 셈이고."

"네……? 저기, 그건 무슨……?"

경악하면서 눈을 깜빡이는 병사들을 향해 디온은 쓴웃음을 지
었다.

"모르겠어? 그건 연기야."

그 후 그는 근위병들의 자리에 앉아 술을 주문했다.

잠시 후 주문한 맥주가 나오자마자 기다리지 못하겠다는 듯 병
사 중 한 명이 물었다.

"그런데 그, 디온 님. 연기라는 건……?"

디온은 나무로 만든 맥주잔을 반쯤 들이킨 뒤에 입을 열었다.

"전장에 별로 익숙하지 않은 근위병 제군은 몰랐을지도 모르지
만, 군대란 건 거기에 존재하는 것만으로도 압력이 돼. 그건 나쁜
짓을 하려는 도적 같은 놈들을 억제하기엔 유효하지만, 굳게 각
오한 전사를 상대할 경우 쓸데없는 싸움이 일어나는 계기가 되기
도 하지."

서로 검을 뽑고서 상대에게 들이대고 있다 보면 작은 계기로도
살육전이 시작된다. '상대가 먼저 공격하는 게 아닐까?' 하는 의
심은 손쉽게 적을 향한 살의로 변모한다.

"너희의 황녀 전하는 그런 긴장 상태를 좋게 보지 않은 거지.
원래 룰루 족은 숲 밖으로 나와서 악행을 저지르는 것도 아니야.

숲에만 손을 대지 않으면 괜한 전투를 피할 수 있지. 하지만 상층부는 좀처럼 그런 사정을 알아주지 않아. 그렇기 때문에 대증요법 같은 조치가 된 거지."

일단 군대를 물려서 긴장 상태를 완화한다. 하지만 그건 어디까지나 일시적인 조치에 그친다.

──그럼 이 틈에 뭘 할 생각인 건지…….

디온은 자신이 미아 황녀의 행동을 즐기고 있다는 걸 자각하고 무심코 쓴웃음을 지었다.

"그러니 알았지? 너희."

"네?"

"미아 황녀 전하의 뜻이 너희 행동에 따라서 물거품이 될 수도 있다는 거. 룰루 족이 화살을 쐈단 말이 들어가면 황제 폐하께서도 가만히 있지 못하실 거 아니야. 그러니까 너희는 황녀 전하께서 말씀하신 대로 그 숲에서 일어난 일을 비밀로 해."

"아……, 알겠습니다! 그건 당연히……."

자세를 고치는 근위병들을 본 디온은 살며시 한숨을 쉬었다.

──왜 내가 미아 황녀를 변호하는 거지……?

문득 디온은 미아 옆에서 시중을 들던 문관을 떠올렸다.

아마 미아 황녀는 지나치게 지혜롭기 때문에 주위 사람에게 자신의 생각을 전하는 걸 게을리하는 경향이 있으리라. 그만큼 그녀 주위에 있는 현명한 사람들이 고생한다고 생각하면 그 남자도 어지간히 고생 중일 것이다.

'고생하는 사람에게 건배'라며 남의 불행에 웃던 디온이었으나.

"디온 대장, 잠시 괜찮을까?"

장본인이 주점에 나타났을 때, 디온은 문득 불길한 예감을 느꼈다.

혹시 그 고생하는 사람 속에 자기도 끌려들어 가는 거 아닌가……? 뭐 이런, 불길하기 짝이 없는 예감을…….

영도에 도착했을 때 미아는 성취감이라 할 수 있는 기분 좋은 피로를 느꼈다.

——아아, 침대. 침대가 그리워요.

물론 지금 당장 잘 수는 없지만.

미아는 우선 디온을 비롯한 다른 세 명에게 숲에서 있었던 일을 비밀로 해달라고 분부했다.

——나무에 화풀이했다는 이야기가 퍼지면 곤란하니까요.

주위 사람들은 아무도 의외로 생각하지 않겠지만, 미아에게는 제법 부끄러운 행동이었다. 나무에 걸려 넘어져서 화풀이했다가 화살에 맞을 뻔하다니. 부끄러운 것도 정도가 있다고 느꼈다.

수치심 포인트가 묘한 곳에 있는 미아였다.

그렇게 자작 저택에 도착한 미아는 바로 베르만 자작의 부름을 받았다.

본래 황녀인 미아는 그런 호출에 응할 필요가 없었지만, 이번에는 미아 쪽에서도 그에게 할 말이 있었기에 순순히 응하기로 했다.

"황녀 전하, 대체 뭘 하신 겁니까. 이런 행동을 하시다니, 만약 현장에 혼란이 일어나면…….”

넓은 응접실에서 기다리던 베르만은 불편함을 숨기지 않았다.

“어머. 그럼 자작은 제 호위가 고작 몇 명으로도 충분하다고, 그렇게 말씀하시는 건가요? 당신이 말하는 위험지대에서 돌아왔는데, 근위병 두 명만으로 충분히 호위할 수 있다고요?”

“으……. 아, 아뇨. 절대 그런 말씀이 아니라……. 하지만 애초에 말씀도 없이 그런 위험한 장소에 가시면 저도 곤란하다고 할지…….”

“제국의 영토는 빠짐없이 우리 황실의 영토. 황제의 딸인 제가 가고 싶어 하면 갈 수 없는 장소도 없고, 막을 수 있는 사람도 없습니다. 그렇지 않나요?”

오만하고 제멋대로인 발언이지만 참 자연스럽게 잘 어울리는 미아였다.

그도 그럴 것이, 이전 시간축에서 미아는 거의 이런 논리로 행동했기 때문이다.

──아아, 옛날 생각이 나서 왠지 무척 상쾌한 기분이에요!

오랜만에 발휘하는 본성에 미아의 얼굴은 반짝반짝 빛났다.

“아, 그리고 그 땅 문제로 아바마마께 상담하고 싶은 게 생겼으니 잠시 벌목이나 군대를 움직이는 걸 자중해주세요.”

“무슨 헛소리를! 아, 아니, 아뇨. 하지만 그건 좀, 너무 위험합니다. 군대 없이 그놈들의 포악한 짓을 어떻게 막으라는 말씀입니까.”

“글쎄요? 영도 수비만 굳건히 해두면 그만 아닌가요? 이웃 마을쯤이야 버려둬도 아무 문제 없잖아요?"

고개를 옆으로 살짝 까딱이는 미아. 그 얼굴에는 영악하고 짓궂은 미소가 번져 있었다.

미아가 입에 담은 말은 자작 본인도 평소 생각하는 바였다. 동시에 일반적인 귀족의 가치관이기도 하다.

이걸 부정하면 어떠한 '별도의 꿍꿍이'가 있다는 게 들통날지도 모른다. 따라서 베르만은 침묵할 수밖에 없었다.

"그럼 그렇게 되었으니, 잘 부탁드려요."

반바지 자락을 살짝 들어 올리며 정중한 듯 거만하게 인사한 미아는 자작의 방에서 나왔다.

이렇게 각종 뒤처리를 마치고 자작 저택의 귀빈실에 도착했을 때, 미아는 중대한 사실을 알게 되었다.

"어머나? 미아 님, 비녀는 어디 두셨나요?"

옷을 갈아입던 도중 안느의 질문을 받은 미아는 허둥지둥 자신의 머리에 손을 가져갔다.

"어? 정말이네요……. 이상해라."

영도에 돌아온 후로 옷을 갈아입는 건 이게 처음이다.

전선 주둔지에서도 그런 기회는 없었고, 비녀를 뺀 기억도 없다.

작게 고개를 갸웃거리면서 기억을 정리한 미아는 다음 순간 창백하게 질렸다.

──그때, 화살이 날아왔을 때 떨어뜨린 거예요…….

혹은 나무에 걸려 넘어졌을 때일지도 모르지만, 여하간 그 숲 속에 있다는 건 틀림없을 듯했다.

──크, 크크크, 큰일, 큰일이에요!

미아는 당황했다. 여기서 일어날 분쟁은 대충 제지했다는 실감을 느꼈다. 하지만 그 비녀는 숲에서 유래한 물건.

분쟁과 연관이 깊은 물건이라고 할 수 있으리라.

그런 물건을 떨어뜨렸다는 게 참으로 불길했다.

작은 계기로 분쟁이 일어나 혁명으로 불이 번질 가능성이 있다.

그리고 단두대……. 모가지가 싹둑…….

──그, 그건…… 사양이에요!

게다가 그 비녀를 되찾고 싶은 이유가 하나 더 있었다.

그 비녀를 준 아이를 위해.

평범한 선물이었다면 별로 개의치 않았겠지만, 그게 어머니의 유품이었다고 들은 뒤였기 때문에 아무리 미아라고 해도 무시할 수 없었다. 모처럼 소중한 물건을 선물했는데 그걸 잃어버렸다는 걸 알면 그 아이가 슬퍼할 게 분명하다.

분노를 사는 것도 싫지만, 실망하거나 슬퍼하는 것도 어쩐지 싫은 미아였다.

──호의를 저버려서 좋은 일은 하나도 없어요.

이렇게 된 이상 미아가 취할 행동은 딱 하나.

"되찾으러 가야겠어요."

"무슨 일이세요? 미아 님."

"안느, 미안하지만 루드비히를 불러주겠어요?"

제11화 루드비히, 스카우트하다

"불러내서 면목 없습니다, 디온 대장."

"아뇨, 황녀 전하의 뜻이라면 우리 같은 말단 병사는 어떤 때라도 달려오는 게 당연합니다."

한쪽 무릎을 꿇고 머리를 숙인 디온. 부하들의 목숨을 구해준 황녀 전하에게 경의를 표하고 있기에 그 치고는 웬일로 고분고분한 태도였다.

물론 그래도 '공손'하다기보다는 공손함으로 위장한 '무례함'이라고 표현할 수 있을 법한 분위기였지만.

"그, 그런가요? 어쩐지 당신에게 그런 말을 듣는 건 조금 소름이 돋는데……. 뭐, 됐습니다. 사실은 부탁하고 싶은 게 있어요."

어째서인지 유난히 경계하는 표정으로 바라보던 미아였으나, 그 생각을 접어두듯 한 번 헛기침한 뒤 말을 꺼냈다.

"비녀를 되찾으러 숲에 가고 싶다는…… 말씀입니까?"

사정을 들은 디온은 무심코 고개를 갸웃거렸다.

——어지간히 고가인 물건인 건가? 하지만 딱히 그런 가치에 집착하는 것처럼 보이지도 않는데……. 아니면 특별한 상대에게서 받은 선물이라거나?

이런저런 추측을 해본 디온은 더 자세한 사정을 듣고 한층 혼란스러워졌다.

"빈민가의 아이에게 받은 선물입니까……?"

아무리 그 아이의 죽은 어머니가 남긴 유품이라고 해도 그런 물건을 위해 굳이 숲으로 돌아가려는 건 이해할 수 없었다.

"억지를 부린다는 건 알아요. 하지만."

"딱히 상관없습니다."

"······네?"

"황녀 전하께는 병사를 물릴 계기를 만들어주신 은혜가 있으니까요. 이 정도의 고집은 들어드려야죠."

마음속으로 '어차피 그냥 억지 부리는 것만은 아닐 테죠?'라고 덧붙인 디온은 주저 없이 말했다.

"뭐, 병사는 움직일 수 없으니 저 혼자여도 괜찮으시다면 모시겠습니다."

"다, 당신과 단둘이요?!"

미아는 순간 얼굴이 창백하게 질렸으나······.

"어, 어, 어쩔 수, 없네요······."

쥐어짜듯 내뱉는 목소리는 어째서인지 울먹이는 것처럼 떨리고 있었다.

"디온 대장."

방에서 나오자 그를 불러 세우는 사람이 있었다.

"아, 루드비히 씨."

그곳에 서 있는 사람은 미아의 심복, 루드비히였다.

"부디, 아무쪼록, 미아 님을 잘 부탁한다. 미아 님께선 앞으로의 제국에 필요한 분이시니까."

"최선을 다하지. 황녀 전하께는 은혜를 입었으니까."

가볍게 대답하고 발걸음을 돌리려 하는 디온을 루드비히가 붙잡았다.

"하나 더, 부탁하고 싶은 게 있어."

어딘가 결의가 담긴 듯한 시선에 디온의 표정이 살짝 굳어졌다.

"뭐지? 루드비히 씨."

"이번 일이 무사히 정리되면 당신도 황녀님의 협력자가 되어줬으면 해."

"협력자? 참 과감한 소릴 하네. 황녀 전하께선 나를 별로 좋아하지 않으시는 줄 알았는데……."

심복이 온 이상 그렇지도 않은 모양이다.

"하지만 협력이라고 해도 말이지. 근위병단에라도 들어가서 황녀 전하를 지키면 되는 거야? 뭐, 그것도 재미있을 것 같지만."

"당신의 검술 실력이라면 누구보다 의지할 수 있는 수호자가 되겠지. 그건 확실히 매력적인 제안이긴 하지만, 그게 아니야."

루드비히는 작게 고개를 저은 뒤 뜻밖의 말을 했다.

"당신은 장군이 되어줘."

"뭐? 내가? 자, 장군?"

아무리 디온이라고 해도 입을 떡 벌리고 굳어버렸다.

"나는 금월청이나 내정을 돌보는 관청을 움직일 수 있어. 지인도 있지. 하지만 군부, 즉 흑월청에는 아쉽게도 인맥이 없거든. 미아 님께서 원하시는 바를 이루기 위해서는 나 같은 문관만으로는 부족해. 군부에도 협력자가 필요하지. 그것도 실력이 좋고 황녀 전하의 속내를 이해할 수 있는 사람이⋯⋯."

"그러기 위해 나에게 군대에서 출세하고 협력하라고?"

그건 어느 의미 근위병이 되어 목숨을 걸고 지키라는 것보다 더 어려운 주문이었다. 출세에 전혀 관심이 없는 디온에게는 더없이 귀찮은 일이기도 했다.

따라서.

"그래. 그것도 재미있을지도 모르겠네."

그렇게 대답해버린 자신이 스스로도 의외였다.

하지만 적어도, 미아의 지시를 따라 검을 휘두른다면 잘 알지도 못하는 귀족 나리의 명령을 받아 사지로 향하는 것보다는 좋은 장소에서 죽을 수 있을 것 같다는 생각이 들었다.

"뭐 아무튼, 지금 무슨 소릴 해도 무의미하지. 숲에서 무사히 살아 돌아올 수 있다는 보장도 없고, 사태를 잘 수습할 수 있다는 보장도⋯⋯, 잠깐. 왜 웃는 거야?"

"아니, 별일은 아니야."

"혹시 황녀 전하라면 확실히 잘 해결하실 테니까 걱정해봤자 소용없다거나, 뭐 그런 생각이라도 했어?"

"그것도 있는데. 무엇보다 다른 누구도 아닌 디온 씨 본인이 그렇게 생각하는 것처럼 보였거든."

지적을 받은 디온은 조금 놀랐다.

확실히 자신은 불안을 느끼지 않았다. 그건 자신의 검 실력을 믿기 때문인 줄로만 알았는데.

──황녀 전하께 맡기면 그리 나쁜 일은 일어나지 않을 거라고 여기는 건가?

　　그건 어쩐지 거슬린다고 생각하는 디온이었다.

　　이날 밤의 밀담은 후세의 역사서에 실리게 된다.

　　훗날, 미아 사천왕이라 불리는 명재상 루드비히와 마찬가지로 사천왕의 일각을 짊어지게 되는 대장군 디온 알라이아.

　　맹우이자 친우이며 생애를 미아에 바치게 되는 남자들의 첫 밀담이었다.

제12화 울상인 미아는 고립무원

정해의 숲, 룰루 족의 마을.

200명 가까운 사람들이 사는 마을은 이전 시간축에선 비극의 땅으로 알려져 있다.

황녀 전하의 이기심 때문에 괴멸한 마을⋯⋯. 그렇게 불리는 그 장소에서 처참한 학살이 이루어지게 된다.

룰루 족의 건장한 궁수 앞에서 큰 희생을 낸 제국군은 사태의 진정화를 꾀하기 위해 숲을 불태우고 룰루 족을 몰살시켰다.

각지에 돈을 벌러 나가 있던 생존자들은 황실에 분노를 품고 혁명군에 투신하여 숙련된 궁수로서 많은 제국 장병의 피를 흐르게 했다.

처참한 학살의 온상이 되어 수많은 복수자를 만들어낸 피비린내 나는 땅.

하지만 적어도 현시점에서는 일정한 고요를 유지하고 있다.

이것이 영원한 게 아니라 전쟁을 앞둔 긴장된 분위기, 소위 폭풍 전의 고요임을 아는 부족의 전사들은 하나같이 딱딱하게 굳은 표정을 짓고 있었으나.

"제국군이 물러갔단 말이냐⋯⋯?"

전선에 나가 있던 정찰병의 보고를 받은 족장이 신음하듯 중얼거렸다.

"우리를 꾀어내기 위한 함정 아닌가?"

전사 중 한 명이 의문을 제시했다.

"그럴 가능성도 충분히 있지만……, 진지도 텅 비었고 식량도 그대로 남아있어 다소 기묘합니다."

그렇게 보고하는 정찰병은 곤혹스러운 표정이었다.

그도 어제오늘 성인을 맞은 젊은이가 아니다. 전쟁이 시작될 수도 있는, 부족의 미래를 결정지을 중요한 시기에 정찰 임무를 맡을 만한 남자다.

단순한 함정을 놓치진 않는다.

"어쨌거나 상태를 지켜봐야겠구나."

팔짱을 낀 족장은 수염을 가볍게 쓰다듬은 뒤 무거운 목소리로 말했다.

그 후 옆에 대기하고 있던 소녀에게 시선을 보냈다.

"모처럼 오게 했는데 미안하구나. 변경백의 이야기를 제국군의 대장에게도 들려주고 싶었다만……."

"아뇨, 일족의 위기가 왔다면 당연히 달려와야죠……."

소녀는 조용한 표정으로 고개를 끄덕였다.

"티오나 님께 부탁드려서 더 윗분께 조정을 부탁드리는 것도 생각해봤지만요……."

"그래……. 상황에 따라서는 그것도 고려해야겠지만……. 과연 우리를 도와주려는 기특한 귀족이 루돌폰 변경백 말고 또 있을 지."

룰루 족은 어차피 변경의 소수부족일 뿐이다. 그런 자들을 굳이 구할 도리는 없다. 그렇게 생각하는 족장이었으나…….

"족장님은 너무 비관적이세요. 귀족님 중에도 훌륭한 분은 계세요. 게다가……."

"실례합니다, 족장님. 숲에 왔던 여자가 이걸 떨어뜨리고 갔습니다만……."

"뭐냐……, 음! 그 비녀는…………."

정찰병의 손에 들린 것을 본 순간, 족장의 미간에 깊은 주름이 파였다.

──으, 으으. 왜 이런 일이…….

미아는 말 위에서 뻣뻣하게 굳어 있었다. 눈앞에는 훤칠하게 키가 큰 등이 보였다.

밤에 말을 타는 건 위험하다는 이유로 현재 디온의 말에 같이 타고 있었기 때문이다.

단단히 붙잡으라는 말은 들었으나 이상한 곳을 잡으려고 했다간 분노를 살 것 같아서 긴장되어 몸이 딱딱해지는 미아였다.

"일단 진지에 들르겠습니다, 황녀 전하."

"진지에? 어째서죠?"

"횃불을 보충할 필요가 있기 때문이죠. 설마 빛도 없이 한밤중의 숲속에서 찾으실 생각이셨습니까?"

그 후 어이없다는 듯한 한숨이 돌아왔다.

"중요한 부분에서 어설프시네요, 황녀 전하."

──어설프다고요? 무슨 말이죠?

미아는 고개를 갸웃거렸다.

"애초에 밤에 분실물을 찾으러 가겠다는 것부터 어설픕니다. 밤의 숲에 가는 이유로는 엉성해요. 세부적인 계획이 부족하시네요. 우리 부대장 정도였다면 속일 수 있었을지도 모르지만……."

그렇게 말한 디온이 어깨 너머로 뒤를 돌아보았다.

"혼자 몰래 룰루 족과 대화하러 가시려는 거죠?"

"················네?"

"어? 아니었습니까? 쉬면서 술을 마시던 도중에 끌고 나오셨으니 그 정도는 기대해볼 수 있다고 생각했는데요."

불현듯 디온의 등에서 압력 같은 게 피어오른 느낌이 들었다.

미아는 등을 타고 차가운 무언가가 내달리는 걸 느끼며 급히 입을 열었다.

"마, 마마, 맞아요. 당연히 그렇죠. 디온 씨에게 협력을 요청했을 정도니까요."

"그럴 줄 알았습니다. 역시 황녀 전하는 재미있는 분이네요!"

유쾌한 듯 웃음을 터트리는 디온. 동시에 압력이 흩어졌다.

"뭐, 어떻게 할 생각인지는 모르지만 함께 가겠습니다. 경우에 따라서는 지옥까지도."

돌아보는 디온의 얼굴을 본 미아는 뒤늦게나마 깨달았다.

──어라? 이거, 혹시, 좀 위험한 상황인 건가요……?

그리고 떠올렸다.

이전 시간축에서 눈앞의 남자가 자신을 죽였다는 사실을.

──저, 저는 대체 무슨 짓을?

방심했다는 말밖에 할 말이 없었다.

병사를 물린 것만으로 전부 해결되었다고……. 비녀를 찾으러 가는 건 어디까지나 만약의 사태를 위해서라고…….

그 믿음이 미아의 위기 감지 능력을 둔하게 만들었다.

——이건 그거예요. 전채 요리가 맛있다고 너무 많이 먹는 바람에 배가 꽉 차서 진짜 맛있는 디저트를 못 먹게 되는……, 아니, 이렇게 멋지게 비유를 늘어놓을 때가 아니죠!

애초에 딱히 멋진 비유도 아니었지만…….

그런 이상한 헛소리를 중얼거릴 정도로 미아는 혼란에 빠졌다.

"역시 어둡…… 군요."

정해의 숲은 짙은 밤의 어둠에 감싸여 있었다.

미아 앞에서 걷는 디온의 손에는 밝은 빛을 뿌리는 횃불이 들려있었으나, 그것도 기껏해야 자신들 주위의 어둠을 불식하는 정도.

낮에 왔을 때와는 전혀 다른, 이세계 같은 숲의 모습에 미아가 정신이 팔려있자…….

"황녀 전하."

"히익!"

갑자기 자신을 부르는 목소리에 미아는 작게 뛰어올랐다.

"무, 무, 무, 무슨 일이죠?"

"아뇨, 낮에 공격받았던 장소에 도착했으니 부른 것뿐입니다."

디온은 생글생글 웃으면서 그런 말을 했다.

"아, 그, 그렇군요……. 알겠습니다."

미아는 주위를 둘러본 뒤 고개를 갸웃거렸다.

"여기가 정말 낮에 왔던 그 장소인가요?"

"확실합니다. 보세요, 저 나무에 화살이 박힌 흔적이 있잖습니까."

듣고 보니 정말 그렇다는 느낌은 들지만…….

──전혀 못 알아보겠어요. 여기서 비녀를 찾는 건 불가능한 게 아닐까요……?

새삼 그 사실을 깨달은 미아였지만 이미 때는 늦어버렸다.

디온에게 돌아가고 싶다고 말해봤자 기막혀할 뿐이리라.

아니, 기막혀하는 걸로 끝나면 모를까 역린을 건드렸다간 큰일이다. 아무튼 상대는 자신을 죽였던 남자다. 최대한 분노를 사지 않도록 해야 한다.

미아는 어떻게든 비녀를 찾기 위해 땅바닥을 노려보았다.

"황녀 전하, 아무래도 의도하신 대로 일이 진행될 것 같습니다."

"……네?"

디온의 말을 들은 미아는 맥 빠지는 소리를 냈다.

"이봐, 구경하지 말고 나오지 그래?"

디온이 수풀 쪽으로 횃불을 들이밀며 말했다. 그러자 갑자기 수풀이 부스럭부스럭 흔들리더니 그곳에서 건장한 남자들이 나타났다.

마르고 탄탄한 몸을 짐승의 모피로 감싼 사람들.

──이 사람들이 룰루 족인가요? 어쩌면 리오라 씨의 가족이 있을지도 모르겠네요.

미아가 멍하니 관찰하는 사이에도 대화가 진행되었다.

"기습하지 않는 걸 보아하니 싸우러 온 건 아닌 거겠지?"

"역시 제국 전사들의 수장. 나쁘지 않은 통찰력이다."

전사들을 가르며 앞으로 나타난 남자. 멋들어진 하얀 수염을 기른 초로의 남성이 디온을 날카롭게 쏘아본 뒤, 이어서 미아를 노려보았다.

"꼬마. 너는, 낮, 여기 왔던 여자지?"

갑자기 말을 거는 바람에 눈을 깜빡이던 미아였으나, 일단 거짓말을 할 이유가 없었기에 고개를 끄덕였다.

"맞아요. 저는……."

"꼬마. 이거, 어디서 손에 넣었지?"

남자는 낮은 목소리로 말했다. 그 손에는 미아가 빈민가의 아이에게 받은 '유니콘 비녀'가 들려있었다.

"어머, 그건……."

"어디서 손에 넣었지? 물었다. 대답에 따라서는……."

"음, 거기까지."

그때 디온이 한 걸음 앞으로 나섰다.

"너무 무례한 짓을 하면 곤란해. 이쪽에 계신 분은 이 제국의 황녀님이자 내가 지켜야만 하는 분이거든. 일단은."

칼자루에 손을 올리고 목소리를 낮게 깔았다.

"경우에 따라서는 이쪽에서 용서하지 않겠다."

"네놈……!"

파직파직 불꽃이 튈 정도로 고조되는 긴장감. 일촉즉발의 분위기 속에서 미아는…….

──아아, 이건……!

황홀한 감동에 몸을 떨고 있었다.

──짜릿해요……. 못 참겠어요!

감동해서 눈물이 고일 만큼 지금 상황이 아주 흡족했다.

디온은 자신을 죽였던 남자다. 직접적인 원수이자 가장 큰 대적자라고 해도 과언이 아니다.

그런 인물이 몸을 날려 자신을 감싸려 하다니……. 정말, 정말…… 통쾌하기 그지없었다.

──아아, 이건 그거로군요. 감탄하는 루드비히를 봤을 때와 같은 감각. 기분이 상쾌해요!

무심코 '오호호호!' 하고 웃음을 터트릴 뻔한 그때였다.

"그런데 황녀 전하……, 이거 당연히 수습할 계획은 있으신 거죠?"

"…………네?"

머리 위에서 냉수가 쏟아졌다.

"그…….."

"만약 이것도 계획에 포함된 거라면 제가 저 녀석들을 베어도 괜찮은 건지, 안 되는 건지, 교전인지 철수인지 지시를 내려주시면 감사하겠습니다만."

생긋. 참으로 멋진 미소를 지으며 디온이 말했다.

그 미소에 담긴 '아무 생각도 없는 거라면 용서하지 않겠다'는 뉘앙스를 알아차린 미아의 얼굴이 창백해졌다.

──그랬죠. 기분 좋아할 때가 아니었어요! 어떻게든 해야…….

하지만 애초에 미아에겐 계획이 없었다.

게다가 어째서인지 크게 화난 룰루 족의 남자가 눈앞에 있다. 이 상황에서 피를 보지 않고 해결하기는 어려울 것 같았다.

게다가 잘 생각해 보면 디온 역시 절대적인 아군이 아니다. 딱히 친구인 것도 아니고 충성을 맹세한 부하도 아니다.

어디까지나 조건부. 굳이 따지라면 적 같은 분위기조차 느꼈다.

──어라? 즉 제 아군이 없는 거 아니에요?

고립무원 상태. 언제든지 자신을 도와주는 심복인 안느도 루드비히도 없는 역경에 처한 미아는 완전히 울상이 되었다.

──아무튼 뭔가……, 뭔가 생각을 해야…………

초조해하는 미아에게 뜻밖의 방향에서 도움이 손길이 날아왔다.

"기다려요!"

"어……? 당신은…… 리오라 양?!"

갑작스러운 아는 사람의 등장에 미아는 놀라서 소리쳤다.

"황녀 전하……. 잘 지내셨어요."

머리를 숙이는 리오라를 본 미아가 고개를 갸웃거렸다.

"왜 당신이 이런 곳에……. 아뇨, 그보다 저쪽 분은 조금 전부터 왜 화가 나신 거죠?"

"네. 사실, 저분은 룰루 족 족장님, 이에요. 그래서……."

"이 비녀, 내가, 아내에게, 선물했다. 그리고, 아내가 죽은 뒤, 딸이 받았다."

"따님…… 말인가요."

미아는 작게 고개를 갸웃거렸다가 바로 이해하고 고개를 끄덕였다.

"그렇군요……. 말씀드리기 참 주저되지만, 당신의 따님은 안타깝게도 돌아가셨습니다."

"죽었다…………?"

망연자실한 얼굴로 중얼거리는 족장. 미아는 최대한 상대방을 자극하지 않도록 느린 말투로 말을 이었다.

"그건 아마 당신의 손자에게 제가 받은 물건이에요."

"자세히, 들려줘."

——미아의 이야기가 끝나자 정적이 찾아왔다.

진위를 가늠하듯 서로 얼굴을 쳐다보았다. 그런 침묵이 잠시 이어졌다.

"족장님. 황녀 전하는 거짓말 하는 분, 아니에요. 그리고 제가 아는 황녀 전하의 인품과 지금 이야기, 일치해요."

말문을 연 사람은 리오라였다.

이어서 디온이 가세했다.

"아무래도 상관없는데. 우리 군대를 물러나게 한 것도 이 황녀 전하의 조치였어."

"뭐라고? 거짓말이다. 그 꼬마, 우리 나무, 찾다."

디온이 옆에서 끼어든 룰루 족의 전사를 한 번 노려보았다.

"군대라는 건 물러날 때도 마땅한 이유가 필요하거든. 말단 잡병이라면 모를까, 족장님은 이해하실 거라고 생각하는데.”

족장에게 시험하는 듯한 시선을 보냈다.

족장은 엄숙한 얼굴로 디온 쪽을 봤다가 무거운 말투로 말했다.

“맞다. 하지만, 전부 믿는 것도, 어렵다. 이해할 테지.”

“확실히 그렇죠. 그렇다면 그 아이를 여기로 오게 할까요? 그대로 빈민가에 있는 것도 그 아이에게는 좋지 않을 테니까요. 그건 바로 수배할 수 있어요. 그 후에 판단하시면 돼요.”

그렇게 말한 뒤 미아는 발걸음을 돌리려 했다.

이대로 돌아가는 분위기를 조성하면 잘 풀릴 것 같다고 생각한 미아였으나.

“황녀 전하. 설마 이걸로 끝은 아니지?”

“……네?”

“에이. 이 숲의 분쟁을 전부 해결할 생각인 거잖아요?”

미아의 얼굴이 창백해졌다. 미소를 머금은 디온의 눈동자에서 험악한 빛을 발견했기 때문이다.

“다, 당연하죠. 루돌폰 변경백작가의 리오라 양도 와 있으니 잘됐군요. 제대로 이야기를 들어보겠어요!”

미아는 반쯤 자포자기하듯 그렇게 말했다.

사정 청취도 끝나고 돌아가려 하던 차에 족장이 혼자서 찾아왔다.

“황녀 전하, 조금 전에, 실례했다.”

"어머, 믿지 못한다고 하시지 않으셨나요?"

공손하게 사과하는 족장을 본 미아는 눈썹을 찡그렸다.

"다른 동족 앞에서는, 그렇게 말했다."

족장은 지극히 진지한 얼굴로 그렇게 말했다.

"적지에 부하 한 명만 데려온, 용감한 사람, 거짓말, 안 한다."

그리고는 크게 머리를 숙였다.

"손자가 신세 졌다. 조금 전의 무례, 사과한다."

룰루 족은 긍지를 중시하는 부족이다. 자신들에게 무례를 저지르는 자가 있다면 상대가 귀족이라고 해도 이를 드러냈다.

하지만 미아는 은인이다. 심지어 이 대제국의 황녀다.

마음만 먹는다면 자신들을 짓밟아버릴 수 있을 만한 권력을 지닌 상대가 예의를 차렸으니, 이쪽에서 예의를 차리지 않을 이유가 없다.

그렇게 하지 않으면 상대방의 긍지를 훼손하게 된다.

족장은 그렇게 판단했다.

"필요 없어요. 저도 당신들의 소중한 자산인 이 숲의 나무를 걸어찼으니까, 그걸로 상쇄했다고 보는 건 어떤가요?"

미아는 웃었다.

마치 그런 긍지는 의미가 없다고 말하듯이.

"그보다 손자에게는 꼭 자상하게 대해주세요."

그 한마디에 족장은 미아가 무슨 말을 하려는지 이해했다.

과거에 자신은 족장으로서의 체면과 긍지에 얽매여 딸과 대립했다. 그 결과 돌이킬 수 없는 일이 일어나고 말았다.

눈앞의 어린 황녀는 손자에게 같은 실수를 반복하지 말라고 타이르는 것이라고, 족장은 그렇게 이해했다.

"황녀 전하의 배려, 감사한다."

애써 밀어내는 족장의 목소리는 희미하게 떨리고 있었다.

아직 어린 소녀가 보여준 넘치는 배려에 감명했기 때문이다.

……하지만 당연하게도, 미아는 딱히 배려심에서 그런 말을 한 게 아니었다.

——그 아이가 룰루 족 족장의 손자라면 고아원에 둘 수 없죠.

다소 개선되었다고는 하지만 빈민가. 무슨 일이 일어날지 모른다.

그리고 무슨 일이 일어나면 룰루 족이 각지에서 봉기할 것이다.

위험의 싹은 지금 미리 뽑아놓는 게 가장 좋다.

——그 아이를 이 숲에 돌려보내는 게 최선이에요. 그러기 위해서는 족장이 따뜻하게 받아들여 줘서 고아원에 돌아가고 싶다는 생각을 못 하게 해야…….

흔들림 없는 마이 퍼스트.

이 자리에 미아의 말이 넘치는 타산에 기반한 발언이라는 걸 깨달은 사람은 한 명도 없었다.

제13화 미아의 조르기

아침, 숲에서 영도로 돌아온 미아의 행동은 신속하기 그지없었다.

사정을 물어보려는 베르만 자작을 방치하고 함께 내려온 사람들을 인솔해 제도로 출발했다. 잘 시간도 아끼며, 잠은 마차 안에서 자면 충분하다는 양.

"기회는 빠르게 포착할 것. 병사만이 아니라 현자도 신속함을 으뜸으로 삼는다(병사는 신속하게 움직이는 게 가장 중요하다는 뜻의 사자성어 병귀신속(兵貴神速)에 빗대 한 말), 이건가. 역시 미아 황녀로군."

디온은 감탄하며 그 행동을 지켜보았다.

상황을 만들고 필요한 수를 쓴 이상 자신이 있을 곳은 여기가 아니다. 싸워야 하는 장소는 따로 있다.

아마 그런 것이라고 추측했다.

"전부 계산했다는 건가. 어쩐지 그런 것치고는 자꾸 움찔거렸지만, 그것도 연기인 거겠지."

과거에 구해준 아이의 할아버지가 문제가 발생한 부족의 족장이라니, 그런 우연이 존재할 리 없다.

아이를 구했을 때부터 알지는 못했겠지만, 숲에 오기 전에는 이미 정보를 쥐고 있었던 게 분명하다.

"제국의 예지라⋯⋯."

문득 루드비히의 말이 뇌리를 스쳤다.

"출세 같은 건 진짜 적성에 안 맞는데……. 그 황녀님을 위해서라면 조금 노력해보는 것도 괜찮을지도."

뭐 그렇게…… 대충 의욕이 솟아난 그에게는 참으로 안타까운 사실이지만, 당연히 미아는 병귀신속 같은 걸 고려해서 한 행동이 아니다.

단순히 위험한 지역에서…… 더 정확하게 말하자면 디온 옆에서 냉큼 도망치고 싶을 뿐이었다.

──이, 이런 위험지대에서 빨리 벗어나지 않으면 목숨이 몇 개 있어도 부족해요!

내심 이런 생각을 하는 미아였다.

제도로 돌아온 미아는 바로 신월지구에 사람을 보냈다. 고아원에 있는 남자아이를 정해의 숲에 보내기 위해서다.

분쟁이 일어나지 않도록 호위도 착실하게 수배했다. 그러는 사이에 미아의 아버지, 황제가 미아를 호출했다.

"아바마마께서 무슨 일이실까요? 게다가 알현실로 부르시다니……."

기본적으로 티어문 제국은 황제 일족의 거리가 가깝다. 나라에 따라서는 통치자인 황제나 왕은 신성불가침의 존재이므로 피가 이어진 가족이라 한들 자유롭게 만나지 못하는 경우도 있으나, 티어문 제국에선 그렇지 않다.

오히려 미아에게는 시간만 나면 만나러 오는 아버지가 조금 귀찮을 때도 있을 정도다.

그런 사정이 있다 보니 공식적인 자리인 알현실로 불러내는 건 다소 의아함을 느꼈으나…….

그 자리에 모인 사람들을 보고 바로 이해했다.

그곳에는 자신의 아버지인 황제와 심복 루드비히, 그리고…… 최근 사태의 원인인 베르만 자작이었다.

"오오, 사랑스러운 나의 딸 미아!"

"폐하, 강녕하셨습니까. 부름에 응해 찾아왔습니다."

스커트 자락을 들어 올리고 머리를 숙인 미아를 향해 황제의 질책이 날아왔다!

"폐하라니 섭섭하지 않으냐! 편하게 아바마마나, 혹은 더 귀엽게 아빠라고…….

"이야기를 마저 해 주시죠, 아바마마."

딸의 매정한 대꾸에 시무룩해져서 어깨를 떨구는 황제.

……참으로 난감한 사람이다.

"음, 아바마마여도 괜찮다만……. 그보다 미아, 오늘 부른 것은 다름이 아니라 얼마 전 베르만 자작령에 간 이야기를 듣기 위해서다."

──역시 그 이야기로군요.

미아는 베르만 쪽을 보았다. 그는 묘하게 창백한 얼굴로 굳어 있었다.

귀족이라고 해도 변경지역에 가까운 영지를 지닌 시골 귀족(본인은 인정하지 않겠지만)이다.

나라의 정점에 선 황제를 알현하는 건 1년에 한 번 있을까 말까

한 일.

긴장하지 말라는 게 어렵다는 걸 쉽게 상상할 수 있었다.

——그렇다면 그가 주눅이 든 지금 문제를 해결하는 게 좋을까요?

속으로 그런 계산을 하고 있을 때였다.

"듣자 하니 자작령의 분쟁지대에 갔다고 하더구나. 처음 들었을 때는 경악한 나머지 실신할 뻔했다."

"어머나, 위험은 전혀 없었답니다."

미아는 천연덕스러운 얼굴로 대답했다. 자칫 잘못하면 숲을 통째로 없애버리겠다고 주장할지도 모르는 아버지이기 때문이다.

분명하게 말해두는 게 좋을 것이다.

"하지만 말이다. 주위를 경비하던 병사를 전부 데리고 돌아왔다고 하지 않더냐. 이건 어지간한 일이 있었다고 생각하는 게 자연스럽다고 본다만."

——어머나, 괜한 고자질을 한 사람은 대체 어떤 분일까요?

시치미를 떼며 베르만 쪽을 본 뒤 미아는 고개를 저었다.

"부끄러운 이야기입니다. 나무에 발이 걸려서 넘어지고 말았답니다. 그게 다예요."

"뭣이라?! 미아를 넘어지게 하다니, 못된 나무로다! 숲을 불태워서……!"

"아뇨, 아바마마. 그 나무는 베어버린 뒤 제 비녀로 만들도록 수배할 생각이니 괜찮습니다."

미아는 생긋 웃은 뒤 베르만 쪽을 살피며 말했다.

"그보다 아바마마, 저는 그 숲이 아주 마음에 들었답니다. 부디 그 숲을 저의, 황녀직할령에 넣어주셨으면 해요."

마치 귀여운 인형을 사달라고 조르는 듯한 말투였다.

"뭣? 그렇게 좋은 곳이더냐?"

미아의 이야기를 들은 황제가 상반신을 살짝 앞으로 기울였다.

"네. 아름다운 숲이라 휴양하기에 좋은 곳이라고 느꼈습니다."

"그렇구나. 그런 이유라면……."

그 대화를 옆에서 지켜보던 루드비히는 미약한 실망을 느꼈다.

──이럴 수가.

확실히 황녀직할령으로 삼아버리면 정해의 숲은 보호받는다. 룰루 족과의 대립도 해소될 것이다.

대신 베르만 자작에게 원한을 산다.

베르만 자작은 루드비히가 봤을 때 썩 유익한 인물이 아니다. 굳이 따지라면 교류를 피해야 하는 성급한 인간으로 보였다.

하지만 그는 귀족이다.

그 땅의 통치를 맡은 자이다.

미아가 하려는(그렇다고 루드비히가 믿는) 개혁을 위해서는 어떻게든 많은 사람의 협력이 필요해진다. 가급적 불필요한 원한을 사지 않는 게 좋다.

혹은 룰루 족 문제는 원한을 산다고 해도 해결해야 하는 일이라 판단한 건지도 모른다. 그건 정의로운 행동이며, 황녀로서 칭찬받아야 하는 태도이긴 하지만…….

——그래도 미아 님이시라면 잘 수습하시지 않을까 기대했어. 나는 그분을 너무 과대평가하고 있었나?

그렇다. 루드비히는 이미 그 정도로는 만족할 수 없는 몸이 되고 말았다.

망상병 말기 증상이라고 할 수 있는 상태다. 좀 위험했다.

하지만 그 실망으로 인해 마침내 그의 눈에서 미아에게 바치는 신앙이라는 이름의 안개가 걷히려 하고 있었다. 그렇다. 미아는 딱히 예지도 아니고, 성녀도 아니고…….

굳이 수식어를 붙이라면 조금 맹탕인 황녀 전하라는……, 그 진실에 도달하기 직전인 바로 그때!

"그렇다면 베르만 자작, 그 숲 옆에 황녀의 마을, 프린세스 타운을 만들어라. 미아를 위한 성을 세우는 것이다."

황제의 말에 루드비히는 머리를 부여잡을 뻔했다.

——불에 기름을 붓는 꼴이야. 괜한 짓을……!

자신의 영지가 줄어드는 데다 거기에 마을을 만들고, 심지어 성까지 세우라니…….

——확실히 베르만 자작에게 명령하면 제국의 돈을 낭비하지 않을 수 있지만, 그만큼 괜한 원한을 사게 될 텐데.

그렇게 한숨을 쉴 뻔한 그는 베르만의 얼굴에 번진 표정을 알아차렸다.

"오, 오오……. 폐하, 그, 그것은……."

마치 감격해서 떠는 것 같은 모습에 루드비히는 혼란스러워졌다.

──뭐, 뭐지? 대체 무슨……?

필사적으로 생각한 결과 그는 어떤 사실을 깨닫고…… 전율했다.

──그런 거였나……? 아니, 하지만, 설마…….

상대방이 상인이었을 경우 미아의 선택은 원한을 사게 된다. 당연하다. 자신의 자산이 황제의 권력에 의해 징발되기 때문이다.

하지만……. 아아, 하지만, 아니었다.

베르만 자작은 귀족이다. 그리고 귀족은 늘 명예를 가장 중시하는 생물이다.

미아는 그런 상대의 특성을 완벽하게 파악하고, 하사했다.

더없는 '명예'를.

애초에 베르만 자작이 이번 같은 폭거를 저지른 이유가 무엇인가.

루돌폰 변경백에게 느끼는 반발감이 자극되었기 때문이다.

그런 그의 마음속 갈망을 알아본 미아는 영지 안에 황녀의 특별령이 있다는 명예를, 황녀를 위한 마을을 만든다는 영예를 주었다.

그건 귀족에게는 가장 큰 자랑이라 할 수 있다.

정해의 숲이 미아의 영지가 된다면 당연히 황제도 함께 찾아올 기회가 늘어나기 때문이다.

그 영예는 귀족에게는 무엇과도 바꿀 수 없이 컸다.

──미아 님께선 황실의 재정을 일절 지출하지 않고 숲을 보호할 조건을 만드셨다는 건가?

게다가 숲 옆에 프린세스 타운을 조성해 폐를 끼친 룰루 족에게도 번영할 길을 마련했다.

앞으로 어떻게 될지는 그들에게 달렸지만, 근처에 마을이 생기면 물류도 활발해진다.

그것도 베르만 자작의 원한을 사기는커녕 감사를 받는 방법으로.

──나였다면 모략으로 베르만 자작을 실각시켰겠지. 디온 대장이었다면 역시 실력으로 자작을 배제할 거야.

하지만 그건 차선책이다.

귀족, 즉 영주라는 건 사회를 돌리기 위한 톱니바퀴 중 하나다. 만약 문제가 발생했다고 배제해버리면 반드시 혼란이 일어난다.

그렇게 하지 않기 위해서는 다음 영주를 최대한 빨리 정한 다음 인수인계를 해야만 하는데……, 그래도 혼란은 피할 수 없다.

영지민은 걱정하고 영지도 뒤숭숭해진다. 그걸 막기 위해서는 어떻게 할 것인가.

간단하다. 영주를 잘 움직이면 된다.

미아는 이토록 쉽게 성공했다.

──아마 이걸로 끝이 아닐 거야. 루돌폰 변경백 쪽도 제대로 배려하시겠지.

루드비히의 망상병 말기증상에 의한 예상은 무슨 운명인 건지 다음 주에 적중하게 되었다.

제도로 돌아온 미아에게 루돌폰 변경백의 딸, 티오나의 편지가 도착한 것이다.

제14화 미아, 혼나다!

베르만 자작령에서 돌아온 뒤로 미아는 한동안 게으르게 보냈다.

모처럼 학교에서 쉬러 돌아왔으니 여유롭게 보내라는 황제의 배려 덕분에 공무에서 해방된 미아는 말 그대로 휴가를 만끽했다.

침대 위에서 팔다리를 축 늘어뜨리고 나태한 나날을 보냈다. 심지어 드레스도 입지 않고 속옷만 입은 부끄러운 모습이었다.

자신의 방이라는 이유로 완전히 태만해진 상태였다. 더없이 태만했다!

제국의 예지라 불리는 위엄은 어디에도 보이지 않았다.

"······그리고 보면 최근 아벨 왕자님에게 편지가 안 오네요."

'하아' 하고 애처로운 한숨을 쉬었다.

사실 그것도 미아가 영 의욕이 없는 이유 중 하나였다. 약 열흘 간격으로 주고받았던 아벨 왕자의 편지가 뚝 끊어진 것이다.

참고로 티어문 제국과 렘노 왕국은 마차로 이동해도 5일은 걸리는 거리이기 때문에, 상당히 자주 편지를 주고받았다고 할 수 있다.

때때로 안느의 동생, 에리스의 지혜도 빌리면서 이전 시간축에서는 평생 쓰지 못했을 법한 편지를 써본 미아였다.

그래봤자 3통 정도지만······.

과거의 미아가 얼마나 편지 쓰는 걸 싫어했는지 보이는 대목이었다.

아무튼, 그렇게 아벨과 편지를 주고받았는데 이미 미아가 편지를 보낸 지 15일이 지나려 하고 있었다.

여름방학도 곧 끝나가는 시기. 또 바로 학교에서 만날 수 있다고 하지만 조금 쓸쓸한 미아였다.

그렇다고 해서 침대에서 누워서 지내도 되는 이유는 되지 않지만……

"미아 님, 편지가……"

그런 미아였기 때문에 안느가 방에 들어왔을 때 글자 그대로 펄쩍 뛰어오르며 기뻐했다.

"어머, 드디어 왔군요. 무슨 일인지 걱정했는데……, 영락없이 도중에 산사태라도 일어나서 지나갈 수 없게 된 게 아닌가 했지 뭐예요. 이 정도 늦은 거는 용서해드리죠."

"저, 저기, 미아 님. 그게…… 실은 아벨 왕자님께 온 편지가 아닙니다."

"…………네?"

싱글벙글한 미아를 보자 안느는 조금 면목이 없어졌다.

"루돌폰 변경백 영애께서 보내신 편지인데요……"

침대 위에서 몸을 쭉 내밀고 있던 미아는 소리 없이 뒤로 스스슥 물러나더니 침대 위에서 대자로 쓰러졌다.

"아……, 티오나 양이로군요."

기분이 쭉 가라앉는 한숨이 흘러나왔다.

"개봉해서 읽어주세요."

미아는 의욕 없이 축 늘어진 목소리로 말했다.

말하자면 잔소리지만 티오나 루돌폰은 이전 시간축의 원수다. 적극적으로 복수할 생각은 없지만, 그렇다고 즐겁게 편지를 주고받을 상대도 아니다.

차라리 클로에였다면 친구가 보낸 편지라며 조금은 즐거운 기분이 들었을지도 모르지만…….

그래도 루돌폰 변경백이 비축한 밀이 매력적인 건 사실이다. 너무 매몰차게 대할 수도 없다.

어쩔 수 없이, 마지못해 편지를 읽어주겠다는 마음이 들었다…… 만.

"미아 님!"

안느가 뜻밖에 날카로운 목소리로 부르는 바람에 미아는 조금 놀랐다.

"왜, 왜 그러죠? 안느, 그런 험악한 표정으로……."

"아벨 왕자님의 편지가 오지 않아서 외로우신 마음은 이해합니다. 하지만 이런 모습을 보면 아벨 왕자님께서 어떻게 생각하실지."

"그렇게 딱딱한 소리 할 필요는 없잖아요. 제 방이고……."

투덜투덜 변명하는 미아를 향해 안느는 단호하게 선언했다.

"누가 볼지 알 수 없는 법입니다. 미아 님, 사용인들의 입은 무척 가벼워요."

그 말에 미아는 떠올렸다. 이전 시간축에서 있었던 일을…….

황녀 전속 사용인들이 다들 사실과 날조를 섞어가며 입방아를 찧어댔다는 것을.

자신의 실수는 눈 깜짝할 사이에 사용인들 사이에서 널리 퍼져나갔었다. 확실히 그들의 입은 몹시 가벼웠다.

그런 그들이 만약 아벨 왕자의 사자에게 자신의 추태를 고자질했다면…….

상상해본 미아는 순식간에 새파래졌다.

"아, 안느……, 안느으……."

울먹이는 미아를 본 안느는 든든하게 고개를 끄덕였다.

"괜찮습니다, 미아 님. 미아 님의 모든 시중은 제가 하고 있고, 이 방에서 일어난 일을 하는 사람도 저뿐이니까요. 하지만 미아 님. 언제 어디서 누가 보고 있을지 모르니까요……."

"알았어요, 단정하게 있도록 하죠."

언제 어디서 아벨 왕자가 보게 된다 해도 부끄럽지 않도록! 미아는 심기일전했다.

……참으로 단순한 성격이었다.

그렇게 순진한 자신의 주인이 안느는 조금 자랑스러웠다.

"주제넘은 발언을 해서 죄송합니다."

"아뇨, 오히려 당신에겐 늘 도움만 받네요. 안느."

본래대로라면 이런 잔소리는 처벌받아도 이상하지 않다. 하지만 아무리 방심했어도 역시 미아는 미아. 존경하는 자신의 주군이라며 안느는 기뻐졌다.

드레스를 차려입은 미아는 티오나에게 받은 편지를 읽었다.

"흐음, 티오나 양의 동생이라······."

그 글귀를 본 미아의 뇌리에 되살아나는 기억이 있었다.

티오나 루돌폰.

혁명군의 성녀라 불리는 그녀가 그 명성을 얻은 가장 큰 원인은 백성에게 식량을 나눠준 것이었다. 가혹한 기근에 괴로워하던 민중은 착취하기만 하는 황실에게서 정을 떼고, 티오나가 이끄는 혁명군을 지지했다.

미아는 그런 과정을 괴롭게 지켜보았다.

"어떻게 된 일이죠?! 루드비히, 어째서 저 여자는 저렇게 식량을 보유하고 있는 거죠?"

너무도 신기했다.

아무리 루돌폰 변경백이 넓은 영지를 보유했고, 그 영지에 많은 농민이 산다고 해도 제국 전역을 덮친 기근에 영향을 받지 않았을 리가 없다.

밀을 저장해두었다고 해도 많은 백성에게 나누어줄 만큼 많을 것 같지도 않았다.

그런 미아의 의문에 지금 그녀 옆에 유일하게 남은 종자는 반쯤 기가 막힌다는 얼굴로 말했다.

"황실의 일원인데 공부가 부족하시군요, 황녀 전하. 신종 밀을 개발했다는 걸 모르십니까?"

"신종 밀이라고요?"

"네. 티오나 양의 동생, 세로 루돌폰이 개발한 추위에 강한 밀입니다. 혹한시에도 평소와 거의 다를 바 없는 출하량을 거뒀다고 하더군요."

"처음 들었어요!"

"……뭐, 세로 님은 라피나 공작 영애의 비호하에서 성 베이르가 공국의 연구기관에 있었으니 모르실 만도 할 수 있겠지만요. 참나. 그나저나 라피나 공작 영애도 선견지명이 있군요. 어디의 누군가와는 천지 차이네."

"으, 으으윽……. 비겁해요. 시온 왕자님만이 아니라 동생까지 우수하다니, 너무 비겁해요! 저도 우수한 동생을 갖고 싶어요!"

이를 득득 갈면서 하늘을 원망하는 미아였다.

그런 기억이…… 미아의 뇌리에 되살아났다.

"천재, 세로 루돌폰……. 비겁한 동생……."

"미아 님? 왜 그러십니까?"

편지를 읽던 미아가 머리를 들었다.

"당장 답장을 적겠어요. 안느, 준비 부탁할 수 있을까요?"

미아는 늠름한 얼굴로 그렇게 말했다.

제국의 예지라는 이름에 어울리는 그 날카로운 표정에 안느는 기쁘게 고개를 끄덕였다.

"아, 그리고 루드비히에게 연락해주세요. 돈이 조금 필요해질 것 같아요."

"네, 알겠습니다."

미아의 지시를 받은 안느는 바로 움직였다. 루드비히에게 전령을 보낸 뒤 양피지와 잉크와 깃털펜을 준비했다.

방으로 돌아오자 미아가 침대에 앉아 히죽히죽 웃고 있는 게 보였다.

"왠지 기분이 좋아 보이세요, 미아 님. 편지에 뭔가 좋은 일이라도 적혀있었습니까?"

"으음, 뭐 그렇죠……."

미아는 발을 즐겁게 파닥파닥 움직이면서 말했다.

"티오나 양의 동생, 세로라는 이름의 아이 말인데요……. 무척 우수하지만 아무래도 재정난 때문에 학교에 가지 못하는 모양이에요."

"어머나……."

미아의 이야기를 들은 안느는 작게 고개를 갸웃거렸다.

──무척 안타까운 이야기인데 미아 님께선 몹시 기뻐 보이셔.

이야기를 계속하는 미아는 당장에라도 콧노래를 부를 것처럼 기분이 좋아 보였다. 미아가 타인의 불행을 기뻐하는 사람이 아니라고 믿는 안느는 그 모습을 보고 추리했다.

──혹시 미아 님께선 친구를 도와줄 수 있다는 게 기쁘신 걸까?

자비로운 미아는 누군가의 도움이 되는 걸 기뻐하는 성녀 중의 성녀다.

'분명 티오나 님을 위해 무언가 해 주시려는 거야!'라는 생각을 한 안느는 곧바로 자신의 추리가 맞았다는 걸 알게 되었다.

"그래서 티오나 양이 제게 라피나 공작 영애에게 주선해달라고 부탁했답니다."

"라피나 님……. 그렇다면 성 베이르가 공국에 유학할 수 있도록 미아 님께 협력을 부탁하는 편지였던 거군요."

미아는 라피나와도 친한 친구 사이다. 게다가 성 베이르가 공국은 최첨단의 지식이 모이는 장소이기도 하다. 유학해서 지식을 얻기엔 좋은 장소다.

분명 라피나에게 편지를 쓸 거라고 예상하는 안느였으나…….

"당연히 그럴 수는 없죠."

이어지는 미아의 말에 놀랐다.

"어째서인가요? 미아 님."

"이 제국에서 면학에 힘쓰도록 하기 위해서예요. 제가 확실하게 책임지고 수배하겠어요."

미아는 힘차게 말했다.

확실히 그것도 좋은 방법 중 하나다. 제국이라고 해도 공국에 뒤지지 않는다. 면학 수준도 상당히 뛰어나다고 들었다.

하지만 안느는 의아했다.

어째서 성 베이르가 공국에는 보내지 않겠다고 하시는 걸까.

티오나의 동생이라는 소년이 우수하다면 공국처럼 지식이 모이는 나라에 보내서 기르는 게 좋지 않을까?

미아는 자신의 손으로 티오나를 도와주고 싶은 마음에 판단을 잘못 내린 게 아닐까?

그런 안느의 의문은…… 루드비히를 만나자 바로 풀렸다.

안느는 다시금 미아의 깊은 배려심에 감탄하게 되지만…….

망상과 망상의 곱셈이 어떤 대답을 내놓는지……, 지금은 아직
아무도 모른다.

제15화 (루드비히의) 망상이 부풀어 오른다!

"알겠습니다. 그럼 황녀 전하의 뜻을 이룰 수 있도록 준비하죠."

"잘 부탁해요, 루드비히. 티오나 양도 바로 오도록……, 아니, 제가 그쪽에 가는 게 여러모로 좋겠군요. 그렇게 되었으니 수배 부탁할게요."

꾸벅 인사한 뒤 미아 앞에서 물러나는 루드비히. 그 뒤를 안느가 빠른 걸음으로 쫓아갔다.

"루드비히 씨, 잠시 괜찮을까요?"

"응? 아, 무슨 일이야?"

안느가 자신에게 말을 거는 일은 잘 없었기 때문에 루드비히는 조금 놀란 표정이었다.

"저기, 엉뚱한 질문이라 죄송합니다. 루드비히 씨는 미아 님의 이야기를 듣고 어떻게 생각하셨죠?"

"아, 그거……. 한마디로 말하자면 역시 미아 황녀 전하시라는 느낌이었지."

그 대답을 들은 안느는 안도의 한숨을 쉬었다.

"루드비히 씨가 수긍하셨다는 건 미아 님의 생각이 틀리지 않았다는 거죠……? 다행이다."

"응? 무슨 뜻인데?"

"실은……."

고개를 갸웃거리는 루드비히에게 안느는 조금 전 자신이 느꼈던 불안을 털어놓았다.

"그렇구나……, 그런 거였어."

"하지만 괜찮은 거죠? 미아 님, 올바른 선택을 하신 거죠?"

"전적으로 올바르다고 할 수는 없어. 황녀 전하께서 의도하신 대로 잘 풀릴지는 모르는 거고, 내가 그분의 생각을 전부 이해했다는 보장도 없으니까. 하지만 적어도 합리적인 행동을 하신 거야."

"합리적인…… 행동이요?"

의아해하며 그렇게 중얼거리는 안느를 본 루드비히가 고개를 끄덕였다.

"그래……, 넌 평민이지. 그렇다면 썩 와닿지 않을지도 몰라. 사실 루돌폰 변경백의 아이는 장녀인 티오나 님과 동생인 세로 님뿐이거든."

"그게 무슨 관계가 있는 거죠?"

"귀족에게 후계자란 특별히 중요하지. 그런 소중한 후계자를 둘 다 외국 학교에 보내는 건 루돌폰 백작에게 썩 기쁜 일이 아니라는 뜻이야."

설령 공국에서 내란이 일어났을 경우. 혹은 공국이 타국의 침략을 받았을 경우.

더 말도 안 되는 이야기지만, 학원에서 화재가 일어나 학생 중에 사망자가 나왔을 경우.

"그 경우 루돌폰 백작은 후계자를 한꺼번에 잃게 돼. 그건 귀족으로서는 피하고 싶은 일일 거야. 게다가 공부만이 아니라 영지에 대해서도 잘 가르치고 싶겠지."

자신이 다스리는 땅이 어떤 장소인지, 그곳에 어떤 사람이 살고 어떤 마을이 있으며 어떤 산업이 있는지.

그걸 어떻게 다스려 나갈지…….

귀족이 익혀야 하는 건 산더미처럼 많다.

"그래서 만약 같은 조건으로 공부할 수 있다면, 루돌폰 백작은 국내에서 공부하는 걸 바라겠지."

"그렇군요……. 그런 사정이 있었다니."

"게다가 미아 님의 학우 중엔 포크로드 상회의 영애가 있어. 그 상회는 서적 유통에도 관여하고 있고. 즉 학우의 힘을 빌려 필요한 걸 모으실 생각인 거야. 공국에서 얻을 수 있는 것과 비교해도 손색없을 정도의 지식을 모을 수 있을걸. 루돌폰 백작의 마음을 고려해 제국 안에서 최고의 교육을 받을 수 있도록 수배하시겠지."

물론 미아는 클로에게 부탁해서 많은 책을 들여올 생각인 건 맞다.

하지만 당연하게도, 루돌폰 변경백의 마음을 헤아려서 그렇게 하는 게 아니라.

어디까지나 추위에 강한 밀을 위해서다.

올곧이 실리를 추구하는, 지극히 타산적인 판단에 기반한 행동이었다.

그런데도 루드비히의 추리라는 이름의 망상은 가속했다.

──그리고 아마 이건 균형을 잡기 위해서이기도 하겠지…….

루드비히는 내심 덧붙였다.

지난 정해의 숲 사건으로 가장 큰 손해를 본 사람은 루돌폰 변경백이다. 명예를 얻은 베르만 자작, 번영으로 가는 길이 마련된 룰루 족과 달리 루돌폰 변경백은 자신의 영지가 줄어들었을 뿐이다.

　그 장소에서 분쟁이 일어나지 않았다는 것만으로도 감사하기는 어려울 것이다.

　룰루 족과도 우호적인 관계였으니 표면적으로는 평화리에 수습되어 다행이라고 할지도 모르지만, 역시 석연치 않은 불편함을 느낄 터.

　그것을 보상할 생각인 거겠지만…….

　──역시 미아 님이셔……. 그분은 온정을 무능함의 변명으로 삼지 않으시는 분이야.

　성녀라 일컬어지는 미아는 친구를 아끼고 백성에게도 자비로우며…… 무엇보다 현명하다.

　백성을 위해서라며 괜한 돈을 사용하지도 않고, 친구를 위해서라며 그저 편의를 봐주기만 하지도 않는다.

　우정과 배려, 정치적 균형을 절묘하게 양립하고 있다.

　자애로운 성녀이자 제국의 예지이다.

　──내가 알 수 있는 건 여기까지지만……, 그 외에도 무언가 노리시는 게 있는 걸까?

　몇 년 뒤, 세로 루돌폰이 만들어낸 튼튼한 밀을 본 루드비히는 매우 당황하게 되지만 그 이야기는 여기서는 생략하기로 한다.

제16화 미아 황녀, 가증스러운 미소를 짓다

세로 루돌폰에게 누나는 세상에서 가장 믿을 수 있는 사람이었다.

꽃을 기르는 걸 좋아하고, 책을 좋아하고, 공부를 좋아하는 그는 대조적으로 운동은 아주 못했다.

영주에게 요구되는 승마술이나 검술 등은 도저히 숙달될 수 없다고 느꼈다.

하지만 누나 티오나는 잔뜩 위축된 세로에게 다정하게 대해주었다.

"세로는 공부를 잘하니까, 학교에 가서 열심히 공부해야지."

그렇게 말하며 늘 세로를 격려해줬다.

그런 누나가 외국에 있는 세인트 노엘 학원에 간다고 들었을 때, 세로는 무척 걱정되었다.

"내가 아니라 세로가 가면 좋았을 텐데."

누나는 그렇게 말했으나 그런 건 아무래도 상관없었다. 확실히 공부하는 건 즐겁고, 만약 학원에 갈 수 있다면 가보고 싶기도 했지만.

그런 것보다 누나가 대귀족의 자제가 가득한 학교에 가서 괴롭힘을 받지는 않을지. 그것만이 걱정이었다.

그래서 여름방학 때 돌아온 누나의 얼굴이 무척 밝아 보여서 안심했다.

그것만이 아니다. 누나의 교우관계를 들은 그는 깜짝 놀랐다.

선크랜드 왕국의 시온 왕자, 이 제국의 미아 황녀 전하와 우애를 맺었다고 하지 않는가.

"미아 루나 티어문 황녀 전하라……."

세로는 미아 황녀 전하에게 좋은 감정도 나쁜 감정도 없었다.

──제멋대로인 황녀라는 사람도 있고, 제국의 예지라고 칭찬하는 사람도 있는데 어느 쪽이 맞는 걸까……?

기껏해야 이 정도의 호기심이었다.

하지만 룰루 족과 베르만 자작 문제를 바로 그 황녀 전하가 해결했다고 듣고 조금 관심이 생겼다.

"역시 미아 황녀 전하로군. 피 한 방울 흘리지 않고 이 문제를 해결하시다니 훌륭해."

"하지만 아버지, 괜찮은 거야? 영지를 부당하게 빼앗겼잖아……."

"부당…… 한 건 아니지. 황족에겐 그런 권한이 있으니까. 뭐, 우리로서는 기분 좋은 이야기는 아니지만……."

말은 그렇게 해도, 아버지의 얼굴에선 불만이 전혀 없어 보였다.

"게다가 백성이 괴로워하지 않고 끝났으니 나쁜 일은 아니야."

루돌폰 가는 원래 이 땅에 사는 농민들의 리더 같은 존재였다. 평범한 귀족보다 더 영지민에게 애착이 강하다.

게다가 룰루 족과는 꽤 오래전부터 우호 관계를 쌓아왔다. 그런 그들이 다치지 않고 사태가 수습되었다니 만족스러운 일이었다.

"흐응, 그렇구나……."

세로는 순수하게 감탄했다.

아버지의 말도 그렇지만, 누나나 종자로서 따라간 리오라도 미아를 우호적으로 말하는 게 컸다.

어느새 세로 안에서 미아는 멋지고 성녀 같은 존재가 되어있었다.

그런 황녀 전하가 이곳에 온다고 한다.

"미아 황녀 전하께선 뭐 하시러 오는 거야?"

그렇게 묻는 세로에게 아버지는 물론이고 티오나도 난처해하는 기색이었다. 루돌폰 변경백작가는 가난하다. 이 영지는 변경에 있으니 황실의 귀한 황녀님이 즐겁게 놀러 올 만한 장소도 아니다.

"아마 얼마 전 숲 문제에 대한 이야기일 것 같은데……."

자신감이 없어 보이는 아버지의 중얼거림. 한편.

"확실히 편지는 보냈지만…… 설마 직접 오실 줄이야……."

놀라면서도 왠지 이해한 듯한 누나의 모습.

"황녀 전하다워."

──아, 어쩌면 누나를 보러 놀러 오는 건가?

웃으면서 말하는 누나의 모습을 본 세로는 그렇게 판단했다.

여하간 용건이 있는 사람은 아버지와 누나다. 자신과는 별 관련이 없으리라고 판단한 세로는 매일 그랬듯 화단에 물을 주러 향했다.

공적인 방문이라면 일족이 다 함께 맞을 필요가 있지만, 비공

식적으로 놀러 오는 거라면 아마 필요 없으리라.

　──그건 그렇고 누나는 참 대단해. 미아 황녀 전하와 친구가 되다니.

　그런 생각을 하면서 활짝 핀 꽃에 시선을 주었다. 꽃을 손질하는 건 제법 힘들다.

　그냥 물을 주기만 하면 그만이 아니다. 한 송이 한 송이 상태를 보고 영양이 부족하진 않은지, 병에 걸리진 않았는지 확인해야 한다.

　그렇게 집중하고 있었기에…… 세로는 눈치채지 못했다.

　"어머……, 꽤 멋진 꽃이네요."

　자기 바로 옆에 사람이 서 있다는 사실을.

　깜짝 놀라서 돌아보자 그곳에는 한 소녀가 서 있었다.

　아름다운 소녀였다.

　찰랑찰랑하게 빛나는 머리카락, 건강하고 탄력 있는 피부, 아몬드형 눈동자에는 왠지 지적인 빛이 깃들어 있었다.

　놀라서 굳어버린 세로를 시야 한구석에 두며 소녀가 살짝 무릎을 굽히더니 꽃을 어루만졌다.

　"이건 월밀화(月蜜花)…… 였던가요?"

　"아, 응. 맞아요."

　세로는 소녀의 차림새를 보고 존댓말을 써야 할지 반말을 써야 할지 고민했다.

　그녀는 소위 귀족이 입을 법한 호화로운 드레스가 아니라, 여름에 어울리게 간편한 드레스를 입고 있었기 때문이다.

귀족에게는 존댓말을 써야 하지만 영지민이라면 너무 정중하게 대하는 것도 이상하다.

　고민하는 그에게 대답을 준 사람은 소녀의 종자였다.

　"미아 님, 슬슬⋯⋯."

　"네, 알았어요⋯⋯."

　"⋯⋯어?"

　이것은 세로 루돌폰이 평생 충성을 바치는 상대와의 첫 만남이었다.

　정원에서 나와 루돌폰 저택으로 발을 들여놓자마자.

　――해냈어요!

　미아는 속으로 쾌재를 외쳤다. 참으려고 해도 자꾸만 웃음이 비집고 나왔다.

　⋯⋯조금 무섭다.

　시간을 조금 거슬러 올라가서.

　――아아, 정말 가고 싶지 않아요.

　루돌폰 저택에 도착한 미아는 굉장히 우울한 기분이었다. 필요한 일이라곤 하나 의욕이 전혀 솟지 않았다.

　뭐니 뭐니 해도 이전 시간축의 원수, 티오나 루돌폰의 생가이다. 말하자면 적의 본거지다.

　유쾌한 기분이 들 리가 없다.

　――적당히 시간을 보내다 의욕이 생기면 들어갈까요?

그런 생각을 하던 미아의 눈앞에 그 소년이 나타났다.

──어머, 귀여운 아이네요.

꽃을 돌보는 소년은 마치 소녀처럼 가련한 분위기였다.

"꽃을…… 돌본다고요?"

그 순간 미아는 번뜩였다.

세로 루돌폰.

신종 밀을 만들어내려면 식물에 대해 잘 알아야 한다.

꽃=식물!

미아의 머릿속에서 정보가 이어졌다!

미아는 최대한 상대방을 놀라게 하지 않도록 조심하면서 곁으로 다가갔다.

발소리를 죽이고 살금살금 걷는 그 모습은 도저히 제국의 예지로 보이지 않는, 무슨 도둑 같은 모습이었다.

그렇게 살그머니 접근한 미아는 때를 기다렸다가 소년에게 말을 걸었다.

"어머……, 꽤 멋진 꽃이네요."

예전에 군사 안느에게서 들었던 '연애의 테크닉' 이야기가 미아의 뇌리를 스쳤다.

"남성은 자신이 이룩한 일을 칭찬해주면 무척 기뻐한다고 해요, 미아 님."

"그런가요?! 그렇다면 아벨 왕자님의…… 일은 뭐가 있을까요?"

"뭔가 취미라도 있으시다면 좋겠지만요. 역시 승마술이나 검술일까요?"

"그렇군요. 역시 안느예요. 참고가 되는군요."

잊었을지도 모르지만, 그 안느는 정작 한 번도 연애해본 적이 없다. ……그러나 운이 좋게도 이때 안느가 했던 조언은 정확했다.

명중이었다.

──남성은 자신이 해낸 일을 칭찬해주면 무척 기뻐한다고 했죠. 그렇다면 이 세로라는 아이도 분명 자신이 키운 꽃을 칭찬받으면 기뻐할 거예요!

미아는 꽃 앞에 쪼그려 앉아 말했다.

"이건 월밀화…… 였던가요?"

'저는 꽃의 이름도 잘 알고 있답니다'라는 우아한 교양을 어필하는 것과 동시에, 상대방이 하는 일을 이해하고 있다는 것도 보여주는 스탠스이다.

……참으로 가증스럽다.

──흐흐흥. 이로써 호감도를 획득했겠군요. 잘 진행되면 신종밀은 제 것이 될 거예요!

안느의 부름을 계기로 자리에서 일어난 다음, 모든 것을 해냈다는 충실감에 가슴이 벅차올랐던 미아는 한껏 의기양양한 미소를 세로에게 보인 뒤 그 자리에서 떠났다.

"미아 황녀 전하, 먼 길 오시느라 고생이 많으셨습니다."

"처음 뵙겠습니다, 루돌폰 변경백. 잘 지내셨는지요."

루돌폰의 인사에 완벽한 예법으로 돌려준 미아는 친근한 미소를 지었다.

그 얼굴에 가난한 귀족을 무시하는 분위기는 전혀 없었다.

——지금까지 만났던 대귀족 영애는 보통 나를 얕잡아보는 눈빛이었는데.

속마음은 알 수 없지만, 적어도 표면상으로는 완벽한 예절을 유지하는 황녀를 보고 루돌폰은 감탄했다.

변경백……, 혹은 변경백작. 그것이 루돌폰에게 주어진 작위다.

제국에서 백작이면 상당히 높은 작위다. 사교계에서도 주목받을 만한 작위라 할 수 있으리라.

하지만 그 앞에 '변경'이라는 두 글자가 더해지면 그 의미가 확 달라진다.

애초에 이 작위가 만들어진 건 제국의 국토확장정책과 깊은 연관이 있다.

티어문 제국은 건국 이후 적극적으로 영토를 넓혀나갔다.

아직 나라의 체재를 갖추지 못한 미개척지에 진출해서 때로는 무력을 통해, 때로는 설득을 통해 적극적으로 자국의 영토로 흡수했다.

그렇게 새롭게 얻은 영지를 당시 제국 정부는 중앙 귀족에게 다스리게 하려 했다.

하지만 그 땅에 사는 자들의 반응이 예상했던 것보다 더 나빴기 때문에 그 방침은 빠르게 변경되었다.

다음으로 그들은 원래 그 땅을 다스리던 권력자를 그대로 제국 귀족에 봉한 뒤 그 땅을 영지로 주었다.

이 정책은 생각보다 잘 풀렸다. 통치자의 변경에 따른 무익한 혼란이 사라지자 영지 합병은 순조롭게 진행되었다.

하지만 문제가 생겼다.

여러 부족을 규합하는 대부족장을 귀족으로 받아들이려 했을 때였다.

그들이 다스리는 토지는 넓고, 지리적으로도 교통의 요충지였기 때문에 제국으로서는 어떻게든 그 땅을 영토에 넣고 싶어 했다.

교섭을 담당한 제국의 녹월청은 그 땅의 크기와 중요도를 고려해 대부족장에게 '백작'이라는 작위를 약속하여 합병에 성공했다.

거기까지는 좋았다. ⋯⋯하지만 문제는 그 뒤에 일어났다.

중앙의 귀족들이 맹렬하게 반대했기 때문이다.

"신참 시골뜨기를 백작으로 삼다니 말이 되는가?"

그런 그들의 항의가 격렬했기 때문에 녹월청 쪽에서도 타협할 수밖에 없었다.

중앙 귀족들이 받아들이기 위해선 백작보다 낮은 작위를 줘야 한다. 하지만 한 번 주기로 약속한 것을 번복하면 제국의 신용이 떨어진다.

고급 사관들이 고민하고 지혜를 쥐어짠 끝에 가까스로 내놓은 결론이 바로 '변경백'이라는 작위였다.

대부족장에게는 변경 '백작'의 작위를 준다고 말하면서도 귀족들에겐 공공연하게 '변경백은 백작이 아니다'라고 선언했다.

이후 제국에는 '변경백'이라는 새로운 작위가 탄생하게 되었다.

대접은 자작 이상 백작 미만이라는 애매한 수준이었으나, '변경'이라는 수식어가 붙는 작위이기 때문에 중앙 귀족계에서는 늘 외부인으로 대우받았다. 때로는 하급 귀족인 남작이 비웃어도 그게 허용되는 분위기가 오랜 세월에 걸쳐 조성되었다.

중앙 귀족과 변경 귀족 간의 균열을 만들고 나라가 분열되는 원인도 될 수 있는 위험한 상황이었다.

여하간 그러한 사정을 고려하면 미아의 태도가 얼마나 이례적인지도 잘 알 수 있다.

루돌폰 변경백은 무의식중에 등을 바로 세우며 다시금 입을 열었다.

"학원에서는 딸을 각별히 대해주셨다고 들었습니다. 거듭 감사 말씀드립니다."

"아뇨, 각별한 대우라뇨. 그런 식으로 대한 기억은 없답니다."

"그렇습니까······. 하지만 그래도 감사드립니다. 며칠 전 정해의 숲 사건은 베르만 자작과 대화를 마쳤습니다. 룰루 족 사람들의 입장도 전달해서······."

"아, 그런 일도 있었죠."

미아는 듣고 나서야 떠올랐다는 듯 손뼉을 쳤다.

──그 건으로 오신 걸 텐데, 좀처럼 본심을 보이지 않는 분이군.

설마 미아가 정말로 잊어버린 줄은 꿈에도 생각하지 못하는 루돌폰 변경백이었다.

그런 그에게 미아는 가련한 미소를 지으며 노래하듯 말했다.

"그보다 루돌폰 경, 오늘 저는 당신에게 제안을 드리러 왔습니다."

"……흠, 제안 말씀입니까."

루돌폰은 자세를 바로잡은 뒤 미아 쪽을 보았다.

──황녀 전하께선 며칠 전 일로 베르만 자작과의 균형을 잡기 위해 오셨지. 그렇다면 그리 나쁜 제안은 아닐 것이라고 보지만…….

그렇다고 단순한 제안도 아닐 것이라는 예감을 느꼈다.

상대방은 제국의 예지. 숲 사건에선 손해를 입혔으니 금화 수백 닢을 주겠다는 식의 이야기도 아닐 터이다.

──무언가 내가 생각지도 못한 제안을 하실 거다.

더없이 높은 기대치가 설정되었다는 걸 깨닫지 못한 채 미아는 조용히 입을 열었다.

제17화 왔노라! 빅 웨이브!!!

"티오나 양에게 이야기를 들었는데, 아드님인 세로 군은 무척 총명한 아이라더군요. 공부를 아주 잘한다면서요."

미아의 그 말에 루돌폰 변경백은 즉시 이해했다.

——그렇군. 즉 황녀 전하의 제안은…….

아마도 세로가 학교에 들어갈 수 있도록 도와주겠다는 이야기일 것이다.

영지의 대가로서는 조금 약하다는 느낌도 들지만…….

——아니, 그곳이 평범한 학교가 아닐 수도 있나?

루돌폰은 순간 생각에 잠긴 뒤 입을 열었다.

"미아 황녀 전하. 혹시 세로를 세인트 노엘 학원에 입학시키기 위해 협력해주신다고 말씀하시는 겁니까?"

대륙 최고봉의 교육환경을 자랑하는 세인트 노엘 학원에 입학하는 조건이라면 확실히 파격적이다. 며칠 전 일의 대가로서도 차고 넘치는 수준이다.

——미아 황녀님은 라피나 공작 영애와도 친분이 있다고 들었어. 만약 티오나가 그걸 의뢰했다면 말이 안 되는 이야기는 아니지만…….

루돌폰의 얼굴이 심각해졌다.

만약 이 추측이 맞다면 그건 사양이었다. 그는 후계자인 아들을 제국 밖으로 보낼 마음이 없었다.

하지만 그런 그에게 미아는 고개를 저었다.

"그렇지 않습니다. 우리나라가 자랑하는 인재를 굳이 외국에 유출하는 우행(愚行)을 저지를 수는 없죠."

편지를 받은 뒤로 미아는 계속 생각했다.

만약 세로가 세인트 노엘에 입학했을 경우, 그 공적은 어디로 환원되는가.

말할 것도 없이 세인트 노엘 학원, 혹은 성 베이르가 공국의 성녀 라피나 공작 영애다.

혹은 누나인 티오나일 수도 있다.

적어도 라피나에게 추천한 게 전부인 자신이 아니라는 건 확실하다.

미아에게 중요한 건 세로 루돌폰의 공적을 자신의 것으로 포섭하는 것. 그러기 위해서는 세로가 미아의 비호하에 있어야 한다.

하지만 그렇다고 제국의 학교에 넣는 것도 답이 아니다.

왜냐하면 티어문 제국에는 세인트 노엘 학원과 견줄 수 있는 학교가 존재하지 않기 때문이다.

교육 수준이 떨어지는 학교에 세로를 입학시켰을 경우, 어쩌면 최신 밀을 만들어내지 못할지도 모른다.

그 모순을 어떻게 해결할까…….

미아는 고민한 끝에 한 가지 대답을 내놓았다.

"원하는 학교가 없다면 만들면 되죠!"

발상이 번뜩인 순간 미아의 뇌리에서 다양한 요소가 혁신적으로 결합했다.

"그러고 보니 제 마을을 만들기로 했잖아요. 그렇다면……."

"베르만 자작령에 프린세스 타운이 생긴다는 건 알고 계시나요?"

갑작스러운 전개에 루돌폰은 눈을 크게 떴다.

"네? 아, 네. 그건 물론 압니다만……."

"저는 그 마을에 학교를 만들려고 합니다."

"학교 말씀입니까?"

"네. 세인트 노엘 같은 학원도시가 제국 안에도 있다면 멋지다고 생각하지 않으세요?"

미아는 아무렇지도 않다는 듯 말하며 장난기 있게 웃었다.

"어때요? 세로 군을 제 학교의 첫 번째 학생으로 들여보낼 마음은 없나요?"

루돌폰은 내심 혀를 내둘렀다.

숲을 황녀직할령으로 삼아 분쟁을 막았다.

베르만 자작령에 프린세스 타운을 세워 자작의 자존심을 채워줬다.

──황녀 전하께선 이 일련의 흐름 속에서 우리 루돌폰 가에도 이익을 주려 하시는 건가?

자작령은 이웃 영지. 게다가 숲에 사는 룰루 족은 우호 부족이다.

제도로 다니는 것보다 훨씬 간편하다.

아마 이 계획에는 막대한 돈이 들어가리라. 하지만 황녀의 마을을 만든다는 계획에 다른 귀족들이 참여하지 않을 수 없다.

미아는 반드시 그 계획을 실현시킬 것이다. 그런 확신을 느끼는 루돌폰 변경백이었다.

그는 고개를 깊이 숙였다.

"그 배려, 분에 넘치는 영광입니다. 저희 가문에서 할 수 있는 일은 아무것도 없지만, 만약 무언가 제가 할 수 있는 일이 있다면⋯⋯."

"으음, 그래요⋯⋯."

미아는 자연스러움을 가장하며 고개를 살짝 기울였다.

'뭐가 좋을까요⋯⋯'라고 중얼거리면서도 그녀는 맹렬하게 느꼈다.

──이건 절호의 기회예요!

자신을 강력한 힘으로 떠받드는 빅 웨이브를!

미아는 그 흐름에 몸을 맡겼다.

"그럼 루돌폰 가에서 보유한 밀을 주세요."

"네? 밀 말씀입니까?"

"네. 평소에 밀을 저렴하게 판매하는 게 아니라, 최대한 비축해두었으면 합니다. 그러다 기근이 일어나면⋯⋯."

"당연히 명령만 내리신다면 밀을 황실에 바치겠습니다만⋯⋯."

"아뇨, 그게 아니에요. 변경백."

그러면 대단히 곤란해진다. 미아의 본능이 경고했다.

만약 그렇게 되었다간 황실은 오직 중앙귀족이나 자신들을 위해 밀을 비축해두고 백성은 굶주린다.

그 결과 분노한 민중은 혁명을 일으킨다.

단두대 직행 코스다.

"밀은 루돌폰 가에서 직접 백성에게 나눠주세요. 그때 제 이름을 꺼내기만 하면……."

참으로 뻔뻔한 부탁을 하는 미아를 앞에 두고 변경백이 보내는 눈빛에는—— 어째서인지 존경의 빛이 깃들어 있다?!

"……그건 밀을 백성에게 배포할 때 미아 황녀 전하의 이름으로 하는 행동이라고, 그 이름을 사용해도 괜찮다는 말씀입니까?"

루돌폰은 오랫동안 느끼지 못했던 감동에 몸을 떨면서 말했다.

"맞아요. 부디 대대적으로, 제 이름을 사용해주세요."

"감복하였습니다, 황녀 전하."

자신의 딸과 같은 나이인 어린 황녀가 보여준 지혜에 그는 경탄을 금치 못했다.

루돌폰 변경백은 넓은 영지를 보유했고, 영지민은 대부분 농민이다. 그건 널리 알려진 사실이다.

따라서 지금까지도 흉작 등 식량이 부족해졌을 때는 대귀족이 찾아와서 밀을 빼앗아갔다.

황실에 헌납한다는 명목이지만 실제로는 본인들의 배를 불리기 위해.

그들은 백성이 굶주리든 말든 상관없다.

자신이 굶을 가능성이 있는데 백성에게 식량을 나눠준다는 건 상상도 할 수 없는 일. 대귀족은 그러한 상식 아래에서 움직인다.

성가신 건 그들 대부분은 자신이 큰 사치를 부린다고 생각하지 않는다는 점이다.

확실히 백성이 봤을 때 귀족의 생활은 사치스럽지만, 딱히 그 사치를 유지하기 위해 밀을 원하는 게 아니다.

그렇다면 왜 이런 짓을 하느냐. 불안하기 때문이다.

흉작이 언제까지 이어질지 모르는 상황에서 자신들이 굶주리지 않기 위해, 최대한 식량을 비축해두려고 한다.

자신들의 '안심'을 위해 백성을 고통스럽게 한다.

사치라면 질책할 수 있다. 하지만 굶지 않기 위해 대비한다고 하면 아무도 불평할 수 없다.

그런 상황에서 무상으로 백성에게 식량을 나눠주면 어떻게 되는가. 자칫 잘못하면 제국에 반역을 저지르는 행위라고 왜곡될 수도 있다.

미아는 그걸 내다보았다.

자신의 이름을 이용하라고.

황녀의 명령을 받아 식량을 나눠주는 것이라고.

"대단히 불손한 요청입니다만, 서면으로 남겨도 괜찮겠습니까?"

"서면으로? 네, 좋습니다. 확실히 그게 더 안심할 수 있겠죠."

그렇게 말하면서도 미아는 고개를 갸웃거렸다.

자신이 요구하는 건 귀찮은 일은 떠넘기고 공적만 내놓으라는, 미아 스스로도 좀 지나친 게 아니었는지 되짚어볼 만한 일이었기 때문이다.

학교에 입학시키는 것에 보답하고 싶다고 하니까 이 정도는 용서해줄지도 모른다고 생각했지만 내심 조마조마했었다.

——이렇게까지 저자세로 나오니 조금 무섭네요. 뭔가 꾸미는 게 있는 걸까요?

의심하는 눈빛으로 물끄러미 루돌폰을 관찰하는 미아.

——아니면 충성을 바칠 테니까 앞으로 잘 부탁한다는 뜻이 담긴 걸까요?

확실히 세로 루돌폰의 지식은 필요하지만, 그렇다고 친하게 지낼 마음은 없다.

상대는 원수의 가문, 루돌폰 가다.

——그렇게 굽신거려도 불편하다고요. 확실하게 선을 그어둘 필요가 있겠군요!

미아는 서슬 퍼렇게 말했다.

"오해하지 않도록 말해두지만, 세로 군을 보낼 학교는 대귀족이 다닐 법한 호화로운 학교는 아닙니다. 물론 지식 수준은 세인트 노엘에 견줄 수 있을 만큼 준비하겠지만, 이웃인 룰루 족이나 백성 중에서도 폭넓게 학생을 받을 생각이에요."

따라서 네 아들을 편애해서 훌륭하고 명망 있는 학교에 넣어주는 게 아니다.

어차피 네 가문은 백성과 똑같은 대우를 받는 것이니 우쭐하지 마라, 요 녀석아.

그런 메시지를 담아 말했으나.

"세상에……. 거듭된 배려에 감사를 금치 못하겠습니다."

루돌폰은 감동의 눈물마저 글썽거리며 말했다.

──세로가 중앙 귀족의 자제 사이에서 주눅 들지 않고 배울 수 있도록 환경을 만들어주신다는 건가. 게다가 룰루 족도 같은 학교에 다니게 해서 그 부족과의 우호 관계도 배려해주시다니…….

솔직히 루돌폰은 황실에 딱히 호감이 없었다. 하지만…….

──나는 충성을 바칠 분을 드디어 찾아낸 건지도 모르겠군.

가슴 깊은 곳에서 우러나는 기쁨에 그의 눈동자는 뜨겁게 젖어 있었다.

……그걸 본 미아는…………, 좀 기겁했다.

──이, 이 사람 혹시, 그건가요? 괴롭힘을 받거나 고통스러운 걸 좋아하는 그런 사람인 건가요……?

이렇게 밀어냈는데도 어째서인지 기뻐 보이는 아저씨를 보고 조금 무서워진 미아였다.

──하, 하긴 티오나 양의 아버지이니 별로 놀랍진 않은데요…….

여하간 세로 루돌폰도 포섭했고, 루돌폰 가에서 보유한 곡물도 사실상 입수에 성공했다.

──직접 찾아오길 잘했어요!

만족스럽게 웃으며 마차를 타고 제도로 귀환하는 미아였다.

……이렇게 모든 준비가 갖춰졌다.

운명의 강은 새로운 흐름으로 흘러가고, 그리하여…….

제18화 소실 · 막간 희극

"아무래도 좀 지치는군요."

여름방학도 얼마 남지 않은 그 날.

밤늦게 방으로 돌아온 미아는 드레스를 입은 채 침대에 풀썩 누웠다.

안느가 보면 혼날지도 모르는 모습이지만, 지금 정도는 관대하게 봐주길 바라는 미아였다.

루돌폰 변경백과 대화를 마친 뒤에도 미아는 정력적으로 제국 안을 돌아다녔다.

밀 문제에서 어느 정도 수확을 얻은 미아는 제국에 있는 동안 할 수 있는 일을 해 두기로 했다. 빈민가에 가서 병원을 시찰하고, 식량 비축을 확인하고, 학원도시 설립을 위해 각 귀족에게 인사하러 다녔다.

"으으……."

묵직하게 몸을 누르는 피로감. 그걸 버티며 가까스로 얼굴을 들었다.

"그러고 보면 요즘 확인하지 않았죠……."

느릿느릿 일어난 미아가 향한 곳은 호화로운 책상이었다. 서랍 가장 안쪽에 소중히 넣어둔 것.

그건 피 묻은 일기장……, 미아의 이정표였다.

여름방학에 돌입한 직후에 읽은 뒤로 덮어두었던 일기장. 미아는 그 일기장을 들고 지친 미소를 지었다.

"……이렇게 했는데 여전히 단두대행이라면 아무리 저라도 우울해지겠네요."

그 후 미아는 조심조심 페이지를 넘기고……, 문제의 페이지에 도착했다.

"…………흐어?!"

무심코 이상한 목소리가 튀어 나갔다.

단두대에 올라서는 날이 적힌 페이지. 그 페이지의 글자가 마치 실이 풀린 것처럼 종이 속으로 스르륵 녹더니…….

동시에 페이지를 덮고 있던 붉은 얼룩이 순식간에 사라졌다.

원래 그런 것은 존재하지 않았다는 것처럼 새하얀 페이지가 나타났다.

"뭐, 뭐죠? 이건, 앗."

자기도 모르게 떨어뜨린 일기장은 마치 달빛처럼 은은한 빛을 뿜어내더니 다음 순간 빛의 알갱이가 되어 사라졌다.

"이건…….."

멍하니 그 광경을 바라보던 미아는 순간 무슨 일이 일어난 건지 이해하지 못하고 난처해했다.

"어, 어떻게 된, 일이죠? 왜 일기장이……?"

미아는 사라진 일기장을 찾으며 우왕좌왕했다.

그건 미아의 행동 지침이다. 거기엔 자신이 어떻게 단두대에 서게 되는지 적혀있다. 그게 없으면 어떻게 단두대를 회피해야 하는지 알 수 없어지는…….

"……어라?"

그 순간, 미아는 깨달았다.

그 일기장은 미래의 미아가 남긴 지침이다.

단두대에 서는 미아가 존재하는 한 그 일기장은 계속 존재하는 셈이다.

"즉, 그 일기장이 있는 한 저는 단두대에 올라가게 되는 셈이고……. 그럼 그 일기장이 사라졌다는 건……."

혼란스러워서 이리저리 꼬여있던 사고회로가 하나의 흐름을 만들더니 이윽고 결론에 도달했다.

바로.

"……어쩌면 단두대에 서는 미래도 사라졌다는……, 그런 뜻인가요?"

미아는 조금 멍한 말투로 중얼거렸다.

"해낸……, 건가요? 드디어!"

다음 순간, 미아는 하늘을 향해 작은 주먹을 높이 들어 올렸다. 다소 우아하지 못한 행동이었지만 상관없었다.

방안을 빙글빙글 돌면서 한바탕 기쁨의 춤을 춘 미아는 조금 침착해졌다.

"좋아요. 아벨 왕자님에게 편지를 쓰겠어요!"

손뼉을 한 번 친 다음 희희낙락한 미소를 지었다.

사실 남은 여름방학 날짜를 봤을 때 편지가 돌아올 가능성은 낮다.

학교가 시작되면 직접 만나서 대화하면 그만일지도 모른다.

하지만 이 기쁨을 지금 당장 누군가에게 알리고 싶어서…….

그리고 가장 먼저 알리고 싶은 사람은, 역시…….

"아벨 왕자님, 잘 지내시나요? 학교가 시작되면 만나 뵐 수 있 겠지만요. 벌써 그날이 기대됩니다."

그리고 운명의 수레바퀴는 천천히 돌아간다.

같은 시각, 어떤 지하 주점. 네 명의 남자들이 수군수군 대화를 나눴다.

"아무래도 제국은 재기할 것 같군."

"여러 귀족을 부추겨봤는데, 어렵겠더군요."

"그 금월청의 문관, 루드비히라는 젊은이는 제법 우수한 모양 인지……."

"기근이라도 일어나면 바뀔지도 모른다고 생각했지만, 이렇게 완벽하게 체제를 갖춰놓으면……."

"황녀 미아와 시온 왕자 전하의 관계도 양호하다고 들었다. 분 열 공작에 실패했다고 생각해야겠지."

"흥, 제국의 예지라……. 정말 짜증 나는 꼬맹이야."

"어쩔 수 없어. 총명하기로 유명한 시온 왕자 전하만이 아니라 베이르가의 라피나 공작 영애까지 인정하는 인물인걸."

"어쨌거나 우리가 해야 할 일은 변하지 않아. 제국 계획은 일단 동결이다. 표적을 바꿔야지……."

……결국 아벨에게선 편지가 오지 않았다.

제19화 제국의 예지(연애 모드)가 내린 선택

"아아, 오랜만이에요."

미아는 개운한 기분으로 학원을 올려다보았다.

"설마 이 학교에 돌아오는 걸 기쁘게 느끼는 날이 오다니, 생각지도 못했어요."

미아가 세인트 노엘 학원에 도착한 건 새 학기가 시작되기 일주일 전이었다.

솔직히 학교를 별로 좋아하지 않았던 미아였으나, 단두대에서 해방된 기쁨에 들떠서 그만 일찍 출발해버리고 말았다.

콧노래를 흥얼거리며 학원의 문을 통과한 그때였다.

"앗, 미아 님!"

"어머나, 클로에. 평안하셨나요."

미아는 우아한 동작으로 스커트 자락을 살짝 들어 올렸다.

클로에도 허둥지둥 똑같이 인사한 뒤…… 두 사람은 얼굴을 마주 보며 웃었다.

"오랜만이에요, 클로에. 잘 지냈나요?"

"네. 미아 님께서도 잘 지내신 것 같아 다행이에요."

"아버지도 별일 없으시고요?"

"앗, 네. 얼마 전엔 아버지가 신세 졌습니다. 무척 좋은 거래를 했다며 기뻐하셨어요."

"어머나, 그거 다행이군요."

"게다가 아주 놀라셨어요. 미아 님께선 틀림없는 제국의 예지
시라며……."

"어머, 그건 과대평가예요."

그렇고말고!

웬일로 맞는 말을 하는 미아였다.

그런 식으로 즐겁게 대화를 나누며 교내를 걷고 있었더니 정원
에서 다가오는 인물이 있었다.

"오랜만이에요, 미아 님. 평안하셨나요."

"어머, 라피나 님……. 평안하십니까. 여전히 건강해 보이셔서
다행입니다."

두 사람은 귀족답게 우아한 인사를 주고받았다.

그 후, 라피나는 클로에 쪽을 보며 부드럽게 웃었다.

"클로에 양도 평안하셨나요."

"앗, 어, 아, 네, 넵. 라, 라피나 님, 평안하십니까."

라피나는 긴장해서 굳어버린 클로에를 보고 즐겁다는 듯 키득
키득 웃은 뒤 미아 쪽을 보았다.

"미아 양은 클로에 양과도 친구인가 봐요."

"네, 무척 친한 친구랍니다."

자연스럽게 대답하는 미아의 말에 클로에의 눈이 휘둥그레졌다.

"무, 무척 친한…………?"

"책을 읽고 그 감상을 함께 주고받곤 하죠."

"어머, 그렇군요."

라피나는 기뻐하며 웃었다.

"지금부터 차를 마시려고 하는데, 같이 어떠신지?"

"앗, 그럼, 저는 이만⋯⋯."

"음? 클로에, 무슨 볼일이라도?"

"아뇨, 하지만 방해가 될 것 같으니까요⋯⋯."

"그렇지 않아요. 저는 셋이서 차를 함께 마시고 싶은걸요."

라피나는 웃으며 말한 뒤 미아 쪽을 보았다. 미아도 작게 고개를 끄덕였다.

"저도 당신과 함께 차를 마시고 싶어요, 클로에. 라피나 님께서도 이렇게 말씀하셨으니 함께 가요."

그렇게 말한 미아는 클로에의 손을 잡았다.

"들었습니다. 미아 님, 학교를 만든다면서요?"

라피나의 방에서 다과회가 시작되고 조금 시간이 지났을 때였다.

라피나는 홍차가 찰랑거리는 잔에 입을 대면서 미아를 슬쩍 바라보았다.

"평민에게도 문을 연다고 들었는데, 과감한 결단을 내리셨군요."

그 말을 들은 클로에가 깜짝 놀라 눈을 깜빡였다.

"미아 님, 그런 계획을 세우셨나요?"

두 사람의 시선을 받은 미아는 조금⋯⋯ 주눅이 들었다.

──호, 혹시 티오나 양의 동생을 귀족 전용 학교에 보내고 싶지 않아서 백성들도 다닐 수 있도록 한 게 들킨 건가요?

확실히 단두대에서 해방되긴 했으나 그래도 라피나의 심기를 거스르는 건 좋은 일이 아니다.

미아는 급히 변명을 생각했다.

"따, 딱히 그렇게 놀랄만한 일은 아니지 않나요? 재능 있는 자는 가문과 상관없으니까요."

문벌귀족도 뭣도 아닌 티오나의 동생은 새로운 밀을 발명해낸다.

혈통과 재능은 연관이 없다. 그럴 것이다!

궁색하게 쥐어짠 변명은 다행히 라피나에게 잘 통한…… 아니, 오히려 깊이 박힌 모양이었다.

"정말 그 말이 맞아요. 역시 미아 님은 제 친구네요."

라피나는 감동해서 촉촉해진 눈동자로 미아의 손을 잡았다.

그 모습에 눈을 부릅뜨는 미아였다.

적당히 주절거렸더니 알아서 감동해버린 형국이다.

보통은 경계해야 할 법한 상황이지만…….

"그렇게 거창한 일도 아닌걸요."

미아는 생긋 웃었다.

미아는 우쭐해져 있었다.

며칠 전 느꼈던 빅 웨이브의 기세가 지금도 수그러들지 않았다는 걸 느꼈다.

──흐름이 왔어요……. 억누를 수 없는 빅 웨이브가 저를 떠받들려 하고 있어요!

그런 식으로 우쭐해져 있었기 때문일까.

"실례합니다, 미아 님."

안색을 바꾸며 들어온 안느의 모습을 알아보지 못한 미아는 아무런 마음의 준비도 하지 못한 채 듣고 말았다.

"무슨 일이죠?"

미아의 얼굴을 본 안느는 한 번 심호흡한 뒤 조용히 말했다.

"혁명이…… 일어났습니다."

"…………네?"

이렇게 사태는 급변한다.

"혀, 혀혀, 혁명이라니, 어떻게 된 일이죠? 어, 어째서……. 그럴 수가. 제가 지금까지 해온 노력은? 대체 왜 갑자기, 제국에서 혁명이……."

몸에서 힘이 쭉 빠졌다. 미아는 눈앞이 새하얗게 물드는 걸 느꼈다.

"꺅! 치, 침착하세요. 미아 님. 티어문 제국에서 일어난 게 아닙니다."

"네? 무, 무슨 소리죠?"

어리둥절해 하며 고개를 갸웃거리는 미아에게 안느가 말했다.

"렘노 왕국에서 혁명이 일어났다고……. 조금 전 키스우드 씨가 알려주셨어요."

"네? 무슨? 으잉?"

무슨 일이 일어난 건지 영문을 알 수 없어 미아는 자기도 모르게 웃기는 소리를 내고 말았다.

"어어어, 어떻게 된 인가요? 대, 대체 무슨……?"

전혀 이해할 수 없었다.

어째서. 왜. 렘노 왕국에서 혁명이 일어났는가. 그것도 이렇게 갑자기?

"실례합니다, 라피나 공작 영애."

그때였다.

노크 소리와 함께 들어온 사람은 시온 왕자와 종자 키스우드, 그리고 그 뒤에는 티오나의 모습도 있었다.

"미아 황녀가 여기에 있다고 들었습니다만……."

"마침 잘 오셨습니다, 시온 왕자님."

라피나가 딱딱한 표정으로 말했다.

"안으로 들어오세요. 지금 차를 준비하죠."

자리에 앉자마자 키스우드가 입을 열었다.

"정확하게는 민중이 혁명을 외치며 봉기했다는 단계인 것으로 보입니다만……."

설명하는 키스우드의 말은 묘하게 불분명한 느낌이었다.

"오해를 사는 발언을 해서 죄송합니다."

사실 여기에는 사정이 있었다. 그 본인도 당황했기 때문이다.

선크랜드 왕국은 건국 초기 때부터 정보를 중시했다.

왕국 내에는 전용 첩보 기관인 '바람 까마귀'가 존재하며, 각국에 첩자를 보내 첩보망을 만들어놓았다.

렘노 왕국 내에 잠입한 첩자가 그 소식을 알린 건 아주 최근의 일이다.

"렘노 왕국 내에 왕권 타도, 즉 혁명으로 이어질 법한 내란의 징조가 보임. 그에 동반한 민중 탄압이 예상됨. 폭정으로부터 백성을 지키기 위해 선크랜드 왕국의 군사개입 필요성 인정."

……이렇다고 한다.

본래 왕자의 종자라고 해도 국가기밀을 알아낼 수는 없는 법이지만, 그건 그거.

선크랜드 왕국도 하나로 단결된 건 아니다.

시온에게 호의적이며 공적을 세우게 해주려는 무관과 문관이 많이 있으며, 키스우드는 그 인맥을 정확하게 파악하고 있다.

이래저래 무모한 짓을 저지르곤 하는 시온 왕자이니 이 정도의 인맥을 만들어두지 않으면 키스우드의 위에 구멍이 뚫릴 것이다.

이번 정보는 그 인맥을 통해 얻은 정보였다.

키스우드는 바로 시온과 상담한 뒤 미아 황녀에게도 알리는 게 좋겠다는 결론에 도달한 것까지는 좋았으나…….

"사실 자세한 사정은 아직 거의 모르는 상황입니다."

정보에서 알아낸 것은 혁명으로 번질지도 모르는 내란의 징조가 있다는 애매모호한 내용이다.

그래도 군사개입을 요구하는 한마디가 키스우드를 조금 초조하게 했다.

그만 '혁명으로 번질지도 모른다'는 말을 그대로 안느에게 전달한 것은 키스우드답지 않은 실수라고 할 수 있을지도 모른다.

자신의 미숙함을 자각하고 한숨을 쉬며 고개를 저은 키스우드가 말했다.

"다만 몇 년 전부터 렘노 왕국의 정세가 불안정해지는 조짐은 있었습니다."

강력한 군대와 무거운 세금. 애초에 렘노 왕국의 정세는 위태로운 균형을 이루고 있었다.

그 균형이 단숨에 무너진 원인은 국왕의 증세(增稅) 발언이었다.

당연히 반대하는 사람도 나타났다.

가장 먼저 이론을 제기한 사람은 렘노 왕국의 재상, 다사예프 도노반 백작이었다.

불만을 드러내며 격노하는 백성들의 목소리를 대변하듯 그가 언성을 높였다.

"저도 그분은 압니다. 현명한 분이지만, 동시에 온화한 인품으로 기억하는데요……."

라피나는 작게 고개를 갸웃거렸다.

그녀의 의문을 이어받듯 시온이 입을 열었다.

"저도 같은 인상을 받았습니다. 실제로 다사예프 재상은 백성과 왕가 사이를 중재하기 위해 움직였던 모양입니다. 하지만 무슨 일이 생긴 거죠……."

거기서 말을 끊은 시온이 팔짱을 꼈다.

"……무슨 일이."

무거운 침묵이 흘렀다.

——이게 무슨 일이죠? 이게 무슨 일이죠? 이게 무슨 일이죠?!

그런 가운데 미아는 큰 혼란의 소용돌이 속에 있었다. 머리가 마구 뒤섞여서 눈이 빙빙 도는 것 같았다.

미아의 기억 속에서 렘노 왕국에 혁명이 일어난 적은 없었다.

자국 문제로 버거웠기 때문에 몰랐던 게 아니다.

이 시점에선 아직 제국 내에서도 눈에 띄는 사건은 일어나지 않았다. ……적어도 미아 본인이 여유를 잃을 만큼 중대한 상황은 아니었을 터.

따라서 다른 나라에서 혁명이나 내란이 일어났다면 기억하지 못할 리가 없다.

그런데도 불구하고 무언가가…… 일어났다.

게다가 장소는 제국이 아니라 렘노 왕국.

영문을 알 수 없었다.

──뭐, 그래도 일단 제국이 아니었다는 걸 기뻐해야겠죠.

미아는 자신을 타이르듯 마음을 다잡았다.

설령 렘노 왕국의 왕가가 혁명으로 멸망한다 해도 미아가 단두대에 서는 것도 아니고……. 그러니 미아가 무언가를 할 필요도 없고…….

오히려 위험한 장소에 접근하지 않는 게 지혜로운 자의 행동인데…… 하지만…….

"미아 님……. 가고 싶으신 건가요?"

"…………네?"

갑작스러운 목소리. 얼굴을 들자 안느가 미아를 살피고 있었다. 그 표정은 지극히 진지해서 장난치는 기색은 보이지 않았다.

"무, 무슨 말을 하는 건가요, 안느. 누가 그런 소릴, 했다고……."

"하지만……, 미아 님, 울 것 같은 표정이세요……."

"네? 아뇨, 그렇지…… 않아요."

──그래요. 저는 지금까지 단두대에서 죽지 않기 위해 행동했던 거니까요…….

머릿속에서 지금까지 있었던 일이 스쳐 지나갔다.

단두대에서 죽는 운명을 피하기 위해 열심히 노력했다.

──그러니 그런 위험한 곳에 가는 건 사양이에요. 몸을 사리는 게 올바른 선택이에요…….

명명백백한 일이다.

"…………하지만."

그렇게 생각할수록 머리를 스치는 그의 자상한 얼굴.

함께 말을 탔을 때의 얼굴, 웃으면서 샌드위치를 먹는 얼굴, 춤을 췄을 때 보여준 쑥스러워하는 얼굴……. 그런 얼굴이 계속 머리에 떠올랐고…… 게다가.

미아는 주위를 둘러보았다.

안느, 클로에, 시온, 키스우드, 라피나, 티오나……. 자신에게 모인 시선을 생생히 느꼈다.

"……가지 않겠다는 말은 차마 못 하겠죠."

작은 중얼거림과는 반대로 미아의 얼굴에는 밝은 미소가 번져 있었다.

"가고 싶어요. 아벨 왕자님 곁으로……. 저는 가고 싶어요."

죽음의 운명, 피투성이의 일기장에 얽매여왔던 미아가 내리는 최초의 선택.

그 후 미아는 주위에 있는 전원을 둘러보며 말했다.

"협력을 부탁할 수 있을까요?"

──따, 딱히 아벨 왕자님을 만나고 싶어서 이런 말을 하는 건 아니에요! 어디까지나 이 사람들이 제게 실망해서 단두대에 보내는 걸 막기 위해서죠!

마음속으로는 참으로 츤데레 같은 소릴 종알거리는 미아였다.

제20화 모든 말이 체스판 위에 모이고······

"저는 가고 싶어요. 협력을 부탁할 수 있을까요?"

조용한 미아의 목소리.

제국의 예지라 일컬어지는 소녀의 진심 어린 부탁.

여느 때라면 그건 거부할 부탁이다.

말도 안 된다며 타이르려고 할 법한 부탁이다.

하지만······.

"가고 싶다고 해도 그리 쉬운 건 아닙니다, 미아 황녀님. 렘노 왕국은 현재 긴장 상태죠. 그곳에 근위병이라도 데려갔다간 침략 이라는 혐의를 받게 됩니다. 적어도 신분을 위장해서 비밀리에 가실 필요가 있는데요······."

키스우드의 말에 시온이 고개를 끄덕였다.

"맞아. 이런 시기이니 신분이 불확실한 자는 국경을 넘지 못하 겠지. 무언가 작전을 세울 필요가 있어."

"그러게요······. 어떻게 안 될까요?"

그 자리에 모인 사람은 누구 한 명 미아의 부탁을 부정하지 않 았다.

진지한 얼굴로 미아의 부탁을 받아들이고 어떻게 이뤄줄 수 있 을지 머리를 굴렸다.

가서 뭘 할 수 있을지, 그런 건 불가능하다든지······. 당연히 나 와야 할 의문은 한 번도 스치지 않았다.

마치 미아에게 협력하는 게 당연하다는 듯이.

그리고 압도적으로 절망적인 상황에서 광명이 드리웠다.

심지어 지극히 간단하게.

그렇다. 설령 미아 본인이 무능한 황녀라고 해도 이 자리에는 초호화 멤버가 모여있다.

마음만 먹는다면 어지간한 일은 어떻게든 해결하는 든든한 멤버가.

하지만 그 속에서 가장 먼저 입을 연 사람은 뜻밖의 인물이었다.

"저기……."

조심조심 목소리를 낸 사람은 클로에 포크로드였다.

쟁쟁한 멤버의 시선이 한곳에 모이는 바람에 몸을 움찔 떨면서도 클로에는 말을 이었다.

"저희 상회의 상단이…… 렘노 왕국에 갈 예정인데요……. 그 마차에 섞여서 가는 건, 어떨까요?"

"그건…… 괜찮은데."

팔짱을 끼고 잠깐 생각에 잠겼다가 바로 고개를 끄덕이는 키스우드.

"확실히 그렇게 하면 비밀리에 갈 수 있을지도 몰라. 상인이라면 백성에게 적의를 살 가능성도 낮지……."

적어도 타국의 왕족이나 신원불명의 인물로서 입국하는 것보다 훨씬 움직이기 쉬울 것이다.

표정이 아주 조금 밝아진 키스우드였지만…….

"정해졌군. 그럼 나도 가지."

"무슨!"

주군의 발언에 말문이 막혔다.

물론 키스우드 또한 미아에게 호감이 있다. 그녀를 위해서 하는 노력이라면 **아끼지** 않을 생각이고, 시온의 허가만 받는다면 본인이 동행하는 것도 고려했다.

그런 생각에 미아에게 정보를 가져다준 거였고, 힘을 빌려줄 마음이 넘친다고 해도 과언이 아니다. 인기 만점인 미아였다.

하지만 시온 본인이 위험지대에 간다고 하면 반대할 수밖에 없다.

"시온 전하, 아무리 그래도 그건……. 본인의 지위를 생각해주세요. 당신은 선크랜드 왕국의 왕자라고요."

민중 봉기로 정세가 혼란한 나라에 가다니 말도 안 된다.

기본적으로 본인의 고집보다는 자국의 미래를 우선시하고 정론을 중시하는 시온이다. 당연히 간언에 귀를 기울일 줄 알았는데…….

어째서인지 시온은 의기양양한 미소를 지으며 말했다.

"그렇기 때문이다, 키스우드. 지위를 생각해서 나도 동행하겠다는 거야."

"그건…… 무슨 뜻이죠?"

"나는 딱히 좋은 왕이 용감할 필요는 없다고 생각한다. 검술 실력으로 나라를 다스릴 수 있는 것도 아니지. 하지만 동시에, 나약한 왕은 대국 선크랜드를 다스릴 수 없다고 본다. 틀려?"

"아뇨, 맞는 말씀인데요……."

부정할 수 없는 정론에 키스우드는 불길한 예감이 들었다.

뭔가……, 아무리 발버둥 쳐도 설득당할 것 같은…… 참으로 불길한 예감이.

"그런데 나와 마찬가지로 대국의 황녀로 태어났으면서도 학우를 염려하며 위험지대에 가겠다는 자가 있지. 심지어 그 사람은 싸울 수 있는 힘이 없는데도 불구하고."

시온은 익살스럽게 어깨를 움츠렸다.

"그런 황녀의 결단을 봐 놓고 내가 가는 걸 주저하면 악평이 퍼지지 않겠어?"

"그건……."

막 나가는 논거…… 라고 단언할 수 없었다.

아무튼 시온은 대국 선크랜드의 왕자. 정적이 많다. 그들에게 추문이 될 수 있는 사태는 최대한 삼가는 게 도리라고 할 수 없는 건 아니니…….

──반론을…… 못 하나? 젠장, 어쩔 수 없지. 나도 당연히 동행하고, 렘노 왕국에 잠입 중인 첩보원에게도 연락을 넣어야겠어.

다행히 렘노 왕국 내에도 아군은 있다. 대국 선크랜드에는 전문기관을 만들어서 오랜 시간을 들여 여러 나라에 정보망을 깔아두었다.

정보전의 중요성을 일찌감치 인식한 선크랜드 국왕의 선견지명을 드러낸다고 할 수 있으리라.

이번 렘노 왕국의 민중봉기 정보도 이 첩보 기관을 통해서 들어온 소식이다.

이미 본국에서는 군사개입을 할지 말지 군사 회의가 열리고 있을 터이다.

──아니, 그래도 이 시기에 왕자가 그런 위험지대에 간다니 환장할 만한 소리긴 해. 아아, 진짜!

키스우드의 두통은 끊이지 않는다.

"미아 님, 저도 동행하겠습니다."

시온에 이어 티오나가 발언했다.

그녀는 검술도 즐긴다. 실력은 미숙하지만, 도적을 무찌를 수 있는 정도는 된다. 적어도 미아보다는 강하다.

근위병을 데려갈 수 없는 이상 동행자로는 나쁘지 않은 인재였다.

미아는 그저 말없이 고개를 깊이 숙였다.

그녀의 호의를 받아들이기로 한 것이다. 하지만.

"미아 님……, 저도 가겠습니다. 데려가 주세요."

마지막에 자원한 인물 앞에서는 생각에 잠길 수밖에 없었다.

"미아 님, 저도……."

안느가 조심조심 입을 열었다.

미아는 순간 침묵한 뒤 살며시 시선을 피했다.

"미안하지만 안느, 당신을 데려갈 수는 없어요."

물론 안느가 함께 온다면 시중을 전부 맡아줄 테니 감사하긴 하다.

하지만, 그래도 안느를 데려갈 수는 없었다.

이유는 지극히 단순하다.

안느는── 말을 못 타기 때문이다!

예를 들어 안느를 데려갔다가 만에 하나 위험한 상황에 빠졌다고 치자.

거기에 말이 몇 마리 있다고 치자.

그중에서 가장 타기 쉬운 말, 혹은 발이 빠른 말은 아무리 따져 봐도 안느를 뒤에 태울 수 있는 사람이 차지할 것이다.

아마도 키스우드가 되지 않을까.

두 사람이 같이 타야 할 필요가 있다면 그 두 사람에게 가장 좋은 말을 돌리는 게 맞다.

평범한 종자라면 몰라도 안느에게 받은 은혜가 있는 미아에게는 그 결정에 반대할 수 없고, 반대하고 싶지도 않다.

그녀의 충성심에는 성심성의껏 보답하고 싶은 미아였다.

반대로 안느를 데려가지 않았을 경우, 즉 전원 말에 탈 수 있는 상태라면 어떨까.

그럴 때는 레이디 퍼스트. 자신에게 좋은 말이 돌아올 가능성이 지극히 크다.

도망칠 수 있는 가능성이 확 올라간다는 뜻이다.

살아남기 위해 최선을 다하는 미아의 마이 퍼스트가 빛을 발했다.

"안느, 당신은 말을 탈 수 없어요. 발목을 잡을 가능성이 아주 크죠. 지금부터 갈 곳은 무척 위험한 곳일 테니까요."

"미아 님, 하지만⋯⋯."

안느는 울음을 터트릴 듯한 표정을 지었다. 그 눈동자에 눈물이 그렁그렁 맺혔다.

"아아, 울지 말아요. 안느. 괜찮아요. 저는 반드시 돌아올 테니까요."

그런 안느를 안심시켜주듯 미아가 부드러운 미소를 지었다.

"그러니 당신은 남아서 자신이 해야 할 일을 열심히 해 주세요. 알았죠?"

분명 돌아오고 나면 한숨 돌리기 위해 차를 마시며 쉬고 싶어질 게 분명하다.

혹은 녹초가 되어 바로 침대에 뛰어들지도 모른다.

어쩌면 욕조에 몸을 푹 담그고 싶어질지도.

귀환한 미아의 요구를 바로 헤아리는 것도 중요한 일이다.

그러기 위해 철저히 준비해달라.

미아는 은연중에 그런 뉘앙스를 담아서 말했다.

물론 그건 반쯤 농담이고, 표정이 어두워진 안느에게 기운을 북돋기 위해서 한 말이었지만.

안타깝게도 그 말을 들어도 안느의 표정은 밝아지지 않았다.

잠입할 채비를 해야 한다며 다른 사람들이 떠난 실내.

안느는 그 자리에 우두커니 서 있었다.

──내가 말을 타지 못하니까, 미아 님께 거추장스러운 존재가 되었어.

고개를 숙인 안느의 눈동자에서는 눈물이 뚝뚝 흘러내렸다.

미아는 분명 안느가 따라오지 못하도록 처음엔 일부러 밀어냈다. 말을 타지 못해 발목을 잡게 된다고 말하면서 미움받으려 했다. 위험한 장소에 따라가지 않는 걸 안느가 신경 쓰지 않도록 배려해주었다.

그런 상냥한 주인을 따라가지 못하는 데다, 실제로 발목을 잡게 된다는 것도 부정할 수 없는 자신이 한심해서…… 눈물이 멈추지 않았다.

"얼굴 들어, 안느 양."

별안간 의연한 목소리가 자신을 부르는 바람에 안느는 퍼뜩 놀랐다.

목소리가 들린 쪽을 보자 그곳에는 조용한 표정으로 자신을 바라보는 라피나의 모습이 있었다.

"라피나, 님……."

"이런 곳에서 우울해하고 있을 시간은 없지 않을까?"

"하지만…… 저는…… 자신이 한심합니다. 제가 말을 탈 수 있었다면 미아 님과 함께."

"당신은 미아 님의 뭐지?"

"네? 저, 저는…… 미아 님의 전속 메이드입니다."

그 대답에 라피나는 고개를 저었다.

"그렇지 않을 텐데. 전에 미아 님이 뭐라고 했는지 잊어버린 거야?"

라피나는 안느를 똑바로 바라보며 말했다.

"미아 님은 당신을 심복이라고 했잖아. 오른팔이라고."

그 말에 안느는 벼락을 맞은 듯한 충격을 받았다.

"미아 님은 당신에게 해야 할 일을 하라고 했지. 당신이 할 수 있는 일은 여기서 고개를 숙이고 멍하니 서 있는 게 아니지 않아?"

"제가 할 수 있는 일……."

"미아 님의 심복만이 할 수 있는 일. 분명 있지 않겠어?"

안느는 순간 침묵했다가 꾸벅 인사한 뒤 방에서 나갔다.

그 뒷모습에는 조금 전까지 감돌았던 나약함은 조금도 없었다.

이리하여 암약하는 메이드, 안느가 움직였다.

미아 일행이 여행을 떠난 다음 날, 안느 또한 학원을 떠났다.

자신이 할 수 있는 일, 자신밖에 할 수 없는 일을 가슴에 품고…… 그녀가 향한 곳은 티어문 제국.

그런 안느의 충성이 결실을 맺어 제국 최강의 말을 체스판 위에 소환하게 되지만.

그건 조금 더 미래의 이야기이다.

이렇게 모든 말이 체스판 위에 모였다.

렘노 왕국을 체스판으로 삼은 음모극.

렌 블랑슈(백의 퀸)인 미아의 부름에 의해 모인 동료들.

과연 흑 진영에 고립된 슈발리에(나이트), 아벨 왕자를 구할 수 있을까?

미래가 어디로 도달할지. 아직 간파할 수 있는 것은 없다.

제21화 비장한 기도와 소녀의 한숨······

성 베이르가 공국의 변경 마을에서 포크로드 상회의 마차를 타고 이동한 지 사흘.

마차의 짐칸에 몸을 숨긴 미아 일행 사이에는 무거운 침묵이 흐르고 있었다.

조금 창백하게 질린 얼굴로 고개를 숙인 채 한마디도 하지 않는 미아.

승마용 블라우스와 움직이기 쉬운 반바지를 입은 미아는 무릎을 꽉 껴안고 이따금 가느다란 한숨을 쉬었다.

"후우······."

그 얼굴을 본 티오나는 걱정으로 눈썹을 찡그렸다.

──미아 님, 역시 걱정되시는 거겠지.

위험지대에 있는 정인, 아벨 왕자.

그를 생각하면 가슴이 답답할 것이다.

──어떻게든 미아 님을 지키며 아벨 왕자님 곁으로 모셔가야지······.

티오나는 허리에 찬 가느다란 검을 꽉 붙잡았다.

──부디 아벨 왕자님께서 무사하시길.

티오나는 소리 없이 기도했다.

한편 키스우드는 다른 식으로 이해했다.

──역시 미아 황녀님이라고 해도 긴장할 수밖에 없나.

그들이 향하는 곳, 렘노 왕국은 위험지대다. 지금은 전체적으로 치안이 유지되고 있지만, 백성이 봉기한 지역은 틀림없이 위험지역이라 할 수 있다.

그들이 렘노 왕가에게 느끼는 분노가 그대로 타국의 왕족이나 귀족에게 번질 가능성이 충분한 이상, 이쪽의 신분이 들키면 목숨의 위험조차 있다.

그걸 모르는 미아가 아니다. 제국의 예지라 불리는 그녀가 그런 자명한 문제를 눈치채지 못했을 리가 없다.

당연히 위험성을 알면서 그 공포를 극복하고 여기에 있는 것이다.

──역시 대단한 분이야. 머리만 좋은 게 아니라 제대로 용기를 끌어낼 때를 아시다니.

할 수 있다면 자신의 주인인 시온과 결혼하면 좋겠다고 생각하는 키스우드였다.

그럼 실제 미아가 무슨 생각을 하고 있었냐면…….

──우, 우욱, 토, 토할 것, 같아요…….

……그냥 멀미에 시달리는 중이었다…….

지독한 멀미다.

애초에 미아는 황실용으로 만든 최고급 마차만 타봤다.

승차감과 쾌적함을 추구한 마차에 익숙한 그녀는 당연히 상인의 짐마차에 타본 적이 없었다.

딱딱한 나무 바닥 때문에 엉덩이가 얼얼하고, 심하게 덜컹거리는 바람에 반고리관이 완전히 맛이 가버렸다.

"후우……, 후우."

이따금 가늘게 숨을 내뱉으며 참고 있지만 시큼한 무언가가 치밀어오르는 것 같아서 방심할 수 없다.

일단 자신을 위해 따라온 세 명 앞에서 말도 없이 가만히 있는 것도 불성실한 태도일지도 모른다는 생각에 화제를 찾아봤지만, 머리가 빙빙 돌아서 그럴 여유가 없었다.

──토할 것 같아서 입을 열지 못하겠어요.

그렇다고 토할 것 같다는 말을 하지도 못했다. 일단은 제국의 황녀, 자존심이 있다.

따라서 미아는 고개를 숙이고 필사적으로 구역질을 참았다.

참고로 봉기한 백성에게 정체가 들키면 어떡할지 같은 건 전혀 신경 쓰지 않았고, 애초에 알아차리지도 못했다.

물론 아벨이 걱정되긴 하지만……. 그 문제는 최대한 생각하지 않기로 했다.

──괜찮아요. 저도 처형당할 때까지 시간이 있었으니까요……. 맞출 수 있어요.

비장한 소녀의 기도를 품은 미아는 입을 틀어막았다.

──그나저나, 속이, 메스꺼워요…….

슬슬 한계일지도 모른다.

"이제 곧 국경을 넘는다. 다들 조금만 더 힘내자."

마부석으로 상황을 보러 갔던 시온이 돌아왔다.

아벨 왕자를 만나기 위한 첫 번째 관문이 국경이었다.

사전에 입수한 정보에 따르면 렘노 왕국은 현재 경계태세. 일부 상회를 제외한 타국의 출입을 엄격하게 제한하고 있다고 한다.

"당연한 조치겠지. 내란을 틈타 주변국에서 사람을 보낼 테니까. 한쪽에 가담해서 은혜를 입히거나, 혼란을 이용해 나라를 가로채려 하거나. 특히 렘노 왕국은 군사 강국이다. 평범한 지도자라고 해도 이 기회에 군대를 약화할 궁리를 할 법해."

시온의 말에 키스우드와 티오나가 고개를 끄덕였다.

미아는 멍하니 그 광경을 바라보았다.

──아아, 제국에서 혁명이 일어났을 때도 이 사람들은 이런 느낌이었을까요……?

"그건 그렇고 제법 순조롭군."

"클로에 양의 작전이 성공했죠. 게다가 잠입해있던 우리나라의 첩보부대가 책정한 루트도……."

불현듯 키스우드가 말을 끊었다. 직후, 마부석 쪽에서 비명 같은 목소리가 들렸다!

"도, 도적이다! 공격해온다!"

"도적……?"

시온이 눈살을 찌푸리며 키스우드와 시선을 교환했다.

"묘하군. 이 규모의 상단에……."

포크로드 상회의 상단은 10대의 마차로 이루어진 비교적 규모가 큰 상단이다. 당연히 이만한 규모면 사설 용병단도 동반한다.

도적이 덮치기에는 위험이 너무 클 텐데…….

"치안이 악화했다고 해도 마음에 걸리는군."

시온과 키스우드가 동시에 일어났다.

"미아 황녀, 이쪽으로!"

"꺄악!"

갑자기 몸을 끌어당기는 바람에 미아는 마차 앞쪽으로 고꾸라졌다.

"읍컥?! 무, 무슨 일이죠?!"

'하마터면 입에서 나오면 안 되는 게 나와버릴 뻔했잖아, 이 자식아!'라고 불평하려던 미아였으나, 얼굴을 들자 보인 시온의 날카로운 표정에 할 말을 잃었다.

그의 시선이 향하는 곳. 그걸 따라서 미아도 그쪽으로 고개를 돌렸다가…….

"무슨!"

미아는 숨을 삼켰다.

마차의 짐칸을 덮는 덮개를 들추며 한 남자가 들어왔다.

온통 검은 옷을 입은 호리호리한 남자였다.

얼굴도 검은 천으로 가린 남자는 네 사람에게 시선을 준 뒤 허리에 찬 검을 뽑았다.

그건 평범한 기사가 소지하는 검보다 조금 짧아 보였다.

"도, 도, 도, 도적인가요?"

서슬 퍼렇게 빛나는 칼날을 본 미아가 떨리는 목소리를 냈다.

"이런, 레이디에게 겁을 주다니 별로 좋은 자세가 아닌데."

말이 끝나기도 전에 키스우드가 바닥을 박찼다. 그 손에는 이미 검이 들려있었다.

그와 동시에 뻗어나간 날카로운 찌르기. 노리는 곳은 무기를 든 적의 팔이다.

그건 시온 왕자에게도 뒤지지 않는 날카로운 찌르기였다.

하지만── 둔탁한 소리와 함께 검이 가로막혔다.

동시에 적의 반격. 강력한 일격에 키스우드는 눈썹을 살짝 찡그리면서 한 걸음 간격을 벌리──나 싶더니, 다시 파고들었다!

불규칙한 박자로 한 번, 두 번 베었다.

하지만 적도 대단했다. 키스우드의 날카로운 공격을 좌우로 피했다.

참격의 대가로 마차의 덮개가 무참하게 찢겨져 바람을 받아 펄럭펄럭 흩날렸다.

"내 공격을 막다니……. 제법인데. 전하, 이 녀석 평범한 도적이 아닌가 봐요."

"그런 것 같군. 움직임이 아마추어가 아니다."

시온은 굳은 얼굴로 고개를 끄덕였다.

"너는 누구지? 암살자이기라도 한가?"

"아니, 암살자면 솔직하게 밝힐 리 없잖아요? 웃차!"

두 사람이 대화하는 사이에도 적이 공격했다.

키스우드는 한 걸음 물러나면서 그 공격을 흘려보냈다. 마치 댄스 스텝을 밟는 것처럼 매끄러운 동작은 차라리 아름답다고 느끼게 될 만큼 황홀했다.

"남이 대화하는 사이를 노리다니, 역시 암살자. 비겁한데?"

기가 막힌다는 듯 놀리는 듯 키스우드가 코웃음을 쳤다.

하지만 그런 태도에도 적은 딱히 화를 내는 기색 없이 조금씩 거리를 좁혔다.

"그리 쉽게 간격을 좁히게 둘 것 같아?"

이번에는 키스우드가 움직였다.

좁은 마차에서도 지장이 없는, 찌르기를 중심으로 한 검술.

막아내도 즉시 다음 움직임으로 이어지는 완벽한 공격은 치명상을 주지는 못해도 상대의 발을 묶기엔 충분할 터⋯⋯.

"묘한데⋯⋯. 이 녀석, 상당한 실력자인데 그런 것도 모르나⋯⋯? 이런!"

그때 키스우드의 얼굴에 초조해하는 표정이 번졌다.

"전하, 조심해. 이 녀석 아마 동료가!"

그 말이 끝나기도 전에 이변이 나타났다.

짐마차의 덮개를 서걱서걱 베어버리는 소리. 거기서 검은 복면이 두 명 더 나타났다.

마차의 전방에서 나타나, 마치 미아 일행을 포위하는 듯한 형태다.

──도, 도도, 도망칠 곳이 없어요!

미아는 필사적으로 주위를 두리번거렸지만 당연하게도 도망칠 곳이 전혀 보이지 않았다.

시온이 아무리 강하다고 해도 2대 1은⋯⋯.

오랜만에 목숨의 위험을 생생하게 느낀 미아는 완전히 울상이 되었다. 하지만.

"썩 넓지도 않은데 협공이라니, 고생하는군······."

시온은 관록이 넘치는 당당한 태도로 검을 뽑더니 견제하듯 나타난 적을 노려보았다.

퍼지는 살기.

그것을 느낀 미아는 그리움과 동사에 든든함도 느꼈다.

──아아, 그러고 보면 이전 시간축에서는 제가 저 살기를 온몸으로 받아냈었죠.

과거에 위협이었던 힘이 지금은 자신을 지키기 위해 사용되는 상황이다. 왠지 자꾸만 마음이 대담해지는 미아였다.

──역시 시온 왕자님. 이제 어떻게든 되겠네요! 분명 지금까지도 수많은 도적을 무찔렀을 게 분명한걸요!

낙관적인 사고를 할 수 있게 되어서 응원이라도 해야 할지 고민하는 여유마저 생긴 미아였으나.

"그럼 누가 먼저 영예를 안을 거지? 내가 처음으로 격퇴한 상대라는 영예 말이야."

──잠깐, 처음이었어요?!

바로 불안이 되살아났다.

──여, 역시 조금 더 안전할 것 같은 곳으로······.

그렇게 슬금슬금, 슬금슬금 안전지대를 향해 이동하려 한 바로 그때였다.

무언가에 걸리기라도 한 건지 마차가 크게 흔들렸다.

"··········어?"

미아가 느낀 것은 기묘한 부유감.

찢어진 덮개에 몸이 밀쳐지더니 그곳을 통해 떨어져 내리는 듯한 감각.

마차는 마침 국경에 흐르는 커다란 강을 건너던 도중이었다.

눈앞에 있는 게 호수인지 의심하게 될 만큼 넓고 흐름도 빨라 보이는 강이 물보라를 일으켰다…….

"히이이이익, 싫어어어어어어어!"

미아는 다소 경망스러운 비명을 지르며 강에 빠졌다.

"젠장, 미아 황녀. 지금 간다!"

왠지 조급해하는 듯한 목소리가 쫓아오더니…….

양대 대국의 황녀와 왕자가 급류 속으로 모습을 감췄다.

제22화 미아 황녀와 올바른 인공호흡

부유감을 느낀 직후 밀려든 것은 차가운 물의 감촉이었다.

머리부터 강으로 떨어진 미아는 그 깊은 수심 덕분에 목숨을 건지고……, 다음 순간에는 그 깊이에 죽을 뻔했다.

"어푸푸푸……."

미아는…… 맥주병이다.

아니, 엄밀하게 말하자면 헤엄을 칠 수 있는지 없는지 불명이다. 왜냐하면 애초에 수영 자체를 해본 적이 없기 때문이다.

발이 닿지 않을 만큼 깊은 물에 들어간 적이 거의 없다.

티어문 제국에는 강이나 바다에서 헤엄친다는 문화가 없었다. 미아는 목욕을 좋아하므로 그만큼 물에 친숙하다고 할 수 있을지도 모르지만, 그렇다고 수영이 특기인 것도 아닌 관계로.

"꼬르르르륵……."

입에서 거품을 뱉어내며 급류에 휩쓸린 미아의 몸은 점점 강바닥으로 가라앉았다.

숨을 쉴 수 없어서 가슴이 괴롭고, 눈앞이 명멸하기 시작했다.

──아아, 게다가 왠지 속이 아주 안 좋, 꼬르륵…….

위도 아래도 없이 빙글빙글. 눈이 핑핑 돌았다. 이미 마차 멀미로 초췌해졌던 미아의 반고리관은 한계를 맞았다.

──아아……. 저는 여기서 죽는 거군요. 하지만 단두대보다는 조금 나은 걸까요……? 우욱…….

그렇게 생각하면 어쩐지 가슴속의 응어리가 조금 풀린 것 같은……, 메스꺼운 게 아주 조금 사라진 것 같은 느낌이 들더니…….

나중에 남은 건 애틋한 듯, 새콤달콤하면서도 조금 쌉쌀한 후회…….

그렇게 미아의 의식은 어둠 속으로 가라앉았다.

"……아 황녀, 이봐. 대답해. 미아 황녀!"

어딘가 멀리에서 자신을 부르는 목소리.

이어서 몸이 흔들리는 느낌.

뺨을 찰싹찰싹 맞는 감촉.

……그리고 입안에 희미하게 남은 신맛.

전부 다 멀어서…… 마치 수면 너머에서 무언가를 당하는 듯한 느낌이 들었다.

——으으, 이건? 저는, 대체, 어떻게 된 거죠……?

미아는 모든 정신력을 쥐어짜서 어떻게든 눈을 뜨려고 했다.

그러자 바로 눈앞에 시온 왕자의 잘생긴 얼굴이 보였다.

——시온 왕자님? 대체 무슨?

몽롱하게 안개가 낀 듯한 머리. 그곳에 옛날 안느와 나눈 대화가 되살아났다.

——아아, 그러고 보면…… 에리스의 소설에 나왔다고, 안느가 그랬죠.

물에 빠진 사람의 호흡을 회복시키기 위해 키스로 숨을 불어넣는다고 했던가…….

——너무 망측하다고 말은 했지만, 그래도 멋지다고 생각했었죠……. 그렇다는 건…… 어라?

미아는 번뜩였다!

——서, 설마 시온 왕자님이 저, 저에게 키스를? 세, 세상에. 제 처음은 아벨 왕자님께 드리려고 했는데!

이전 시간축과 지금 시간축을 합쳐서 처음 일어난 사태에 미아는 큰 혼란에 빠졌다.

설마 자신이 이런 일을 겪게 될 줄은 상상도 못 했다. 게다가 상대방이 증오하는 원수인 시온 왕자일 줄이야…….

——아아, 아벨 왕자님. 죄송합니다……. 하, 하지만, 뭐……. 확실히 이 시추에이션은 조금 멋지네요. 다소 두근거려도 어쩔 수 없어요. 이건 그래요, 상대방이 누구든 두근거리는 시추에이션이니까……. 불가항력이에요. 불가항력…….

그런 생각을 하며 미아는 눈을 질끈 감았다.

겸사겸사 입안에 물이 고여 있는 것도 좀 그런 것 같아서 쓴맛이 나는 물을 슬그머니 뱉었다.

다음 순간! 미아의 얼굴이 옆으로 돌려지더니…….

——응? 어라? 왜 옆으로……?

그런 의문을 느낄 새도 없이 입술에 무언가가 닿았다.

——히익!

미아가 마음속으로 웃긴 비명을 지른 다음 순간!

……그것이 입안으로 들어왔다.

묘하게 딱딱한 그것은 미아가 상상했던 것과는 조금 달랐다.

──어, 어라? 이건 대체?

그것이 순식간에 미아의 목구멍 속으로 들어오더니…….

"우웩!"

로맨틱과는 거리가 먼 소리를 내며 미아의 의식이 맑아졌다.

※선크랜드식 인공호흡 주의점!

③ 물에 빠진 사람이 토했을 경우.

물에 빠진 사람이 토했을 경우, 즉시 목을 옆으로 돌리게 합시다. 그후 손가락 등으로 이물을 긁어내 입안을 깨끗하게 만든 다음 인공호흡을 속행합니다.

……이렇게 시온의 조금 어색하면서도 적절한 처치 덕분에 미아의 첫 키스는 지켜졌다!

다행이구나!

울먹이면서 네 발로 엎드린 채 그 자리에서 한바탕 물을 토한 미아는 핼쑥한 얼굴을 들어 올렸다.

"아, 다행이군. 호흡이 돌아왔나."

눈앞에는 안도한 표정의 시온이 있었다.

"주, 죽는 줄 알았어요."

"그래. 그 급류는 확실히 위험했어."

──아니거든요! 손가락이 목구멍을 찔러서 아팠다고요! 레이디에게 그런 비명을 지르게 하다니!

은근히 파렴치한 망상에 잠겨버렸던 만큼 괜히 더 부끄러운 미아였다.

하지만 그래도 목숨을 구해준 사람에게 이런 태도는 좋지 않다고 마음을 고쳐먹었다.

"구해주셔서 감사합니다. 시온 왕자님."

고분고분 인사해봤지만, 시온의 표정은 여전히 밝지 않았다.

"인사를 듣기에는 조금 이른데……."

그렇게 말하며 주위를 둘러보는 시온.

그 시선을 따라간 미아도 다시금 주위를 둘러봤다.

"여기는……."

"조금 전에 떨어졌던 강의 하류다. 사전에 봐둔 지도로 추측하자면 아마 렘노 왕국의 북서쪽일 것 같지만……."

"아, 렘노 왕국에 들어왔군요……."

"들어오긴 들어왔지만……."

시온이 벌레 씹은 듯한 표정으로 말을 이었다.

"위치가 꽤 나빠. 왕도에서 상당히 거리가 먼 곳일 테고, 이웃 나라의 국경을 넘으려면 산을 넘어가야 하는데……."

시온의 시선 끝에는 험준한 산이 우뚝 솟아 있었다.

제23화 글러 먹은 어른

강가에서 불이 파직파직 튀었다.

밤의 어둠을 흐릿하게 비춰주는 불꽃이 따뜻해서 미아는 자기도 모르게 안도의 숨을 흘렸다.

"일단 감기에 걸릴 걱정은 안 해도 되겠군요."

렘노 왕국은 추운 북쪽 나라는 아니긴 해도 매일 열대야가 이어지는 남쪽 나라도 아니다.

몸이 차가워지면 건강도 나빠질 수 있다. 그런 고로 두 사람은 빠르게 모닥불을 피웠는데…….

"그건 그렇고 설마 불을 피울 줄 아시는 줄은 몰랐어요."

"……뭐, 사냥하러 간 적은 있으니까. 그때 소소하게 배웠지."

대답하는 시온은 어째서인지 고개를 다른 쪽으로 돌리고 있었다. 그 뺨은 살짝 붉었다.

그도 그럴 것이, 두 사람은 젖은 옷을 말리기 위해 속옷만 입은 차림새였기 때문이다.

시온은 최대한 미아 쪽을 보지 않도록 시선을 피하는 중이었다.

신사다!

한편 미아는 무릎을 세워 그 위에 턱을 올린 채 시온을 바라보았다.

──어머나, 귀여운 반응이군요!

완벽한 초인 시온의 풋풋한 반응에 아주 만족스러웠다.

물론 미아도 부끄럽지 않은 건 아니다. 젖은 속옷만 입은 모습을 이성에게 보여주고 있으려니 수치심도 자극되었다.

하지만 이성이라고 해도 시온은 12, 13살의 소년. 반면 미아의 알맹이는 20살. 아니, 시간을 거슬러온 지 1년 가까이 지났으니 21살이다.

어른이자 누나인 셈이다!

여유라는 게 생길 법도 하다. 뺨을 살짝 붉힌 완벽한 미소년을 히죽히죽 웃으면서 바라볼 수 있는 어른의 여유가!

……글러 먹은 어른이다.

"오히려 내가 더 놀랐어. 설마 먹을 수 있는 식물까지 알고 있다니. 역시 제국의 예지라고 해야 하나."

"우후후, 그렇게 놀랄 만한 것도 아닌걸요."

의기양양한 얼굴로 그런 말을 하는 미아.

그 태도에서도 여유가 묻어나왔다.

여기에는 이유가 있었다.

미아는 숲속에서 하룻밤을 보낸 경험이 이미 있기 때문이다.

그건 정해의 숲에 들어갔던 것보다 더 과거. 이전 시간축에서 일어난 일이다.

혁명군의 손에서 도망치기 위해 미아는 숲속에 숨었다. 그때 함께 있었던 사람은 의지할 수 없는 메이드 한 명이 전부였다.

──참 괴로운 경험이었어요.

마실 물을 확보하지도 못했고, 먹을 것도 없었다. 호위와 떨어지는 바람에 야생동물도 무서웠고…….

게다가 이미 추적자가 근처까지 쫓아온 상태였기 때문에 누군가에게 도움을 요청할 수도 없었다.

메이드는 빠르게 탈락했다.

이런 일에 휘말리게 했다면서 미아를 욕한 뒤, 마을로 도망갔고 미아는 외톨이가 되었다.

밤의 어둠과 고독, 갈증과 공복에 버티지 못한 미아는 이웃 마을까지 갔다가 혁명군에게 잡혀버렸다.

──그때와 비교하면 이 정도는 우습죠.

근처에 강이 있으니 물을 확보하기 쉬운 환경이다.

게다가 미아는 이 대륙의 숲에서 어떤 먹을 것이 있는지 이미 책으로 철저하게 조사해두었다.

단두대 회피에 여념이 없는 미아는 현재 생존술의 스페셜리스트라고 불러도 과언이 아닐 만큼 지식을 갖추고 있다.

먹을 수 있는 풀, 나무 열매…….

당분간 굶주리지는 않아도 된다. 결정적으로 시온 왕자가 옆에 있다.

──그때는 곰이나 늑대가 덮치면 어떡하냐면서 떨곤 했지만. 이 녀석이 있으니까 일단 안심이에요.

가슴을 채우는 안심감에 무심코 싱글싱글 웃는 미아였다.

아무리 시온이라고 해도 곰이나 늑대를 상대로 싸우는 건 힘들지만…….

여기엔 그걸 정정해줄 사람이 없었다.

──그건 그렇고 이 녀석이 저를 호위하다니, 잘 생각해 보면 신기한 느낌이 드네요.

숲으로 시선을 보내는 시온의 옆얼굴을 멍하니 바라보면서 생각했다.

그 밉살맞을 만큼 잘생긴 얼굴을 보자 왠지 조금 심술을 부리고 싶어졌다.

"있잖아요, 시온 왕자님. 묻고 싶은 게 있는데 괜찮을까요?"

미아는 입을 열었다.

"그래. 대답할 수 있는 거라면 대답하지…….."

순간 얼굴을 미아 쪽으로 돌릴 뻔했지만 바로 다시 피해버리는 시온.

미아는 시온에게서 시선을 피하지 않고 조용한 목소리로 물었다.

"당신은 만약 학우인 아벨 왕자님이 백성 탄압에 가담했다면 그를 벨 건가요?"

"……그건."

"라피나 님과 견줄 만큼 고결한 분이라고 들었습니다. 그런 당신이기 때문에 물어보고 싶어요. 당신은 상대가 아는 사람이자 친구라고 해도, 만약 악에 손을 물들였다면 그 검으로 단죄하실 건가요?"

그건 미아가 계속 물어보고 싶었던 것이었다.

이전 시간축에서 시온 왕자와 티오나가 이끄는 혁명군은 자신의 목숨을 빼앗았다.

확실히 굶주린 민중의 분노는 안다. 그들은 아마 자신을 처형할 동기도 있었으리라.

그렇다면…… 과연 시온은 어떤 마음으로 자신을 죽인 걸까.

미아는 그게 궁금했다.

"참으로 갑작스럽군. 미아 황녀."

생각지도 못했던 질문에 시온은 생각에 잠겼다.

──그 가능성은 전혀 상정하지 않았지만…….

짧은 망설임 후 시온은 말했다.

"만약 아벨 왕자가 백성을 탄압했고 그 검을 휘둘렀다면……
그래, 나는 그에게 검을 겨눠야 하겠지."

그건 흔들림 없는 시온의 신념이었다.

어릴 때부터 대국 선크랜드 왕국의 왕자로서 자란 그는 끊임없이 공정한 사람이 되라는 말을 들어왔다. 눈앞에서 악을 행하는 자를 내버려 둘 수는 없다.

하지만.

"경우에 따라서는 아벨 왕자를 벨 수도 있다고, 그게 당신의 생각인가요? 시온 왕자님."

그 말에는 아무리 시온이라고 해도 즉답할 수 없었다.

아벨 렘노와 그렇게까지 깊은 교류를 한 건 아니다. 하지만 그래도 세인트 노엘 학원에서 보낸 일상은 시온의 가슴 속에 아벨을 친구라고 불러도 지장이 없을 법한 정을 만들어냈다.

그런 아벨을 벨 수 있을까?

그 검에 주저는 없을까?

작은 망설임에 동요하면서도 시온은 대답했다.

"그래. 그렇게 될지도 모르지."

그 후 그치고는 드물게도 변명 같은 말을 덧붙였다.

"하지만 그건 어쩔 수 없지 않나? 아벨 왕자의 선택이니, 나로서는 어떻게 할 수 없어."

악을 행한 자에게 적절한 심판을 내리는 것. 공정함을 유지하는 건 나라를 다스리는 왕족의 의무다.

그건 어린 시절부터 시온에게 각인된, 본인을 제어하는 규칙인데…….

"어쩔 수 없다, 어떻게 할 수 없다……. 정말로 그럴까요?"

하지만 미아는…… 제국의 예지라 불리는 눈앞의 소녀는 그렇게 말했다.

"다르다고 할 생각인가?"

물어보는 시온의 목소리는 딱딱했다.

순간 그런 생각이 스쳤다. 어쩌면 미아는 사랑—— 개인적인 감정으로 아벨을 감싸려 하는 게 아닐까? 하지만…….

——아니, 아니야.

곧바로 그 생각을 부정했다. 미아의 눈동자에 깃든 빛을 깨달았기 때문이다.

그곳에는 매달리는 듯한 빛도 슬픔도 아닌…….

분노……. 제국의 예지가 시온의 말에 분노했다.

"당신의 말은 그렇게 되지 않도록 노력한 사람만이 할 수 있는 말입니다. 그렇지 않은가요? 시온 왕자님."

찌를 듯한 미아의 시선을 받은 시온은 숨을 삼켰다.

어쩔 수 없이 상대방을 심판한다. 상대가 악을 저지르면 단죄한다.

시온에게는 당연했던 가치관에 미아가 의문을 제기했다.

그렇다면 당신은…… 어쩔 수 없다고 말하는 당신은…… 상대가 악을 저지르지 않도록 어떤 노력을 했나요? 라고.

시온은 렘노 왕국의 상태를 모르는 게 아니었다.

여름방학 동안에도 렘노 왕국 내에 잠입한 첩보원에게 정보를 받고 있었고, 흉흉한 분위기도 느꼈다.

어쩌면 자국이 군사적인 개입을 하게 될지도 모른다고 각오했다.

하지만 그게 다다. 그 외에는 아무것도 하지 않았다.

백성을 괴롭히는 자를 단죄한다며 정의의 말을 늘어놓으면서도, 백성이 고통받지 않을 수 있도록 움직인 적은 한 번도 없었다.

그런 자신이 아벨 왕자를 단죄할 자격이 있는가……?

시온의 마음속에 큰 망설임이 생겨나고 있었다.

그와 동시에 의문도 하나.

──미아 황녀가 아벨 왕자를 찾아가는 건, 어쩌면 그저 만나고 싶어서가 아니라…… 그가 악을 저지르는 걸 방지하려는 건가?

그건, 즉…….

──설마 렘노 왕국에서 일어나려는 혁명을 막기라도 할 생각인 건가? 정말 그런 게 가능한가?

침묵한 채 불꽃을 바라보는 미아.

그 조용한 옆얼굴에 시온은 두려움을 느꼈다.

……뭐, 굳이 설명할 필요도 없겠지만 미아에겐 혁명을 막을 계획 따위 없다.

시온의 신조도 솔직히 알 바 아니었다!

그럼 미아가 왜 분노했냐면…….

──어쩔 수 없다고 치워버리다니, 참을 수 없어요!

이것이다.

확실히 그때의 티어문 제국은 심각한 상황이었다. 백성들은 황실과 문벌귀족을 원망할 이유가 있었고, 타국의 비판도 감수해야 했으리라.

하지만……. 미아는 생각했다.

──혁명이 일어나거나 단두대에 올려보내기 전에, 한마디 정도 주의나 경고나 그런 게 있을 수 있었잖아요?!

같은 학교에 다녔으니 적어도 주의 정도는 받고 싶었다.

'그 태도는 안 좋아!' 같은 말을 해줬다면, 어쩌면 무언가가 바뀌었을지도 모르지 않나.

그런데 손쓸 수 없게 된 뒤에 위풍당당하게 나타나서 '어쩔 수 없이 단죄한다!', '자업자득이다!'라면서 뻔뻔하게 떠들어대는 건 화가 나서 견딜 수 없다.

──역시 이 녀석은 싫어요!

속으로 부글부글 분노하는 미아.

그 머리에는 내일 이후의 계획이라고는 일절 존재하지 않았다.

제24화 미아 황녀, 버섯에 손을 대다!

다음 날 이른 아침. 미아와 시온은 강을 따라 길 없는 길을 걷기 시작했다.

무작정 숲으로 들어가기보다는 물 근처에 마을이 생겼을 가능성에 걸었다.

——게다가 물이 없는 건 역시 좀 무서운걸요.

이전 시간축에서 마실 것이 부족해져서 목이 타버리는 괴로움을 아는 미아는 그렇게 판단했고, 시온도 동의해…… 주었으나…….

——조, 조금 실패한 것 같기도, 해요.

미아는 숨을 헉헉 몰아쉬면서 벌써 후회하고 있었다.

강변에는 커다란 바위가 득시글했기 때문에 미아의 체력을 숭덩숭덩 갉아먹었다.

여차할 때를 위해 체력을 키워온 미아였으나, 그래도 한도라는 게 있는 법이다.

곱게 자란 소녀의 발에 이 길은 조금 가혹했다.

미아의 이마에서 땀이 줄줄 흘렀고 뺨은 살짝 붉게 물들어 있었다.

무릎이 덜덜 떨려서 당장에라도 주저앉아버릴 것 같았다.

"괜찮아? 미아 황녀."

바위 위에서 시온이 손을 내밀었다. 그 손을 잡고 가까스로 바위를 넘어갔다.

"감사, 합니다. 시온 왕자님."

미아는 이마에 흐른 땀을 훔치며 주위를 둘러보았다.

안타깝게도 보이는 범위에 마을이라 할 만한 것은 없었다.

"그건 그렇고, 마차까진 바라지 않지만 말 정도는 있으면 좋겠네요."

"아, 그렇군. 미아 황녀는 말을 탈 줄 알았지."

시온은 작게 어깨를 움츠린 뒤 말했다.

"하지만 아쉽게도 야생마는 찾지 못할 거야. 늑대 정도라면 있을지도 모르지만……."

"세상에! 시온 왕자님, 설마 늑대를 타실 수 있는 건가요?!"

그러고 보면 에리스가 쓰는 소설에 늑대를 탄 왕자님이 나온 적이 있었던 것 같다.

그런 미아를 보고 시온은 작게 웃음을 터트렸다.

"아무리 그래도 늑대는 못 타. 미아 황녀는 재미있는 발상을 하는군."

"윽!"

살짝 발끈하는 미아였다.

——어차피 저는 세상 물정 모르니까요! 역시 짜증 나는 녀석이에요!

하지만 그렇다고 분노를 부딪칠 수도 없으니 미아는 다른 방향으로 발산하기로 했다. 즉…….

"……이것도 다 그 마차를 공격한 녀석들 때문이에요."

그 중얼거림을 들은 시온의 눈썹이 미약하게 일그러졌다.

"왜 그러세요? 시온 왕자님."

"아니, 조금 이상한 것 같아서."

"이상하다고요?"

"확실히 현재 렘노 왕국은 정세가 불안해서 위험지대라 할 수 있지. 그러니 상단이 공격받는 것도 이상하진 않아. 하지만 그때 우리가 마주친 건 평범한 도적이 아니었어."

"그러고 보면 암살자라고 했었죠?"

"그래. 그 녀석들은 전문적인 전투 훈련을 받은 자객이다. 굳이 말할 필요도 없겠지만, 그런 녀석들은 치안이 나쁘다고 나타나는 존재가 아니지."

"세상에! 그럼 당신은 누군가가 우리의 목숨을 노리고 자객을 보냈다고 말씀하시는 건가요?"

시온은 어깨를 으쓱한 뒤 고개를 저었다.

"우리라고 해야 하나……. 나나 너일 거다. 뭐, 티오나 양일 가능성도 있긴 한데……."

어쨌거나 그 마차에는 중요 인물이 모여있었다. 자객이 습격한다고 해도 놀랄 일은 아닐지도 모르지만…….

"하지만 그 마차에 우리가 탄다는 건 아무도 모를 텐데요……? 어디선가 정보가 새어 나갔다는 건가요?"

"그렇게 생각하는 게 자연스럽겠지. 하지만……."

그 말을 끝으로 시온은 입을 다물어버렸다. 아무래도 그 마차 안에서 있었던 일을 회상하며 이래저래 머리를 굴리는 모양이었다.

한편 미아는.

──뭐, 이 녀석이 생각하고 있다면 저는 굳이 생각할 필요가 없겠죠.

그렇게 판단하고, 대신 먹을 수 있을 만한 것을 찾기 시작했다.

──하지만 물고기를 잡을 수도 없으니까요. 강변에 나는 식물이 몇 종류 있을 텐데요. 어머? 저건…….

그때 미아의 눈에 어떤 것이 보였다.

그건 강변에 난 버섯이었다.

타오르는 불꽃처럼 생긴 버섯은 새빨갛고 무척 예뻤다. 무심코 손을 뻗을 뻔한 미아였으나, 불현듯 주방장의 말이 뇌리를 스쳤다.

"황녀 전하, 야생의 먹거리에 관심을 갖는 건 좋습니다만 한 가지 말씀드릴 게 있습니다. 버섯은 독이 있는 것과 없는 것을 분간하기 몹시 어렵습니다. 달인이 아닌 한 위험하니 손을 대지 않는 게 좋습니다."

"저게 버섯…… 이죠."

충고를 떠올린 미아는 뻗었던 손을 거두려다가…….

──하지만 잘 생각해보면 저는 달인이 아닐까요? 숲에서 쓸 수 있는 생존술도 많이 조사했고…….

숲속에서 하룻밤을 보내자 미아 안에 기묘한 자신감이 생겼다.

먹을 수 있는 것과 위험한 것을 분간할 수 있을 것 같다는 기묘한 자신감이.

"저렇게 예쁘게 생겼으니 분명 먹을 수 있을 거예요."

그렇게 미아가 손을 뻗었을 때였다.

"그건 건드리지 않는 게 좋아."

누군가의 목소리에 미아는 펄쩍 뛰어올랐다.

"미아, 이쪽!"

"흐억?"

갑자기 옆에서 팔을 잡아당기는 바람에 균형을 잃고 넘어질 뻔했다.

하지만 그보다 더 미아의 가슴을 뛰게 만든 건 시온이 '미아'라고만 부른 것이었다.

어젯밤에 서로 왕자와 황녀라고 부르면 문제가 생긴다는 이유로 남들 앞에서는 서로 이름으로만 부르기로 했다.

——저를 경칭 없이 부르려고 하니, 건방져요!

어젯밤에는 그런 생각을 했는데 실제로 부르는 걸 들어보니…….

——이, 이거 심장에 아주 안 좋은데요!

뺨이 새빨갛게 물든 미아의 뇌가 연애 모드로 물들어서 설레는 사이에 시온은 한 걸음 앞으로 나섰다.

미아를 등 뒤로 숨기고 갑자기 나타난 남자에게 시선을 보냈다.

그곳에 서 있는 사람은 덥수룩한 수염을 기른 거구의 남자였다. 얼핏 보면 사냥꾼으로 보일 수도 있지만…….

"……사냥꾼으로 위장한 누군가, 일 수도 있겠군."

입안에서 웅얼거린 시온이 가늘게 숨을 뱉었다.

강에 떨어질 때 헤엄치는 데 방해되는 검은 버리고 말았다. 만약 마차를 공격한 암살자의 동료라면 싸우는 건 어렵다.

여차할 때는 미아만이라도 도망 보내자. 그런 식으로 각오하는 시온이었으나 정작 남자 쪽에선 이쪽으로 다가오지도 않고 그저 미아가 건드리려고 한 빨간 버섯을 가리켰다.

"아가씨, 그 녀석은 샐러맨더 드레이크라고 해서 건드리기만 해도 손에 염증이 생기는 독버섯이야. 먹으면 큰일 나."

"어머! 그런가요? 이렇게 예쁜 버섯이니까 먹을 수 있을 줄 알 았는데요!"

"미아, 너……."

뒷말을 삼킨 시온은 배를 문질렀다.

어제 먹은 나물은 괜찮은 걸까……? 제국의 예지에게 보내는 신뢰가 순간 흔들리는 시온이었다.

"너희는 이 근방의 아이가 아닌 것 같은데. 어디서 왔어?"

"저희는…… 읍?"

미아의 입을 틀어막은 시온이 말했다.

"당신은…… 누구죠?"

시온은 조용히 남자를 관찰했다. 동작을 봤을 때 전투 훈련을 받은 암살자로는 보이지 않았지만 방심할 수 없다.

상대방이 도적인 경우 자칫 위해를 가하려고 할지도 모른다.

유괴해서 몸값을 요구하려고 할지도 모르고, 최악의 경우엔 인 신매매로 팔려나갈지도…….

"응? 아, 남에게 물어보기 전에 자기 이름부터 밝히란 말이지? 하하, 그도 그렇네. 나는 이 근처에 있는 도니 마을에서 사는 사냥꾼으로 이름은 무지크다."

무지크는 허리에 매달고 있던 걸 들어서 보여주었다.

그건 검은색과 하얀색의 줄무늬가 들어간 큼직한 토끼였다.

"어머나! 그건…… 혹시 먹을 수 있는 건가요?"

"어. 나중에 먹을래? 꽤 맛있는데."

"네, 감사합니다. 사실 저희는 일행과 헤어지게 되는 바람에 배가 무척 고팠거든요."

——미아, 조금 경솔한 거 아닌가?

순간 불안해진 시온이었지만 바로 자신의 생각을 부정했다.

미아 황녀쯤 되는 인물이 이 정도의 위험을 이해하지 못할 리가 없다. 조금 전에는 버섯을 잘못 알아보는 실수를 저질렀지만, 그것도 순수하게 호기심 때문에 일어난 일이다.

자신에게 닥치는 위험의 징조를 놓칠 것 같진 않았다.

——그렇다면…….

미아의 얼굴을 곁눈질했다. 그곳에는 한 톨의 불안도 보이지 않았다.

그저 조용히 남자를 바라보고 있다.

——어차피 이대로 강을 따라가 봤자 소용없다는 거겠지.

시온은 쓴웃음을 지으며 고개를 저었다.

——그래, 그녀가 훨씬 더 굳게 각오했다는 건가. 나도 질 수 없지.

시온도 결심했다.

"저희는 상단의 아이들입니다. 다리에서 도적단의 공격을 받아

부모님과 헤어져 버렸습니다."

사전에 정해두었던 가짜 신분을 밝혔다.

"아하, 그랬구나. 그거 고생했겠는데."

무지크는 호쾌하게 웃었다.

"우리 마을은 바로 근처에 있어. 괜찮다면 오지 않을래?"

"그건 대단히 감사합니다만……, 저희는 왕도로 가야 합니다."

"왕도? 아, 그럼 마을 사람 중에 왕도로 가는 녀석이 있는지 찾아볼게."

미아와 시온은 무지크의 뒤를 따라 걷기 시작했다.

대충 예상은 했을 테지만……, 굳이 설명하자면 미아는 딱히 어떠한 각오도 하지 않았다.

숲속에서 활용할 수 있는 생존술책을 읽었던 미아는 어떤 기록을 기억하고 있었다.

『숲에서 얻을 수 있는 식자재 중에서도 특히 맛있는 건 토끼 고기다. 검은색과 하얀색 줄무늬가 들어간 반월 토끼로 만든 수프는 그 필두라고 할 수 있는 맛이다.』

——토끼 고기……, 조금 기대돼요!

요컨대 배가 고팠을 뿐이었다.

——따, 딱히 제가 식탐을 부린다거나 그런 게 아닌걸요. 이럴 때이니 제대로 영양가가 있는 걸 먹어야 하잖아요!

변명하면서 덧붙이는 정론이 참으로…… 구질구질한 미아였다.

제25화 맛있는 토끼 수프에 혀를 내두르다!

무지크의 뒤를 따라 숲속을 걸었다. 짐승이 다니는 길처럼 구불구불한 좁은 길은 강변을 따라 걷는 것과 마찬가지로 가혹했다.

이미 피로에 절어있는 미아였지만 그렇다고 여기에 남을 수도 없었다.

울창한 나무가 내리쬐는 햇살을 가로막아서 숲속은 전체적으로 어두웠다.

나무 그늘 사이로 정체를 알 수 없는 괴물이 불쑥 나타날지도 모른다는 쓸데없는 상상을 하며 떠는 미아였다.

딱히 귀신을 믿는 건 아니지만 온갖 것을 무서워하는 것이야말로 소심한 자의 진면목.

유령이 나타나도 늑대가 나타나도 똑같이 펄쩍 뛰어오르는 미아였다.

그렇게 뭐가 나올지 모르는 숲에 혼자 남겨지는 건 질색이라며 기합을 넣고 열심히 발을 움직였다.

……덕분에 완전히 예상하지 못한 효과가 나타났다.

──중간에 쉬어야 할지도 모른다고 생각했는데 의외로 체력이 있군. 승마부에 들어갔다는 이야기는 들었지만, 역시 미아 황녀야. 나도 질 수 없지.

시온은 미아를 살피며 감탄했다.

비틀비틀, 휘청휘청. 미아는 필사적으로 걸었다.

"어라? 눈앞에서 빛이 깜빡거리네요. 무척 예뻐요……."

미아가 영문을 알 수 없는 헛소리를 중얼거리기 시작한 그때였다.

"도착했어."

눈앞을 덮던 나무들이 단숨에 사라졌다.

도니 마을은 10채 전후의 민가밖에 없는 작은 마을이었다.

모든 집이 나무를 엮어서 만든 소박한 집들뿐.

──사냥꾼이나 나무꾼이 모여서 만든 마을인 건가…….

마을을 슥 훑어본 시온은 그렇게 판단했다.

"우리 집은 저기, 저거야. 저 둥근 지붕."

무지크가 가리킨 곳에는 다른 집과 별 차이가 없는 판잣집 비슷하게 생긴 건물이 있었다.

"왕도에 간다고 해도 내일 가도록 해. 오늘은 이미 늦었으니까 우리 집에서 자."

그 말을 들은 시온은 안도의 숨을 내쉬었다.

──오늘 밤은 지붕이 있는 곳에서 잘 수 있겠군.

여기서 문득 미아 쪽으로 시선을 돌렸다.

숲으로 사냥하러 나간 적도 있는 시온에게 이런 오두막은 비교적 친숙한 장소다. 하지만 대국의 황녀인 미아는 그렇지 않다.

어쩌면 집을 보고 실망했을지도 모른다며 걱정한 시온이었으나…….

"토끼는 어떻게 먹는 거죠? 역시 통구이인가요?"

"그래, 그것도 맛있지. 하지만 오늘은 국물 요리로 만들려고 야채도 준비했어."

"어머나! 국물 요리! 맛있겠네요! 앗, 버섯도 넣으면⋯⋯."

"이봐, 아가씨. 버섯은 분간하기 어려우니까 경솔하게 손대면 안 된다?"

"그럼 먹을 수 있는 걸 알려주실 수 있을까요? 꼭 요리를 만들어드리고 싶은 분이 있거든요."

미아는 눈을 반짝반짝 빛내면서 요리에 푹 빠져있었다.

집이 어떻든 신경 쓰는 기색은 전혀 없었다.

──터무니없는 기우였군. 야숙도 개의치 않아 하는 것 같던데, 의외로 터프한가.

시온은 쓴웃음을 지으면서 다시금 무지크 쪽을 보았다.

"그런데 큰일이 난 것 같던데요."

"응? 뭐가?"

"내전이 일어났다면서요?"

"응? 오, 잘 알잖아. 무슨 마을에서 쓸데없는 일로 난리가 난 모양이야."

"⋯⋯쓸데없는 일이요? 이 근방에서는 별일 없는 건가요?"

"으응? 이 근방에선 못 들었는데. 아무튼 여기는 보다시피 시골 놈들밖에 없잖아. 그런 일에 신경 쓸 만큼 한가하지 않아."

호쾌하게 크하하 웃는 무지크. 그걸 본 시온이 눈썹을 찡그렸다.

──보고받은 내용과는 많이 다르군……. 영락없이 렘노 왕국 전역에 걸친 혁명이 일어나려는 분위기인 줄 알았는데…….

군비 확장을 위해 국왕이 부과한 무거운 세금. 그걸 버티다 못해 분노가 폭발한 민중.

그런 정보를 들었다만…….

──여기가 국경 부근의 벽지라서…… 그런 건가?

묘한 정보 불일치에 시온은 작게 고개를 갸웃거렸다.

한편 미아도 고개를 갸웃거렸다.

나무 그릇에 듬뿍 담긴 토끼 수프를 마시면서…….

──역시 책에 실릴 만한 맛이네요. 아주 맛있어요!

입안에서 살살 녹는 부드러운 고기, 야성미가 넘치는 와일드한 맛과 풍부한 산나물의 맛에 미아는 혀를 내두르고 처음에는 아주 만족스러워했으나…….

몸이 따끈따끈하게 달아오르자 불현듯 깨달았다.

"……이상하네요."

그릇 속 토끼 수프를 물끄러미 관찰했다.

"먹을 것은 충분히 있는 것 같은데요……."

생각해 보면 당연하다. 기근이 대륙을 덮치는 건 몇 년 뒤의 일이다.

식량은 딱히 부족하지 않다. 그러니 이상하지 않다. 그런데…….

"……무언가가 이상해요."

그것은 작은 위화감 같은 것……. 아니, 위화감이라고도 할 수 없을 법한, 위화감의 씨앗 같은 것…….

하지만 묘하게 마음에 걸렸다.

"……아아, 달콤한 디저트를 먹고 싶어졌어요."

미아는 그렇게 중얼거리면서 토끼 고기를 입안에 쏙쏙 집어넣었다.

"맛있긴 한데, 디저트……."

사치스럽기 그지없는 미아였다.

제26화 기적을 위한 포석과 안느의 신뢰

미아가 맛있는 토끼 고기 요리에 혀를 내두르고 있을 때.

티어문 제국에 귀국한 안느 또한 움직이기 시작했다.

여독도 아랑곳하지 않고 루드비히를 만나러 간 그녀는 그곳에서 미아의 행동을 정확하게, 세세하게 전달했다.

"아아……."

루드비히는 한탄하듯 한숨을 쉬고 하늘을 올려다보았다.

"확실히 렘노 왕국에서 소란이 일어났다는 이야기는 들었지만…… 설마 미아 황녀 전하께서……. 아아, 젠장. 황녀 전하의 학우가 있다는 걸 완전히 잊고 있었어."

자신의 경솔함을 저주하듯 혀를 찬 루드비히가 자리에서 일어났다.

"이 상황에서 군대를 움직이면 침략하려 한다는 괜한 의심을 받을 거야. 그렇다면……."

사실은 미아의 안전을 확보하기 위해 만든 황녀직속 근위부대를 파견하고 싶었다.

그게 어렵다면 대안으로 부대에 필적하는 인원을 파견해야 한다.

그건 바로…….

"그래서 나를 불러냈다, 이건가?"

루드비히와 안느의 방문을 받은 디온은 작게 어깨를 으쓱했다.

"참나, 여전히 재미있는 짓을 저지르는데. 황녀님."

참으로 유쾌하다는 듯한 미소를 짓는 디온과 달리 루드비히는 씁쓸한 표정을 지었다.

"웃을 일이 아니야. 나로서는 만약 미아 님께 무슨 일이 생기면 어떡하나 걱정되어 죽을 것 같은데."

"괜찮지 않겠어? 선크랜드의 시온 왕자라면 검술 천재로 유명하잖아. 나 같은 위험한 놈과 만나지 않는 한 어떻게든 될걸. 아마도."

"본래대로라면 그렇겠지만 조금 마음에 걸리는 게 있거든……. 렘노 왕국은 혁명이 일어날 법한 상황이 아니야."

"네……? 저기, 그건 무슨……?"

고개를 갸웃거리는 안느에게 루드비히는 생각을 정리하듯 잠시 침묵했다가 입을 열었다.

"혁명에는 위험이 따라와. 참가하는 자는 실패하면 처형되잖아. 그 위험을 감수하고서라도 행동할 수밖에 없는, 그런 상황에 놓인 게 아니라면 앞뒤가 맞지 않아."

"으음……?"

눈을 깜빡이는 안느를 향해 디온이 싱글싱글 웃으면서 말했다.

"그러니까, 차라리 죽는 게 낫다, 죽는 것보다 힘들다고 생각하는 사람이 아니면 목숨을 걸고 왕족에게 거스르려 하지 않는다는 이야기야. 죽는 것보다 힘든 사람이라면 성공하면 현재 상황을 타파할 수 있고, 실패한다고 해도 죽으면 그만이잖아."

"아, 그렇군요. 그리고 렘노 왕국은 그렇게까지 심각한 상태가 아니라는 뜻인가요?"

"우리나라의 첩보부가 모은 정보에 따르면 그래⋯⋯."

미아의 도움이 되기 위해 관리 사이에 착착 인맥을 쌓고 있는 루드비히다.

타국이라고는 해도 내정 정도라면 정보를 얻을 수 있었다.

"나도 조금 검증해봤어. 확실히 세금 인상으로 인해 백성들의 불만은 고조되었지만, 치명적인 영향이 되는 건 아직 시간이 더 지난 뒤일 거야."

루드비히가 팔짱을 끼고 말을 이었다.

"일어나지 않을 혁명이 일어났어. 여기에 누군가의 작위적인 개입이 느껴져."

"자연발화가 아니라 방화. 불이 나지 않을 장소에 누군가가 억지로 혁명의 불을 붙이려 한다는 건가. 그렇군! 확실히 위험지대야."

여전히 즐거워 보이는 디온이었다.

"하지만 그렇다면 반대로 막을 수도 있지 않을까요⋯⋯?"

누군가가 억지로 소란을 만들어내고 있다면 그 범인을 잡으면 된다.

어쩌면 미아라면 그게 가능할지도 모른다는 생각이 든 안느였지만⋯⋯.

"그건 무리야. 뭐, 피가 흐르기 전이라면 가능할지도 모르지만."

디온은 작게 고개를 저었다.

"어……, 그건 무슨 뜻인가요?"

"인간의 죽음은 싸움을 가속화해서 돌이킬 수 없게 만든다는 뜻."

그건 '사람을 죽이면 안 됩니다'라는 윤리적인 이야기가 아니다.

인간의 죽음이 '불가역'한 것이라는 합리적인 이야기다.

불가역한 것이기에 돌이킬 수 없다.

"그래서 디온 씨는 룰루 족과의 전쟁을 개시하지 않았던 건가요?"

"으음, 그런 건 아니지만. 그래도 이후의 화근을 남겨두고 싶지 않으니까 최대한 희생이 나오지 않도록 할 생각이긴 했어."

디온은 쓴웃음을 지었다.

"내가 황녀님을 대단하다고 생각하는 건 베르만 자작의 이야기를 듣고 바로 행동했다는 점이야. 한 명이라도 죽었다면 그렇게 깨끗하게 해결되지 못했어. 죽음이 얽히면 원인을 제거해도 싸움은 끝나지 않아. 쌍방이 물러나고 싶어도 그럴 수 없게 되니까. 하지만 황녀님은 손을 쓸 수 없게 되기 전에 그 위험을 걷어낸 데다 근본적인 원인도 없애버렸지. 정말 대단하다니까."

"미아 님……."

안느는 먼 땅에 있는 자신의 주군을 떠올렸다.

"뭐, 그러니까 만약 황녀님이 이번 사태를 잘 정리하려고 한다면 렘노 왕국군이든 혁명군이든 한 명의 사망자도 나오지 않게 싸움의 원인을 배제할 필요가 있다는 건데……. 아무리 생각해봐도 불가능하지 않겠어?"

루드비히의 생각에도 디온의 생각에도 도저히 그런 일이 일어날 수 있을 것 같지 않았다.

하지만 단 한 명, 안느만은…….

"그래도 미아 님이시라면…….'

그렇게 작게 중얼거렸다.

다음 날, 디온과 루드비히, 그리고 안느 세 사람은 렘노 왕국으로 향했다.

미아가 의도치 않게 뿌린 기적의 씨앗이 혁명의 방화범들 사이에서 싹을 틔우고, 어떠한 꽃을 피울 것인가…….

지금은 아직 아무도 모른다.

제27화 출격! 공포의 금강보병단!

이틀 동안 마을에서 여독을 푼 두 사람은 이웃 마을에 간다는 상인을 소개받아 마을을 떠났다.

"조심해서 가!"

큰 목소리로 외치는 무지크에게 손을 흔드는 미아.

"무척 신세를 졌네요. 보답하지 못하는 게 마음에 걸려요."

그렇게 중얼거리며 시온 쪽을 보았다.

"다른 두 사람이 무사하다면 좋겠는데……."

시온이 작게 중얼거렸다. 조금 불안해 보이는 그의 모습에 미아는 고개를 갸웃거리다가…… 떠올렸다.

──맞아요. 그러고 보면 그랬었죠…….

자신들이 강에 떨어진 원인. 그건 암살자가 마차를 공격했기 때문이다.

그 후 마차가 어떻게 되었는지, 키스우드와 티오나가 무사한지 미지수다.

──어머? 하지만 딱히 그 두 사람에게 무슨 일이 있어도 별문제는 없지 않나요?

오히려 미아에게는 원수 2인조인 셈이다. 하지만.

──뭐, 그래도 무사하길 기도해둘까요……?

미아는 마음을 바꿨다.

아마도 키스우드는 시온에게 소중한 사람일 것이다. 자신의 충신인 안느와 마찬가지로.

──이 녀석에게도 인간다운 점이 있다는 거군요. 좀 의외예요.

그 기특함을 봐서 무사함을 기도해줄 수도 있다.

──포크로드 상회의 마차에 무슨 일이 있으면 클로에에게 미안하니, 마부의 무사를 비는 김에 겸사겸사 빌어드리도록 하죠. 키스우드 씨에게는 샌드위치 때 조금이긴 해도 신세 졌으니까요. 티오나 양에게도…….

"……그 녀석들이 공격해오면 나 혼자서는 힘들 테니까."

불현듯 시온의 중얼거림이 귀에 들어왔다.

"으음, 참고로 힘들다는 건 무슨 뜻인가요?"

"……너 혼자만이라도 무사히 도망칠 수 있도록 노력은 하지."

──키스우드 씨! 부디 무사하세요!

미아는 최근에 빈 기도 중 두 번째로 정성이 들어간 기도를 바쳤다.

"그건 그렇고 이 근방은 평화로운 것 같네요."

숲을 나와 가도를 걷기를 반나절. 그동안 딱히 큰 문제는 없었다.

참으로 시골이라는 느낌이 물씬 나는 한가로운 풍경 속에서 길을 걷는 사람들은 국내에 분쟁이 일어났다는 게 믿어지지 않을 만큼 태평한 표정이었다.

"이 근처는 도적도 안 나와서 우리 상인에게는 장사하기 쉬운 장소거든."

"……하지만 내전이 일어났지 않습니까?"

시온의 질문에 상인은 쓴웃음을 지었다.

"이 근처에선 상관없어. 도노반 백작령의 마을에서 폭동이 일어났다는 이야기는 들었지만. 반란을 다스리기 위해 정예병인 금강보병단을 출격시켰다는 소문이 돌더라."

"금강보병단? 그래서는 전투가 아니라 일방적인 학살이 될 텐데."

시온은 기가 막힌다는 듯 중얼거렸다.

"금강보병단……, 그게 뭐죠?"

고개를 갸웃거리는 미아에게 시온이 떨떠름한 듯 대답했다.

"국왕이 직접 편성한 정예부대다."

금강보병단── 그것은 현 렘노 국왕의 대대적 명령으로 만들어진 부대였다.

『일기당천의 병사만으로 구성된 최강의 중갑보병단을 만들라!』

그런 왕의 요구에 맞춰서 인원을 모으기 시작한 게 10년 전.

신분 불문, 국적 불문, 심지어 범죄 이력도 불문…….

국내외의 다양한 곳에서 거구를 찾아내 까다로운 선발시험을 부과하고, 거기에 합격한 사람에게 철저한 군사훈련을 시킨다.

그렇게 만들어진 것이 거구의 영걸들로만 이루어진 무시무시한 보병단이다.

"들은 바에 따르면 전신에 금속 갑옷을 두르고 거대한 도끼를 한 손으로 가볍게 휘두르는 강자들이라더군……."

심각해 보이는 시온과는 대조적으로 미아는 그 꿈같은 병단 이
야기에 눈을 반짝반짝 빛냈다.

──그거…… 아주 강해 보여요!

기본적으로 미아는 거한을 싫어하지 않는다.

주방장이나 디온 부대의 부대장 등, 어째서인지 미아는 거구의
남자와 상성이 좋았다.

──제 근위병에도 몇 명 스카우트할 수 없을까요?

"……피해 규모는 상상도 하지 못할 정도겠지."

혁명군이라고 해도 이 나라의 백성이다.

심지어 무거운 세금에 견디다 못해 일어난 사람들이다.

그런 자들을 탄압하기 위해 강력한 전력을 기꺼이 동원한 국왕
에게 시온은 미약한 분노를 느꼈다.

확실히 왕권을 지키기 위해서는 반란을 철저히 진압할 필요가
있다. 그건 안다.

아군 부대에 피해가 나오지 않도록 적보다 강한 병력을 보내야
한다는 것도 이해할 수 있다.

하지만 그것도 한도가 있다.

금강보병단처럼 강력한 무력을 보내야 할 적은 마찬가지로 훈
련을 받은 타국의 정규군이어야 한다.

게다가 시온의 기억에 따르면 이건 그들의 첫 출병이다.

공적을 세우기 위해 사기가 무척 높을 터이다.

……그걸 모를 리가 없는데 어째서일까. 미아는 조금 전부터

215

기분이 들뜬 듯한 미소를 짓고 있었다.

의아하게 생각하면서도 상인에게 말을 건 시온은 바로 그 이유를 알게 되었다.

"그래서 피해는 어느 정도 생겼습니까?"

"아직 안 나왔다고 들었어."

"⋯⋯네?"

"아직 한 번도 교전하지 않았다고 하더라. 아무튼 그 녀석들은 금강석으로 만든 병단이니까."

상인의 한마디에 시온은 무슨 일이 일어났는지 깨달았다. 등을 타고 전율이 내달렸다.

──서⋯⋯, 설마 미아는 그것조차 간파하고, 그래서 웃었던 건가?

사태는 다양한 사람들이 상정하지 못한 방향으로 굴러갔다.

제28화 계략가는 혼란에 빠졌다!

——어째서 이렇게 된 거지?!

그 남자, 렘노 왕국에서는 그레이엄이라는 이름을 쓰는 남자는 극도로 초조해졌다.

티어문 제국에 잠입 중인 동료에게 받은 연락.

제국 파괴 공작의 실패 소식과, 그에 따라 렘노 왕국의 계획을 서두르라는 지시.

——말도 안 돼!

본래 렘노 왕국을 혁명의 혼란 속으로 밀어 넣는 계획은 제국이 멸망한 뒤에 시동할 예정이었다.

적어도 10년 이상의 세월을 통해 국토를 황폐하게 만들고 권력을 부패하게 하고……. 그렇게 조성된 배양토에 수많은 백성의 피를 쏟아야 간신히 혁명의 내란을 발아시킬 수 있다.

그렇게 그 결실을 얻는다. ……그럴 예정이었다.

그걸 지금 당장 실시하라니, 지나치게 무모하다.

——하지만 할 수밖에 없어. 해야만 한다.

지금 당장에라도 움직이지 않으면 온갖 계획이 제국의 예지 때문에 망가진다. 모처럼 왕국 정부에 잠입한 자신도, 혁명파에 잠입한 동료도.

언젠가 뿌리를 박아 이 나라를 말려 죽일 예정이었던 모든 씨앗이 송두리째 일소된다.

그는 조급해했다.

대체 뭐가 그를 이렇게 몰아세웠는가.

그건 여름방학에 들어간 이후에 은밀히 시작된…… 미아와 아벨의 '편지 교환'이었다.

그레이엄과 그의 동료는 왕국 정부의 상당히 깊은 곳까지 파고든 상태였다.

정식 서신이라면 모를까 왕자와 황녀의 사적인 편지라면 내용을 확인하는 것도 어렵지 않다.

그렇게 내용을 확인한 그들은 고개를 갸웃거렸다.

거기에 적힌 건 소소한, 참으로 사사로운 연애편지였다.

아니, 연애편지라는 단계가 되기 전인…… 새콤달콤한 무언가였다…….

그걸 확인한 그들은 일단 안심…… 하지 못했다. 한층 심각한 의문에 사로잡혔다.

"그 미아 황녀가 이런 사사로운 연애편지를 보낼까?"

그것도 이렇게 자주. 평범한 소녀라면 모를까, 상대방은 그 제국의 예지다.

여기에 적힌 내용이 평범한 연애편지라는 건 도저히 믿을 수 없었다.

그들은 눈에 불을 켜고 그 글귀에 녹아있는 암호를 찾았다.

하지만 아무리 분석해도 평범한 연애편지였다.

불로 그을려보는 방법도 생각해봤지만 실제로 시도해 볼 수도 없었다.

자신들의 정체가 드러나 렘노 왕국에 침투한 노력이 물거품이
된다.

그렇게까지 했는데도 아무것도 찾지 못했을 경우에는 참으로
비참해진다.

게다가 아벨 왕자가 보낸 선물이 그들의 혼란에 박차를 가했
다. 어린 소녀에게 말 샴푸를 선물하다니?

이건 기마병을 어떻게 하겠다거나, 준마를 마련하겠다거나, 그
런 의미가 담긴 게 아닐까? 혹은 이 샴푸에 적시면 숨어있던 글
자가 나타난다거나?

그런 생각까지 하는 형국이었다.

그들이 세인트 노엘에 잠입한 협력자로부터 두 사람이 승마부
라는 점과 제법 알콩달콩한 사이라는 이야기를 들었다면 그 판단
은 바뀌었을지도 모르지만…….

여하간 그들은 두 사람이 무슨 대화를 주고받는 건지 전혀 이
해하지 못했다.

"아니, 하지만 적어도 이게 명확하게 말해주고 있는 게 하나 있
지."

바로 미아 황녀가 아벨 왕자와 극도로 비밀리에 어떤 정보를 주
고받고 있다는 점이다.

그리고 그 미아 황녀야말로 면밀하게, 긴 세월에 걸쳐 계획했
던 제국 붕괴 계획을 완전무결하게 깨부순 인물이다.

"지금 해야 해……, 움직여야만 해. 그렇지 않으면 제국의 예지
가 모든 걸 엉망으로 만들 거다."

그들은 무언가에 쫓기듯 움직이기 시작했다.

계획의 제1단계는 민중의 대변자, 옹호자를 납치, 혹은 암살하는 것이다.

티어문 제국에서는 루돌폰 변경백이 짊어질 예정이었던 이 역할은 렘노 왕국에서는 양식파로 알려진 재상, 다사예프 도노만 백작이 짊어지게 되었다.

올해로 60살이 되는 노련한 정치가는 양심적인 인물로 유명하다. 얼마 전 국왕이 발표한 군비증강과 그에 동반한 세금 인상 정책에도 반대했다.

그 도노반 백작을 납치하고, 동시에 국왕이 자신을 거스른 정치가를 감금했다는 소문을 퍼트린다.

그 후 미리 눈독을 들여둔, 왕국 정부에 불만을 지닌 사람을 부추겨서 봉기를 재촉한다.

처음에는 왕국 정부 전복이라는 거창한 것을 목표로 할 필요는 없다.

"자신들의 소중한 영주를 되찾기 위해. 대변자를 되찾기 위해."

그런 대의명분을 줘서 사람들을 선동하고 도노반 백작의 지방 도시를 점거하게 만든다.

당연히 렘노 왕국은 내란을 진압하기 위해 군대를 파견할 것이다.

거기서 일어난 싸움에 혁명군이 이기면 간단하다. 전과를 널리 퍼트려서 각지의 민중에게 반란군에 들어오라고 호소하면 된다.

반대로 왕국군이 이겼을 경우엔 가혹한 탄압을 저지른 왕국 정부를 규탄하면 된다.

왕국 각지에 증오가 조성되면 자연스럽게 혁명의 불길이 타올라 여기저기로 번지기 시작한다.

그렇게 계획의 제2단계, 즉 마을 점거까지는 참으로 순조로웠다.

"……아니, 정말로 순조로웠나?"

그레이엄은 동료에게 받은 보고서를 읽고 미약한 위화감을 느꼈다.

"정부 시설에 무혈입성……, 싸우지 않고 수비병을 무장 해제. 이상적인 전개인데……."

무언가가……, 무언가가 틀린 것 같은…….

자꾸만 자신들이 누군가의 손바닥 위에서 놀아나고 있다는 느낌이 들었다.

제29화 금강석 병사들

정부 시설 무혈입성, 전투 없이 마을 수비병의 무장 해제.

그건 혁명파 지도부에 지시했던 이상적인 형태였다.

렘노 왕국의 지방 도시를 지키는 수비군은 거의 그 마을 출신자로 구성되어있다.

적국이 공격했을 때 수비군이 적의 발을 잡아두고 왕국군 중앙 대응부대를 즉시 파견하여 방어한다는 게 기본적인 전술구상이다.

왕도에서 파견된 병사를 수비군으로 삼은 경우 열세에 몰리면 도망칠 위험이 있다. 도망치지 않는다고 해도 사기를 높이기 어렵다.

하지만 그곳이 자신의 고향이자 사랑하는 가족이 사는 장소라면 죽을힘을 다해 싸울 게 분명하다.

그런 생각에서 만들어진 체제이긴 하나, 반대로 민중 봉기에는 취약점을 보인다.

무거운 세금 때문에, 혹은 기근 때문에, 가까운 마을 사람들이 괴로워하는 걸 알면서 그런 그들이 불공평하다고 외치며 일어섰을 때 과연 검을 휘두를 수 있을까?

상대방이 고통받아온 가족이자, 친구이자, 형제인데?

사랑하는 사람들을 괴롭히는 왕후 · 귀족을 지키기 위해 사랑하는 사람들에게 검을 겨눈다?

그럴 리가 없다.

따라서 수비병들은 검을 들고 반란군에 가담한다. 사랑하는 친구들과 함께 싸우려 할 것이다.

수비병은 훗날 반란군의 전력이 될 가능성이 아주 큰 자들이라고 할 수 있다.

따라서 최대한 죽이지 않고, 다치게 하지 않고 잡고 싶다.

그리고 말할 것도 없지만 아군 측에도 될 수 있는 대로 피해를 내고 싶지 않다.

소모전이 되면 비정규군인 반란군이 불리할 것이 자명하다.

그러한 사정을 고려하면 무혈입성은 가장 이상적인 형태이다.

혁명파의 지도자들은 그레이엄의 지시를 충실하게 수행했다고 할 수 있을지도 모르지만…….

"그 계획은 전부 무거운 세금과 피폐한 국민을 전제로 짠 계획이었는데……."

그레이엄은 벌레 씹은 듯한 표정을 지었다.

애초에 전제가 어긋난 이상 계획이 생각했던 대로 잘 풀릴 리가 없다.

무거운 세금 때문에, 굶주림 때문에 사랑하는 사람을 잃은 것도 아니니 왕권을 향한 증오도 조성되지 못했고……. 약간 불만이 쌓인 정도인 지금 상황에서 한 방울의 피도 흘리지 않는 무혈입성…….

"……삼류 촌극이군. 완전히 웃기는 상황이야. 이게 무슨 꼴인지."

보고서에 따르면 궐기한 혁명파 사람들은 완전히 축제 분위기였다.

아예 마을에 파견된 정부 쪽 인간을 참살하거나, 수비병을 몰살시키기라도 했다면 좋았겠지만……, 당연하게도 그런 짓을 할 만큼 큰 분노도 증오도 없다.

피비린내가 나는 내란을 일으켜 왕권을 엎어버릴 정도의 파괴력을 만들어내기 위해서는 증오라는 이름의 열량이 압도적으로 부족하다.

진압하러 오는 렘노 왕국군에 조금이라도 똑똑한 지휘관이 있다면 반란군의 꼴을 보고 기가 막힐 것이다. 그러면서 해산을 명령하거나 설득을 시도할 터이다.

이대로는 왕국 전역으로 퍼지지 않는 것은 물론이요, 마을 하나에서 일어난 소동을 끝으로 진화될 기세다.

"하지만 아직이다. 만회할 기회는 아직 있어……."

중요한 건 반란군을 철저하게, 잔혹하게 짓밟아 민중에게 왕국 정부를 향한 증오를 심는 것이다.

거기까지 생각했을 때, 그레이엄의 머리에 제국의 정해의 숲에서 일어난 일이 떠올랐다.

그 제국의 예지, 미아 루나 티어문이 일으킨 기적.

숙련된 지휘관이 개전을 막고 있는 사이에 미아 황녀가 찾아와 억지로 군대를 물려서 긴장을 완화.

게다가 소녀답지 않은 용기를 내서 적은 인원으로 룰루 족 족장을 찾아가 직접 담판.

아무런 화근도 없이 깨끗하게 해결되고 만 그 사건이다.

"그런 일은 그리 쉽게 일어나지 않겠지만……."

중요한 건 확실하게 전투를 벌이는 것.

내부인이 죽으면 작은 말 정도는 귀에 들어올 리가 없다.

아무리 제국의 예지가 암약한다 해도 이대로 평화롭게 원상태로 돌아가는 기적은 일어나지 않는다. 아니, 일어나지 못하게 할 것이다.

같은 잘못은 두 번 다시 저지르지 않는다.

그렇게 그레이엄이 눈독을 들인 게 금강보병단이었다.

백성을 학살하는 병력. 적의 상황을 간파할 수 있을 만한 경험치가 없고, 무엇보다 공적을 바라고 있을 첫 출진.

딱 들어맞았다.

왕이 참가한 군사 회의 자리에서 그레이엄이 적절한 때를 기다렸다가 입을 열었다.

"반란군이라는 불손한 무리를 치는데 왕의 검, 금강보병단보다 더 어울리는 부대가 있겠습니까?"

그레이엄의 발언에 회의장이 순간 소란스러워졌다. 하지만 곧바로.

"멋진 생각이군."

"확실히 그 말이 맞소."

찬성하는 목소리가 나왔다.

"국왕 폐하의 명예로운 금강보병단의 첫 출진이로군요!"

그에 만족스럽게 고개를 끄덕인 렘노 국왕이 말했다.

"그럼 금강보병단장 골리알, 특별히 네게 명령한다. 혁명군이라 자칭하는 불손한 무리들을 무찌르고 오너라!"

"명 받잡겠습니다!"
국왕이 직접 내린 명령에 골리알의 마음이 끓어올랐다.
"반드시 내란군의 목을 치고 폐하께 돌아오도록 하겠습니다."
"음. 성과를 기대하마. ……그런데 골리알."
"네!"
손을 까딱까딱 움직여서 골리알을 부르는 국왕.
소리 없이 국왕 옆으로 이동한 골리알이 허락을 받고 얼굴을 바싹 들이댔다.
"자네도 알고 있을 테지만, 금강보병단은 10년이라는 세월을 들여 찾아내고 단련한 짐의 자랑스러운 정예부대다."
"칭찬을 들으니 영광입니다, 폐하."
그 말에 골리알의 눈시울이 뜨거워졌다.
왕이 이렇게까지 신뢰한다고 생각하니 반드시 그 신뢰에 보답하고 싶다며 몸이 자연스럽게 흥분으로 떨렸다. 하지만…….
"음……. 그러니 말이다, 골리알. 일절 희생 없이 훌륭한 전과를 올리고 오너라."
"네! ……네?"
순간 잘못 들은 줄 안 골리알이 고개를 갸웃거렸다.
"한 명의 병사도 희생하면 안 된다는 뜻이다. 찰과상 정도라면 괜찮다만, 숨을 거두는 건 물론이고 전사로서 재기할 수 없을 만큼 크게 다치지도 말아라."

이어지는 국왕의 말에 골리알은 어안이 벙벙해졌다.

그건 조금만 생각해보면 알 수 있는 일이다.

예를 들어 금강석, 즉 다이아몬드로 만든 갑옷이 있다고 치자.

무척 단단하고 성능도 두말할 것 없이 훌륭한 갑옷이다. 하지만 그 갑옷을 입고 전장에 나갈까?

아마…… 입지 않을 것이다.

왜냐하면, 너무 비싸니까.

손상이 가면 안 되니까.

가치가 내려가니까.

……아주 적나라하게 까발리자면, 아까우니까.

그렇게 봤을 때. 여기에 전 세계를 뒤져도 드문 거구의 소유주를 선발해 오랜 세월에 거쳐 훈련시킨, 아주아주 고급인! 금강석 보병단이 존재한다.

그런 그들을 지방 반란에 파견해서 한 명이라도 은퇴자가 나오는 위험을 저지를 수 있을까?

병사 한 명당 금화 수천 닢의 가치가 있는데?

골리알은 어떻게 해야 피해 하나 없이 적을 몰살시킬 수 있을지 지혜를 쥐어짜야만 했다.

전장에서 그런 방법은 결코 존재하지 않는데도…….

제30화 미아 황녀, 유괴 사건!

──금강보병단이 병사를 아까워해서 싸움을 주저하는 건 충분히 이해할 수 있지만……. 그 상황을 순식간에 간파하다니, 역시 미아…….

감탄하며 미아 쪽을 보는 시온.

미아는 수완가의 품격이 조금도 느껴지지 않는, 맹한 미소를 지으며 상인들에게 손을 흔들고 있었다.

그 얼굴은 굳이 따지라면…… 아니, 그럴 필요는 없으리라.

──지혜로운 사자는 날카로운 발톱을 숨긴다고 하지만……. 그렇군, 평상시의 이 아무 생각 없어 보이는 모습도 연기라는 건가…….

"신세 많이 졌네요. 무지크 씨에게도 인사 전해주세요."

"그래, 두 사람도 동료와 만나길 빌게."

붕붕 손을 흔든 뒤 미아는 시온 쪽을 보았다.

"그런데 이렇게 마을까지 온 건 좋지만 이제부터 어떻게 할까요?"

고개를 갸웃거리는 미아.

딱 보기에도 '아무 생각도 없이 묻고 있습니다!'라는 모습을 보자 알고 있어도 속게 될 것 같은 기분이 든 시온이었다.

"그래……. 우선 다른 두 사람과 합류하고 싶은데."

흩어졌을 때 어디서 합류할지는 사전에 정해두었다.

조금 전 상인에게 물어보자 합류 장소는 여기서 마차를 타고 반나절 정도 거리에 있다고 한다.

"다행히 합승 마차가 정기적으로 다닌다고 하지만……."

떨떠름한 얼굴로 중얼거리는 시온을 본 미아는 문득 장난기 어린 미소를 지었다.

"어머나, 시온. 당신 혹시 소지금이 없는 건가요?"

"돈은 전부 키스우드에게 맡겼으니까."

"어머나!"

입에 손을 대고 우후후 웃는 미아.

"아이참, 어쩔 수 없네요."

뻐기면서 말한 뒤 그 자리에 주저앉았다.

그 후 하얀 양말을 조용히 벗었다.

희고 앳된 장딴지가 드러나자, 그곳에는 은색으로 빛나는 은화가 좌우에 세 닢씩 붙어있었다.

"그건……?"

"만약의 사태를 대비해두었죠. 신발 속에 넣는 것도 생각해봤는데 그건 걷기 불편해서 안 되겠더라고요."

예전에 시도해봤지만, 발에 물집이 생길 뻔했다.

"하지만 왜 그런 곳에?"

"그야 당연히 쉽게 훔치지 못하게 하기 위해서죠!"

그건 과거의 경험에 기반한 미아 나름의 대책이었다.

이전 시간축에서 혁명군의 손에 떨어진 미아는 돈이 될 만한 것은 전부 빼앗기고 말았다.

『이, 이제 아무것도 없어요! 정말이에요!』

『거짓말하기는. 거기서 제자리 뛰기 해 봐!』

『짤랑짤랑!』

『소리 나잖아. 너 아직 돈 있지! 전부 내놔!』

몰래 숨겨둔 금화 주머니의 장소도 이런 식으로 들키게 될 줄
은 상상도 하지 못했었다.

——설마 그런 방법이 있을 줄이야……. 공부가 되었지만
요…… 굉장히 짜증 났어요!

그, 사람을 우습게 보는 듯한 혁명군 병사들의 징그러운 미
소……. 떠올리기만 해도 화가 났다.

——아무튼 같은 실수는 반복하지 않을 거니까요! 소리가 나지
않는 장소 중 그때 뒤지지 않았던 곳……. 그리고 바로 꺼낼 수
있는 곳이라면 역시 양말 속이 좋지 않을까요?

아무 생각이 없어 보여도 조금은 생각하는 미아였다. 조금은…….

게다가 혁명이 일어났을 때 원활하게 도망칠 수 있도록 주변국
의 화폐를 모아두었던 것도 이번에는 큰 도움이 되었다.

렘노 왕국의 은화를 준비해온 것이다.

루드비히는 미아가 각국의 금화에 금 함유량을 조사하기 시작
해서 주변국의 사정을 캐내는 게 아니냐는 황당한 상상을 하며
혼자 전율하곤 했지만…….

그런 건 알 바 아닌 미아였다.

——사실은 무지크 씨에게도 보답으로 한 닢 정도는 주고 싶었
지만요…….

미아는 손바닥 위의 은화를 소중히 쓰다듬었다.

"이걸로 마차에 탈 수 있을까요?"

"역시 준비가 좋군."

시온은 미아의 손에 있는 은화를 들여다보고 작게 고개를 갸웃거렸다.

약간 불안해 보였다.

"아마 이만큼 있으면 괜찮을 것 같은데……."

이 두 사람은 대국의 왕자와 황녀이다. 합승 마차의 시세를 알리가 없었다.

미아도 무슨 일이 생겨서 제도를 탈출할 때는 충신 안느와 루드비히를 대동할 예정이었다.

마차 탑승료의 시세까지는 조사하지 않았다.

"교섭은 맡겨도 괜찮을까요?"

"그래……. 레이디에게 은화를 내게 해 놓고 나는 아무것도 하지 않으면 좀 꼴사나우니까."

그렇게 말하면서도 좀 불안해하는 시온이었다.

평소와는 다르게 자신이 없어 보이는 얼굴을 조금 귀엽다고 느끼는 미아였다.

──우후후, 완벽 초인인 이 녀석이라고 해도 서툰 분야가 있다는 거군요.

그런 생각을 하면서 마부를 찾아 떠나는 시온의 등을 바라보고 있었더니── 갑자기 뒤에서 누군가가 미아를 안아 들었다.

"흐억? 으으읍?!"

다음 순간 그 입을 조금 축축한 천이 덮었다.

손발을 버둥거렸지만, 직후에 감도는 달콤한 향기에 머리가 몽롱해지고…….

"서둘러. 다른 꼬마가 돌아오기 전에 가자."

비몽사몽 상태로도 자신을 훌쩍 들어 올리는 힘을 느꼈다.

──어, 어라? 저 지금, 이건, 위험…… 한, 거, 아닌가요?

"미아?! 젠장, 너희들!"

멀리서 시온의 목소리가 들린 것 같은 느낌이 들었지만…….

미아의 의식은 캄캄한 암흑 속으로 추락했다.

몸이 흔들리는 듯한 느낌에 미아는 눈을 떴다.

"응……, 으응?"

눈앞이 멍하니 흐릿하다. 눈을 비비려고 했다가…… 팔이 움직이지 않는 걸 깨달았다.

아무래도 손이 뒤에서 묶인 모양인지 손목에 밧줄이 파고들어 살짝 아팠다.

어쩔 수 없이 눈을 여러 번 깜빡인 뒤 한 번 더 주위를 둘러보았다.

어딘지 모르는 방이다. 꽤 넓지만, 바닥은 흙먼지로 더럽혀져 있어서 썩 눕고 싶은 공간은 아니었다.

"여, 여기는……?"

"오, 눈을 뜬 모양인데."

머리 위에서 목소리가 들렸다.

──저는 대체……! 맞아요, 그때 누군가에게 잡혔죠…….

미아의 뇌리에 마차에서 공격을 받았던 때의 기억이 되살아났다.

──설마 저희를 노렸다는 그자들의 동료인 건가요?

순간 뻣뻣하게 긴장한 미아였지만 눈앞에 나타난 사람은 두 명의 소년이었다.

미아보다 조금 연상으로 16살에서 17살 정도일까. 마을을 당당히 돌아다녀도 이상해 보이지 않는 평범한 소년들이었다.

──어쩐지 좀 다른 모양인데요?

무심코 맥이 풀린 미아였다.

"아, 바로 본론인데 말이야. 아가씨, 돈 없어? 금화나 은화나……. 옷차림을 보니 어디 상가의 딸이란 느낌인데. 그렇다면 액세서리라도……."

그 말에 순간 이전 시간축에서 혁명군에게 잡혔을 때가 머리를 스쳤다.

그 자리에서 폴짝폴짝 뛰게 시키더니 동전 소리가 나자 아주 무시하는 눈으로 쳐다보던…….

그때의 굴욕이 되살아났다!

"그런 건 없어요."

미아는 고개를 홱 돌리고 말했다.

"진짜? 그럼 제자리 뛰기 해 봐."

"흐흥, 좋아요."

미아는 득의양양한 얼굴로 그 자리에서 폴짝거렸다. 당연히 소리는 나지 않았다.

——그 정도로 찾을 수 있다고 생각하면 오산이에요. 소리가 날 법한 장소에 중요한 걸 숨겨둘 리가…….

"신발이나 양말 속 아니야? 어린애가 많이 숨기는 장소잖아. 조사해봐."

"무슨!"

순식간에 간파당했다. 어차피 미아의 얕은꾀다.

어린아이가 많이 숨기는 장소라는 말을 들은 굴욕에 미아가 바들바들 떨거나 말거나, 소년은 미아의 신발을 빼앗아가고 심지어 양말까지 벗겼지만…… 당연히 거기에도 없다. 이미 시온에게 줬기 때문이다.

"꽝이잖아. 젠장."

"뭐, 잘 생각해 보면 이런 어린아이에게 돈을 줄 리가 없나."

"흥! 그러니까 없다고 했잖아요!"

이를 갈면서 말하는 미아에게 소년이 발끈한 표정을 지었다.

"꼬맹이가 건방지게. 너 같은 건 인신매매단에 팔아버려…… 아야!"

'퍽!' 하고 시원한 소리가 나더니 그 직후 소년들이 '아야야!' 하는 비명을 질렀다.

"너희들, 그런 어린아이를 놀리는 게 즐겁니?"

어느새 소년들 뒤에는 그들 또래 정도의 소녀가 서 있었다.

어깨 부근까지 기른 머리카락을 찰랑거리며 기가 막힌다는 얼굴로 한숨을 쉬는 소녀. 그 손에는 그녀가 신었던 것으로 보이는

낡은 신발이 들려있었다.

"리, 린샤. 아니, 그게······ 조금 위협하면 돈이 될 만한 게 나오지 않을까 하고······."

소년이 허둥지둥 변명했지만 린샤라고 불린 소녀는 그 머리를 한 번 더 때렸다.

"젬이 저 아이를 데려오라고 명령했잖아? 여기 감시는 됐으니까 빨리 준비하러 가."

"주, 준비라니······."

"설마 밧줄로 묶은 여자애를 안고 걸어갈 생각이야? 혁명파 내에서 자유롭게 쓸 수 있는 마차가 있을 테니까 준비해. 그리고 결행 전 준비에도 사람이 필요하잖아. 그쪽도 보러 가."

"알았어. 하지만 놔주진 마라?"

소년들이 마지못해 따른다는 모습으로 그 자리를 뒤로했다.

그걸 지켜본 뒤 린샤는 다시금 미아 쪽으로 시선을 돌렸다.

"그런데 너는······ 대체 누구니?"

"그건······."

그 질문에 미아는 반사적으로 생각에 잠겼다.

아무리 미아라지만 자신의 신분을 밝히면 큰일이 난다는 것 정도는 안다. 하지만 냉정하게 생각해보면 조금 전에도 꽤 위험한 상황이었다는 느낌이 들기도 했다.

──인신매매단에 팔아버리겠다는 말도 했고요······.

다시 떠올리자 조금 무서워져서 머릿속이 빙글빙글 돌기 시작했다.

──어, 어떻게 대답하는 게 정답인 거죠?

고개를 숙이고 생각에 잠긴 미아를 본 린샤는 한숨을 쉬었다.

"말하기 싫어? 뭐, 그건 됐는데…… . 애초에 묻는다고 나불나불 털어놓으면 그건 그거대로 걱정이고…… ."

그 후 소녀는 품에서 나이프를 꺼냈다.

"움직이지 마."

"……흐어?"

갑자기 칼날을 들이대는 바람에 미아는 그저 입을 떡 벌릴 뿐. 그런 그녀를 향해 나이프가 휘둘러지고!

툭…… .

미아의 팔을 묶고 있던 밧줄이 잘려 나갔다.

"어? 어…… 어?"

"너는 이 혁명을 막을 수 있어?"

멍하니 손을 쥐었다 폈다 움직이는 미아를 향해 린샤가 진지하기 그지없는 얼굴로 말했다.

"만약 막을 수 있다면 부탁할게. 오빠를 구해줘."

필사적으로 매달리는 듯한 말투였다.

"혁명을 막는다고요? 오라버니를 구해달라니…… , 무슨 뜻이죠?"

미아는 묶여있던 팔을 문지르며 물었다.

"시간이 없어. 여기서 나가면서 말할게. 신발 신어."

일단 린샤가 시키는 대로 따라갔다. 밖으로 나오자 그곳은 어둑한 뒷골목이었다.

"여기는……."

"지하혁명파의 거점 중 하나야. 이 근방은 치안이 별로 좋지 않으니까 나에게서 떨어지지 마."

"아, 알았어요. 응? 혁명파……?"

우선 고개를 끄덕이려고 했던 미아는 흘려들을 수 없는 단어가 들리는 바람에 무심코 눈썹을 찡그렸다.

"저기, 갑작스러운 질문이지만요. 혹시 혁명파라는 건 지금 렘노 왕국에서 소란을 일으킨 분들을 가리키는 건가요?"

린샤는 순간 침묵했다.

"그래, 그들의 동지야.

이어서 작게 고개를 끄덕였다.

"내 오빠는……, 혁명파를 이끌고 있어."

"이끈다고요? 네? 다, 당신의 오라버니가 혁명조직의 수괴인 건가요?"

따라가도 괜찮은 건지 불안해진 미아였으나…….

"선동당한 것뿐이야. 오빠는 그냥 주점에서 스트레스나 해소하던 사람인걸. 혁명 지도자가 될 수 있을 리 없어."

못마땅하게, 씹어뱉듯 말한 그녀가 설명하기 시작했다.

원래 린샤의 집은 몰락한 귀족이었다. 그녀의 오빠는 왕도의 학생이었지만, 가문의 몰락과 함께 시골 마을로 내려올 수밖에 없었다.

그래도 새 정착지에서 기술자가 된 것까지는 좋았지만 바로 가혹한 업무에 두 손을 들었다.

힘든 육체노동에 매일 녹초가 되어 돌아오는 나날. 유일한 즐거움은 주점에서 푸념하는 것이었다.

그런 오빠에게 어느 날 한 남자가 접근했다.

"그래, 네 말이 맞아. 이대로 가면 이 나라는 악화 일로를 걷겠지. 어때? 동지를 모으지 않겠어?"

젬이라고 이름을 밝힌 붙임성 좋은 남자의 말에 끌려 린샤의 오빠는 혁명파의 중심인물이 되었다.

타고난 말재간 덕분에 그는 점점 조직을 구축해나갔다.

린샤도 얼떨결에 일단 혁명조직의 일원으로 들어가 있긴 하지만…….

"조직이라고 부를 수 있는 수준이 아니야. 그냥 불평하는 사람들의 모임이라고. 그런데 다들 젬의 부추김에 넘어가서…….."

"……저기, 잠시 괜찮을까요?"

거기까지 들은 미아의 뇌리에 위험을 고하는 경종이 울려 퍼졌다.

"어째서 저에게 그런 혁명조직의 내부 사정을 말해주시는 거죠?"

그렇게 묻자 린샤는 무섭게 씩 웃었다.

"젬이 그랬어. 너는 혁명조직에 위험한 존재니까 반드시 잡으라고. 바꿔 말하자면, 너는 혁명을 막고 조직을 와해시킬 수 있는 힘을 지니고 있다는 뜻이잖아?"

탐색하듯 바라보는 린샤 앞에서 미아는 얼버무리듯 웃었다.

"오, 오호호. 너무 과대평가하시네요. 이, 이런 어린아이가 뭘 할 수 있다는 말씀인가요?"

"그래? 아까 그 녀석들이 괴롭힐 때도 꽤 여유로워 보였고, 지금도 침착하게 받아치고 있잖아? 평범한 어린아이로는 보이지 않는데."

"윽……."

확실히 그 말이 맞다.

과거의 혁명군에 비해, 혹은 얼마 전 정해의 숲에서 겪은 일에 비해…… 지금 상황은 솔직히 미아에게 썩 두려운 게 아니었다.

눈앞의 소녀도 그렇고 조금 전의 소년들도 그렇고 평범한 불량배라는 느낌이었으니…….

핏발 선 눈으로 자신을 향해 칼을 들이대던 제국혁명군이나 가차 없이 흉악한 살기를 쏘아 보내던 디온 대장에 비하면 훈훈한 미소까지 나오는 녀석들이었다.

——저, 저도 모르게 방심하고 말았네요. 정신 차려야겠어요…….

미아는 표정을 다잡고 다시금 생각에 잠겼다.

——젬이라는 남자는 마차에서 저희를 덮쳤던 녀석들의 동료라고 생각해야 할까요?

마차에서 떨어진 미아와 시온이 어느 근방에 있는지 예상할 수 있는 사람은 그들 정도이리라.

——그리고 그들은 저희의 정체를 알고 있는 건가요?

미아는 제국의 황녀라는 신분이 없으면 평범한 어린아이에 불과하니……. 본래 경계할 이유는 없을 터이다.

애당초 제국의 황녀라고 해도 혁명을 막을 방법은 없지만…….

——적어도 젬이라는 남자는 이쪽의 정체를 알아차리고 있는

것 같군요. 그리고……, 아아, 달콤한 음식을 먹고 싶어요.

거기까지 생각한 미아는 생각을 포기했다.

원래 그리 똑똑하지 않은 머리는 벌써 과부하로 인해 뜨끈뜨끈해지기 시작했다.

──얼음과자를 요청합니다!

그런 식으로 미아가 내심 헛소리를 하기 시작했을 때였다.

"앗, 린샤 너! 실적을 독차지할 생각이었냐?!"

별안간 날카로운 노성이 울렸다. 조금 전의 소년이 돌아왔기 때문이다.

"큭……. 꽤 빨리 돌아왔잖아. 벌써 준비 끝난 거야?"

린샤가 딱딱한 얼굴로 소년 쪽을 노려보았다. 하지만 그 얼굴에 바로 의아해하는 기색이 번졌다.

왜냐하면 소년이…….

"아, 아니. 그게……."

머리를 긁적이면서 묘하게 민망해하는 표정을 지었기 때문이다.

다음 순간.

"안내 수고했다."

"끄억!"

소년이 그 자리에서 쓰러졌다. 그 뒤에서 나타난 사람은.

"앗! 시온."

"미안해. 찾는 데 조금 시간이 걸렸다. 이 녀석이 어슬렁거려준 덕분에 살았어."

검집으로 소년을 후려 팬 시온 솔 선크랜드였다.

제31화 미리 준비된 불똥

"다치진 않았어? 미아."

"앗, 네. 괜찮아요."

미아는 묘하게 머뭇거리면서 대답했다. 아직도 시온이 자신을 미아라고만 부르는 것에 익숙해지지 않았기 때문이다.

"그런데 그쪽 아가씨는 누구지?"

시온이 힐끔 눈동자를 굴렸다. 서늘한 그 눈에는 명확한 적의의 색이 감돌고 있었다.

"어, 그, 저, 저기……."

그 박력에 주눅이 든 건지 린샤가 말을 더듬었다.

그걸 본 미아는…… 살짝 동정했다.

"잠깐만요, 시온. 당신은 그렇지 않아도 박력이 넘치니까 그런 식으로 노려보면 불쌍하잖아요."

미아는 시온에게서 린샤를 지키듯 한 걸음 앞으로 나섰다.

"이분은 린샤. 지하혁명조직의 일원이지만 저를 구해주셨답니다. 이런저런 정보도 들었어요. 혁명파의 수괴가 그녀의 오라버니고……. 그 외에도 흥미로운 이야기를 들려주셨죠. 여러모로……."

'뭐, 그게 무슨 관련이 있는 건지는 잘 모르겠지만요……'라고 마음속으로 덧붙이는 미아.

……그럼 여기서 눈치채셨을까?

미아는 어디까지나 일어난 일을 있는 그대로 이야기했을 뿐이다. 거짓말도 과장도 없다. 아무 생각 없이 있는 그대로 나불거렸을 뿐이다.

하지만 시온에게는 이렇게 들렸다.

'이런 단기간에 혁명파의 정보를 보유한 인간을 아군으로 포섭했다'라고.

'필요할 법한 정보를 이것저것 들었다'라고.

──여전히 끝을 알 수 없는 지혜로군.

말도 안 된다는 건 알지만, 어쩌면 정보를 얻기 위해서 일부러 유괴당한 건지도 모른다는 의심까지 하는 시온이었다.

──만약 나였다면 어떻게 되었을까.

동시에 그런 생각을 할 수밖에 없었다.

기절해서 쓰러져있는 소년을 보면 아마 탈출 자체는 어렵지 않았을 것이다.

──하지만 임기응변을 발휘해 동료로 끌어들이지는 못했겠지.

그냥 탈출하는 것만이 아니라 포로가 되었다는 상황을 적 조직의 내부 사정을 알아낼 기회로 만든다. 자신에게 그런 건 도저히 불가능하다.

──애초에 그런 생각 자체를 못 했을 거다. 미아가 아닌 다른 사람이었다면.

물론 말할 것도 없겠지만, 미아 역시 그런 걸 생각하진 못했다.

미아가 한 행동이라고는 감시하는 소년을 상대로 조금 잘난 체를 했을 뿐이다.

《허세 황녀님》이다!

뭐……. 그런 보잘것없는 행동 자체도 실패했으니 차마 눈 뜨고 봐줄 수 없는 상황이었지만…….

그건 그렇고.

"아군이라고 봐도 괜찮은 거죠?"

미아는 린샤 쪽을 살폈다. 린샤는 신중한 태도로 고개를 끄덕였다.

"네가 혁명을 막아준다면 협력하겠어."

"혁명을 막는다고……. 하지만 그러기 위해서는 렘노 국왕과 만날 필요가 있겠지. 세금을 어떻게든 절감해야 할 텐데."

애초에 민중이 불만을 폭발시킨 원인은 증세로 인해 부담이 커졌기 때문이다.

그렇게 들었던 시온은 해결하기 쉽지 않다고 표정이 심각해졌지만…….

"아니, 그렇지 않아. 애초에 오빠나 다른 사람들이 주장하는 건 세금을 내려달라는 게 아니야."

린샤는 작게 고개를 저은 뒤 말했다.

"정부에 잡힌 다사예프 도노반 님을 석방해달라는 거지."

"……그건 무슨 뜻이지?"

시온이 의아해하며 고개를 갸웃거렸다.

"국왕 폐하는 재상인 도노반 님의 입을 틀어막기 위해 어딘가에 감금했다고 해. 다들 도노반 님을 구하기 위해서 궐기한 거야."

"간언하는 신하를 감옥에 넣은 건가……. 어리석군."

출발하기 전에 라피나와 나눈 대화가 떠올랐다.

라피나는 무슨 일이 생긴 거라고 말했는데……. 확실히 이러면 반란이 일어나도 이상하지 않다.

"용기를 내 주군의 잘못을 지적하는 자야말로 충신이다. 게다가 백성을 대변하는 위치에 있는 자를 해치면 어떻게 될지 몰랐다는 건가……."

시온의 옆얼굴에는 미약한 분노의 기색이 어른거렸다.

그때 불현듯 미아의 뇌리에 목소리가 울려 퍼진 느낌이 들었다.

그건 이전 시간축……. 혁명군에게 붙잡힌 미아에게 시온이 면회하러 왔을 때…….

『루돌폰 변경백은 너희 황실이나 대귀족이 버린 백성에게 식량을 나눠준 사람이다. 백성들의 은인이다. 그런 자를 죽이면 어떤 사태를 불러올지 생각해 보지 않은 건가?』

어딘가 기가 막힌다는 모습으로 시온이 어깨를 으쓱했다.

『너희는 그런 간단한 것도 생각하지 못한 건가?』

그때 미아는 아무런 반박도 할 수 없었다.

실제로 루돌폰 변경백은 처형당했고, 그 사실에 분노한 민중의 손에 혁명이 일어났기 때문이다.

하지만, 그렇지만…….

사실은 말하고 싶었다.

당당한 얼굴로, 잘난 체하는 시온을 향해 던지고 싶었다.

그건 말도 안 되는 이야기라고.

――아바마마께서 그런 짓을 하셨을 리 없어요.

미아의 아버지인 황제는 인기를 얻기 위해 신하를 처형하지 않는다. 관심이 없기 때문이다.

역설적으로 백성들의 인기를 의식하는 자였다면 제국이 그렇게까지 악화되진 않았을 테지만, 그건 일단 제쳐놓고…….

그때 미아를 덮쳤던, 뭐라 말할 수 없는 끈적한 위화감.

삼켰던 반론. 하고 싶었던 말. 때가 왔다.

"……그건 좀 이상한데요."

하지만 이어지는 말은 새로운 난입꾼 때문에 지워져 버렸다.

"크, 크, 큰일이다! 어?"

아무래도 조금 전에 본 소년 중 다른 한 명이 돌아온 모양이었다.

자유가 된 미아와 검을 든 시온을 보고 비명을 질렀던 소년은 발걸음을 돌려 그 자리에서 도망치려 했으나…….

"이봐, 그렇게 서두를 필요는 없잖아? 잠시 대화 좀 하자."

시온에게 맞아 허망하게 쓰러졌다. 게다가 검집에서 뽑은 검을 들이대자 '히이익!' 하는 꼴사나운 비명을 질렀다.

――조금 불쌍하네요…….

과거의 자신과 비슷한 추태를 보이는 소년을 본 미아는 약간 동정심이 들 뻔했지만.

――앗! 하지만 이 녀석 아까 저에게 점프하라는 소릴 했던 녀석이잖아요. 꼴 좋네요! 오호호!

바로 마음을 바꿨다.

전환이 빠른 게 미아의 장점이다.

그 자리에 정좌한 소년을 히죽히죽 웃으며 쳐다보자, 그 앞에 린샤가 무릎을 꿇고 소년에게 물었다.

"무슨 일이야? 이 소란은 뭔데?"

"린샤! 이건 대체 어떻게 된……."

"됐고, 빨리 대답해."

"어, 어어……. 사실 동지들이 궐기해서 자경단의 대기소를 제압한 모양이야. 무기를 빼앗고 지금은 시장의 집으로 향했어."

"무슨 소리야? 결행은 모레였잖아? 왜 그런 짓을……. 젬이 내린 지시야?"

"아니, 네 오빠의 독단이야. 군대와 대치하고 있는 동지들을 구하기 위해 이 이상 기다리게 할 수는 없대. 광장에서 지원자를 모집해 쳐들어갔다던데."

"아아, 진짜. 정말 오빠답네……."

린샤는 머리를 부여잡은 뒤 거칠게 말했다.

"그래서 피해는?"

"거의 전투를 하지 않았다. 대기실에 있던 수비병은 10명 정도였지만, 광장에서 몇백 명이나 되는 사람들을 선동해서 포위했다나. 자경단장이 기겁하고 도망쳤댔어. 네 오빠는 정말 대단하다."

"그래, 그 인간의 말재주는 천재적이지. 아마 왕이라도 됐다간 다들 기꺼이 세금을 바치게 될 거야."

'하아아' 하고 절절한 한숨을 쉰 린샤가 말했다.

"계획상 대기소를 제압한 뒤엔 시장의 저택에 가기로 했을 거야. 가자."

——어라?

아주 당연하다는 듯 같이 가려고 하는 린샤의 태도에 미아는 기가 막혔다.

——오호호. 이 사람은 왜 제가 따라가는 걸 전제로 말하는 거죠? 그런 위험한 장소에 제가 갈 리 없잖아요.

"참나, 그건 꽤 위험할 텐데……."

옆에서 시온도 동의했다.

——맞아요.

시선을 굴려 시온을 본 미아는…… 그 얼굴에서 공격적인 미소를 발견하고 불길한 예감에 휩싸였다.

"하지만 꼭 가겠다고 한다면 따라가지."

그는 칼자루에 손을 올리고 강인한 목소리로 말했다.

"네? 그, 하, 하지만……."

'아니, 아니, 아니. 가겠다고 한 적 없거든요!' 하고 미아가 주장하기 전에 시온이 의아해하는 얼굴로 물었다.

"왜? 뭔가 내가 잘못이라도……? 아니, 그런가……."

하지만 바로 이해했다는 듯 고개를 끄덕였다.

"다른 두 사람이라면 걱정하지 않아도 된다. 사실은 빨리 합류하고 싶지만, 모처럼 미아가 혁명군의 내정을 살필 기회를 만들어줬으니까."

"아, 아뇨. 저는 아무것도……."

"자, 가자. 서둘러."

미아는 린샤의 재촉을 듣고 일어났다.

──이거 혹시 가지 않겠다고 거절할 수 없는 흐름인 건가요?

미아는 알아차렸다. 이미 자신이 무슨 말을 해도 이 흐름은 막을 수 없다.

그리고……, 바로 마음을 바꿨다.

──뭐, 시온이 있으니 어떻게든 지켜주겠죠. 이쪽에는 혁명군 리더의 동생도 있으니 그렇게까지 위험하진 않을지도 몰라요.

거듭 말하지만…… 전환이 빠른 게 미아의 장점이다.

게다가 마음에 걸리기도 했다.

조금 전 자신을 덮친 위화감의 정체가…….

"그런데 조금 전부터 궁금했던 거다만. 젬이 대체 누구지?"

가는 도중에 시온이 잡담하듯 물었다.

"혁명군의 동지야. 오빠는 주점에서 만났다고 했는데……."

"그 녀석이 미아를 유괴하라고 한 건가?"

"그래. 혁명에 방해된다면서."

"마차를 공격한 녀석들의 동료인가……. 하지만."

시온은 조금 전에 본 소년들을 떠올렸다.

어렵지 않게 제압할 수 있었던 그들은 도저히 전투 훈련을 받은 것처럼 보이지 않았다.

──마차를 공격한 녀석들과는 거리가 멀었는데…….

그때였다.

뒷골목에서 빠져나온 미아 일행의 눈앞에 수로와 선착장이 펼쳐졌다. 소형이긴 해도 배가 여러 척 떠 있으며 시장 같은 광경이었다.

"아, 조금 전에는 눈치채지 못했지만……. 이 근처에 저희가 떨어졌던 강이 흐르는 모양이군요."

"그런 것 같군. 교통의 요충지라는 건가…… 그래."

시온은 이해했다는 듯 말했다.

"혹시 이 마을을 내란의 무대로 선택한 사람이 그 젬이라는 남자인가?"

의아해하는 표정인 린샤를 향해 시온이 말을 이었다.

"만약 그렇다면 확실히 공격해야 하는 장소를 적확하게 고른 것 같군. 마차를 덮쳤던 놈들과도 이미지가 부합해."

제32화 지도자이자 선동가 란베일

미아와 시온, 린샤는 최대한 눈에 띄지 않도록 시장의 저택으로 향했다.

변장을 위해 시온은 모자를 썼고 미아는 천을 머리에 둘러 베일처럼 늘어뜨렸다.

시온 쪽은 그렇다 쳐도 미아는 이리저리 자꾸만 두리번거리는 것이 참으로 수상해 보였다.

하지만 다른 곳에 신경 쓸 상황이 아니었기에 두 사람의 이목을 끄는 일은 없었다.

마을 여기저기에는 무기를 든 젊은이들의 모습이 보였다. 복장도 무기도 제각각이라 정규군대 같은 통일성은 없다. 그저 그 얼굴이 흥분과 고양감에 붉어졌다는 것 말고는 공통점이 없었다.

"혁명군……."

미아의 머리에 이전 시간축의 기억이 잠깐 떠올랐지만, 바로 차이점을 깨달았다.

이 사람들의 눈동자에 깃든 빛은 굳이 따지라면 축제를 앞둔 것 같은 순수한 흥분 같았다.

그때의 제국혁명군 같은 찌를 듯한 증오도 살기도, 끈적하게 달라붙는 어두운 욕망의 빛도 느껴지지 않았다.

길거리를 따라 지어진 집은 휘말리는 걸 피하기 위해서인지 전부 굳게 문을 닫고 있었지만, 얼핏 보기엔 약탈행위도 이뤄지지 않았다. 소란스럽긴 해도 살기등등하진 않았다.

──조금 전 녀석들도 사람을 죽일 수 있을 것 같지 않아 보였
고요…….

"저쪽이 혁명파의 동지야. 저기를 봐."

린샤가 가리킨 곳에는 사람이 모여있었다. 그리고 인파에서 떠
나는 사람들의 손에는 파란 천 같은 게 들려있었다.

"저건……?"

"혁명파의 상징 같은 거야. 저걸 머리에 두른대. 창건당(蒼巾黨)
이라고 했어."

"차, 창건당……?"

미아는 입안으로 중얼거려봤다.

──으음, 이상한 이름이네요. 왠지 다른 곳에서 베낀 것 같은
느낌. 수상한 교조가 이끄는 단체 같은 이름이에요.

빼어난 미아의 감이 마침내 이세계의 정보를 탐지했다!

……육감 낭비다.

──금강보병단 쪽이 훨씬 강해 보여요.

"참고로 그들은 우리에 대해 얼마나 알고 있지?"

"고참 동지에겐 연락이 갔을 테지만, 저 사람들은 잘 모르겠어.
아마 오빠의 부름에 반응해서 모인 사람들일 테니까……."

"그렇군. 그렇다면 마침 잘 됐다. 저 녀석들 속에 섞이자."

시온은 빠르게 걸어서 사람들 쪽으로 가더니 파란 천을 들고 돌
아왔다.

"미아, 너도."

"괘, 괜찮을까요……?"

미아는 머리에 파란 천을 감았다.

"음, 그래……. 머리에 천을 뒤집어쓰는 것보다는 낫네."

린샤는 작게 한숨을 쉬면서 말했다.

시장의 저택은 하위 귀족의 저택 같은 느낌이 나는 건물이었다.

이미 소란은 진정된 뒤였고, 넓은 정원에는 파란 천을 머리에 감은 남자들이 계속해서 모이고 있었다.

그리고 그들을 부추기듯 한 청년이 언성을 드높였다.

린샤와 마찬가지로 갈색 머리카락과 짙은 파란색 눈동자. 그 눈동자에는 어딘가 도취된 듯한 빛이 깃들어 있다.

"우리는 당연한 요구를 하는 것뿐이다. 무거운 세금으로 인해 괴로워하는 우리의 목소리를 전하고 싶다. 그 대변자인 다사예프 재상님을 우리에게 돌려주길 바란다. 그게 전부다. 하지만 정부는 우리의 목소리에 귀를 기울이지 않는다. 이런 일이 용서될 수 있으리라 생각하는가? 따라서 우리는 일어섰다. 시장은 우리가 저택을 포위하기 전에 호위를 데리고 도망쳤다. 우리의 호소를 무시하고, 무책임하게도!"

넋을 잃고 듣게 되는 가수 같은 목소리는 아니었다. 강인한 기사단장의 목소리와도 달랐다.

절묘한 억양이 들어간 그 목소리는 일종의 카리스마를 지닌 정치가가 국민을 고무시킬 때, 혹은 선동할 때의 음성과 매우 흡사했다.

"그것을 저지하지 못한 것은 유감이지만, 이렇게 마을을 무사히 제압하는 데 성공했다. 모든 것은 우리의 호소에 응해준 동지 제군들 덕분이다. 다들 고맙다."

그 목소리에 광장에 모인 젊은이들이 일제히 우짖었다. 딱히 전투에 승리한 것도 아닌데 사기가 몹시 높았다.

"선동가라……. 사람들을 매료하는 연설은 훌륭하지만……. 린샤, 저자가 네 오빠인가?"

시온의 질문에 린샤가 대답하려던 차였다.

"아, 린샤. 왔구나……."

청년이 이쪽으로 시선을 돌렸다.

"란베일 오빠……."

"음? 그 아이들은?"

란베일은 의아해하는 얼굴로 시온과 미아를 봤다.

"혹시 젬이 말했던 아이들이야? 혁명을 방해할 위험이 있다던……."

그 말을 듣고 란베일 주위에 있던 자들이 일제히 검에 손을 올렸다.

그에 맞춰 시온 또한 자세를 잡았으나…….

"멈춰. 이렇게 어린아이들에게 검을 들이댔다간 아무도 우리의 이야기를 들어주지 않게 될 거야."

란베일은 손을 들어 주위에 있는 사람들을 말렸다.

"부탁이야, 오빠. 이 아이들과 대화해줘."

"대화라고……?"

그는 조용히 시온과 미아의 얼굴을 쳐다본 다음 흐릿한 미소를 지었다.

제33화 미아와 시온, 견해가 일치하다!

"대화하려고 해도 여기서는 좀……. 우선 저택 안으로 갈까."

그렇게 말하는 란베일의 뒤를 따라 미아 일행은 저택 안으로 발을 들여놓았다.

"자, 들어와……. 뭐, 여기는 내 집이 아니지만."

여유만만하게 웃는 란베일은 마치 어딘가의 귀족 나리처럼 우아한 발걸음으로 나아갔다.

"분명 이 안쪽이 집무실이었을 텐데……."

화려한 문을 열자 눈 앞에 펼쳐진 것은 시장의 저택이라는 이름에 부끄럽지 않은 호화로운 방이었다.

천장에는 간이 샹들리에도 매달려있다.

투명한 수정이 외부의 빛을 받아서 반짝반짝 빛났다.

"후후, 우리에게서 세금을 갈취해 놓고 이런 사치라니."

기가 막힌다는 듯 어깨를 으쓱한 란베일은 책상 쪽으로 성큼성큼 걸어간 뒤 오만하게도 시장의 의자에 앉았다.

"돈은 들었겠지만, 썩 편안한 의자는 아니군."

"오빠! 적당히 해. 이런 짓을 해서 뭘 하겠다는 거야?!"

"조용히 해, 린샤. 여자인 너와 정치 이야기를 할 마음은 없어. 쓸데없는 짓이야."

란베일은 무시하는 듯한 태도로 린샤에게 시선을 보냈다.

──그러고 보면 렘노 왕국엔 남존여비 사상이 침투해있다고

했던가요?

미아 안에서 란베일의 평가가 훅 추락했다.

뭐, 원래 높지도 않았지만…….

"내가 관심 있는 건 오히려 저 사람들이야."

란베일은 미아와 시온의 얼굴을 순서대로 본 다음 부드러운 미소를 지었다.

"우선 편하게 앉도록 해. 지금 과자라도 가져오게 하지."

──어머나! 과자! 이분은 제법 눈치가 좋은데요!

미아 안에서 란베일의 호감도가 조금 올라갔다. 아벨의 형인 뭐시기 왕자보다는 상위를 차지했다!

참고로 이야기로 들었던 금강보병단보다는 아래다.

미아는 곰 같은 남자를 좋아한다.

"배려는 감사하지만……, 시간이 그리 넉넉하진 않을 테지? 이야기를 들려줘."

시온은 접객용 소파에 앉지도 않고 란베일을 노려보았다. 그 행동거지에는 아주 작은 빈틈도 없었다.

참고로 미아 쪽은 이미 소파에 앉아있었다. 등받이에 푹 기대서 완전히 휴식 모드였다!

하지만 과자가 오는 걸 놓치지 않도록 한층 날카로워진 시선만큼은 시온과 마찬가지로 빈틈이 전혀 없었다.

"오, 대단한 박력인데. 역시 시온 솔 선크랜드 전하."

란베일은 천진난만하게 박수를 보내면서 아무렇지도 않다는 말투로 말했다.

옆에서 듣고 있던 린샤는 경악해서 눈을 부릅떴지만 막상 당사자는 침착했다.

"하지만 대국의 왕자가 혼자 쳐들어오다니, 소문대로 만용이 대단하군."

"눈치채고 있었나."

"물론이지. 그렇지 않았다면 검을 휴대하게 둔 채 여기로 안내하지 않았어."

란베일은 여전히 편안한 자세로 앉아있다.

"그렇군. 영락없이 어린아이라는 이유로 무시하는 줄 알았지."

시온은 칼자루를 가볍게 쓰다듬은 다음 날카로운 시선으로 란베일을 찔렀다.

"그런데? 혁명을 방해할지도 모른다고 하는 우리를 안내한 이유는? 적이 될 수도 있는 우리에게 무기를 들게 한 채로 여기까지 들여보내는 게 어떠한 이득이 된다는 거지?"

"물론 이유는 있지. 솔직히 우리는 네 나라의 도움을 기대하고 있어, 선크랜드 왕국의 왕자님. 우리들만으로는 영 전력이 부족하니까."

"쉽게 말하지 말았으면 하는데. 군대를 움직이는 건 나라의 중대사다."

"이것 참……, 정의와 공정함을 중시하는 시온 전하답지 않은 말이로군. 이 나라의 모습을 보고 아무 생각도 안 들었어? 백성을 위하는 상식적인 정치가가 감옥에 끌려갔고, 백성에겐 무거운 세금이 부과되었지. 왕족의 횡포를 간과하겠다는 건가?"

사실 시온은 백성들의 궁핍한 생활은 보지 못했다.

하지만 간언을 아뢴 충신을 감옥에 넣은 것은 간과할 수 없는 일이긴 했다.

"설령 우리나라가 아군이 된다고 해도, 너희가 그때까지 버틸 수 있는 보장은 없다고 본다만……."

시온의 말에 란베일은 히죽 웃었다.

"여기는 왕도와 도노반 백작령 사이의 중간지점이지. 이해하겠어? 즉……."

"금강보병단과 왕도를 분단시킬 생각인가. 보급을 끊으려는 거군."

팔짱을 끼고 생각에 잠기는 시온.

물론 여기는 렘노 왕국 내부다. 왕도와 도노반 백작령을 잇는 길을 끊는다고 해도 주위에서 보급을 받을 수는 있다.

하지만 수배하기까지 시간이 걸린다. 일시적인 혼란과 병사의 동요는 피할 수 없을 터이다.

그것도 내다보고 이 마을에서 소란을 일으킨 거라면…….

──오합지졸인 줄 알았는데 그게 아닌 건가?

시온의 뇌리에 경종이 울렸다.

──선동가라……. 아직 뭐라 하기는 이르지만, 방심할 수 없는 남자인 모양이군.

시온은 란베일에게 품는 경계심을 한 단계 올렸다.

한편 미아는.

259

──어머나! 쿠키! 게다가 데코레이션이 아주 섬세해요!

란베일이 준 과자를 보고 내심 갈채를 보내고 있었다.

계속 달콤한 음식을 간절히 먹고 싶던 차였다. 즉시 입에 집어넣고 살살 녹는 단맛에 무심코 황홀해졌다.

한바탕 쿠키의 품질에 감명을 받은 뒤 미아는 란베일 쪽을 쳐다봤다.

──이분……, 제법이네요. 방심할 수 없어요!

기이하게도 두 사람의 견해가 일치한 순간이었다.

"착안점은 틀리지 않았지? 시온 왕자."

그렇게 말하며 란베일은 의기양양하게 지도를 펼쳤다.

렘노 왕국의 북부에 있는 왕도. 그 왼쪽 아래에 있는 곳이 현재 그들이 있는 마을, '세니아'다.

세니아 옆에는 왕국중앙부에 난 넓은 가도가 남쪽에 있는 도노반 백작령까지 뻗어 있었다.

"이 가도를 사용한 보급로를 끊는 건가. 이 가도를 이용하지 않고 갈 수 있는 길은?"

"불가능하진 않아. 하지만 쉽지도 않지. 어쨌거나 준비하려면 어느 정도 시간이 걸릴 거다."

렘노 왕국이 타국보다 뛰어난 것. 그것은 강력한 군대…… 가 아니다.

이 나라의 진정한 자랑거리는 잘 정비된 넓은 가도였다.

──각 영지를 연결하는 넓은 가도. 그걸 전제로 한 높은 기동

력을 지닌 군대. 이것이 렘노 왕국의 강점이라고 키스우드가 말했었지.

평상시엔 기동력이 낮은 보병조차 마차에 태워 보냄으로써 얻을 수 있는 뛰어난 이동력과 원활한 보급로 구축.

이것이야말로 정예부대인 중앙 대응군의 전력을 집중 운용할 수 있게 만드는 바탕이다.

완성된 방어 시스템. 만약 여기에 더 큰 전력증강을 꾀한다면 그건 내부용이 아니라 외부용, 즉 외국으로 침략할 것을 기획한 군대다.

──그걸 위해 백성들에게 무거운 세금을 부과했다는 건가.

란베일은 생각에 잠긴 시온을 한층 흔들어 놓듯이 말을 이었다.

"하지만 그런 전술적인 이야기보다도 더 중요한 게 있잖아. 시온 왕자, 이 나라의 정부는 백성을 탄압하기 위해 금강보병단이라는 지나치게 강력한 병력을 파견했다. 그것만으로도 그들에게는 백성을 이끌어갈 자격이 없다고 생각하지 않나? 다행히 아직 전투는 시작되지 않았지만……. 만약 전투가 한 번 시작된다면……."

시온은 무심코 말을 삼켰다.

그렇다. 그 문제 하나만을 봐도 정부에게 잘못이 없다고 말할 수 없다.

일방적인 학살이 이뤄지려 한다. 그걸 모른 채 넘어갈 수는 없다.

──이런저런 사정은 있겠지만……, 백성에게 무서운 세금을 물린 데다 백성의 대변자인 가신을 투옥. 이것만으로도 백성 위에 설 자격은 없지 않나? 단순히 미아를 따라온 것뿐이었지만……, 이렇게 국내의 사정을 알고 혁명파와 파이프가 만들어진 건 요행이었던 게 아닐까……?

딸깍…….

사고의 늪에 가라앉을 뻔한 시온의 귀에 불현듯 도자기가 부딪치는 소리가 들렸다.

시선을 굴리자 그곳에는 의연한 얼굴로 홍차를 마시는 미아가 있었다.

만족스러운 듯 숨을 내뱉으며 미소까지 머금고 있는 미아. 어쩐지 그 뺨이 희미하게 붉어지고 윤기가 더해진 것처럼 보였다.

그 여유로운 얼굴을 본 시온은 머리가 확 차가워진 기분이 들었다.

──휘말릴 뻔했군…….

선동가 란베일.

눈앞의 남자는 방심할 수 없는 매력을 지니고 있다.

그 말에는 사람의 마음을 매료하는, 사기꾼 같은 교묘함이 내포되어 있었다.

"나는 이 나라를 바꾸고 싶다. 이런 부조리가 버젓이 통용되는 나라를……."

"혁명을 방해하는 자가 아니었나? 우리는……."

사기꾼의 말을 오래 들으면 안 된다. 시온은 화제를 바꾸기 위해 입을 열었다.

"당신들의 동료인, 젬이라는 이름의 남자였던가. 그가 그렇게 말했다고 들었다만……."

"그래, 그랬지……."

란베일은 미소를 머금으며 미아 쪽으로 눈을 돌렸다.

"그것도 어떻게 할 생각이었어. 미아 루나 티어문 황녀 전하."

"네……?"

어리둥절해 하는 얼굴로 고개를 갸웃거리는 미아를 향해 란베일은 말을 이었다.

"너희에게 우리의 숭고한 저항운동을 방해받고 싶지 않다."

란베일은 입을 놀리면서도 머리로는 젬의 말을 떠올리고 있었다.

선크랜드의 왕자와 티어문의 황녀가 이 나라에 잠입한다는 것.

시온 왕자는 아군으로 회유해야 하지만 미아 황녀 쪽은 혁명을 방해할 우려가 있으므로 시온 왕자가 눈치채지 못하는 사이에 배제해야 한다는 것.

──하지만 어리석은 동생 때문에 그러지 못하게 되었어.

지금 와서 미아 황녀를 해치게 된다면 시온의 협력을 얻는 것도 어려워진다.

그렇다면 차선책을 택해야 한다.

──미아 황녀도 아군으로 회유하거나, 최소한 입을 틀어막아야겠지.

다행히 상대는 소녀다. 이런저런 소문은 들었지만, 어차피 어린아이다.

——쉽게 구슬릴 수 있을 거다.

그렇게 생각한 란베일은 친근한 미소를 지었다.

"뭐, 오늘은 많은 일이 있었으니까 피곤하겠지. 괜찮다면 오늘은 여기서 자고 가도록 해. 왕궁보다는 못하겠지만 큰 욕조와 침대가 있을 거다."

"어머나! 욕조요?!"

눈이 휘둥그레진 미아를 본 란베일은 승리를 확신했다.

——티어문 제국의 황녀는 목욕을 아주 좋아한다고 했던가. 소문이 맞군.

이런 식으로 접대하다 보면 미아의 마음을 사로잡는 것도 시간 문제……

벌써 포섭 성공을 전제로 이리저리 계획을 짜보는 란베일이었다.

제34화 미아 황녀, 혈행이 개선되다

"아무리 그래도 너무 경솔했던 것 아닌가? 미아."

"네? 무슨 말씀이시죠?"

문 너머에서 들리는 목소리에 시온은 한숨을 쉬었다.

"확실히 우리 선크랜드의 병력을 기대하는 거라면 네게 해를 가하지도 않겠지만……."

그런 짓을 하면 시온의 반감을 사게 된다. 게다가 틀림없이 티어문 제국도 적으로 돌리게 된다. 따라서 란베일이 이를 드러낼 가능성은 낮다고 할 수 있으리라.

게다가 젬이라는 남자의 존재. 여기에서 나가 현재 상태를 파악하지 못한 젬과 마주치게 된다면 미아의 목숨에 위기가 올 가능성이 있다. 그렇다면 란베일이 상황을 설명해줄 수 있는 만큼 여기에 있는 게 안전하다고도 할 수 있다.

"하지만 그렇다고 여기에서 하룻밤 머무르는 건……."

그때 시온의 말을 가로막듯 '첨벙' 하고 물소리가 들렸다.

그렇다. 지금 미아는 절찬 목욕 중이었다. 참으로 태평하다.

무슨 일이 있을 때를 대비한다며 문 앞에서 호위하겠다고 나선 시온이었지만, 이따금 안에서 들리는 물소리에 영 안절부절못하는 기분이 들었다.

그걸 숨기기 위해서 은은한 푸념을 섞어 미아에게 불평을 늘어놓고 있었지만…….

──어머나, 귀엽네요!

묘한 구석에서 감이 날카로운 미아는 그 사실을 정확하게 파악하고 히죽히죽 웃고 있었다.

그 완벽 초인 시온을 농락한다는 우월감에 자꾸만 우쭐해졌다.

그래서 일부러 더 첨벙거리기도 하고, 문밖에 있는 시온에게는 보이지 않는데도 욕조에서 발을 내밀며 섹시 포즈를 취하기도 했다.

──우후후……. 복수해주겠어요!

완전히 악당 모드인 미아였다.

그렇게 약간 짜증 나는 모습을 보고 방안에서 대기하던 린샤는 기가 막혔다.

만에 하나 안에서 무슨 일이 있었을 때를 위함이라고는 하지만, '자신이 이 역할을 맡아도 되는 건가?' 하고 자꾸 의문이 들었다.

그러는 사이에 미아는 욕조에서 나와 머리카락을 감았다.

샴푸 병을 기울여 손바닥으로 액체를 받은 미아였는데…….

두 손으로 참참 문지르면서 고개를 갸웃거렸다.

"렘노 왕국 것 치고는 영 거품이 안 나네요……. 역시 아벨 왕자님께 받은 건 특별한 샴푸였던 걸까요…….."

"왕자님에게 샴푸 선물을 받다니……, 너 정말 제국의 황녀님이구나……. 참고로 그건 무슨 샴푸였어?"

"귀여운 말 그림이 그려져 있었어요. 이름은 기억나지 않지만요……."

"어……, 그건……."

고개를 갸웃거리는 린샤. 하지만…….

"무척 좋은 샴푸더라고요. 아벨 왕자님을 만나게 되면 꼭 고맙다고 인사드려야겠어요."

방긋방긋 웃는 미아를 본 린샤는…… 깨달았다.

"그래, 그렇구나. 응, 그거 아주, 잘 됐…… 네."

"우후후, 걱정하지 않아도 언젠가 린샤 씨에게도 그런 분이 나타날 거예요."

우월감에 젖은 미아의 발언은 좀 짜증 났지만, 필사적으로 참은 린샤였다.

참으로 어른다웠다.

──아아, 그건 그렇고 이렇게 목욕하고 있으면 안느가 그리워져요.

여느 때였다면 등을 부드럽게 밀어주었을 것이다. 아무리 그래도 린샤에게 대신 부탁할 마음은 없지만…….

"그런데 오빠를 꼭 막아줄 거지?"

"……너, 너무 조급해하면 안 돼요. 이렇게 된 거 지금은 목욕을 즐기자고요."

미아는 우선 그렇게 얼버무리며 고민했다.

앞으로 어떻게 해야 하는지…….

달콤한 디저트를 먹고, 목욕 덕분에 혈행도 개선된 미아는 평상시의 두뇌 회전 속도가 돌아오고 있었다.

있는 그대로 말해버리자면, 기분이 몹시 상쾌했다!

······그게 뭐 어쨌냐는 이야기이긴 하지만······.

이렇게 며칠간 쌓인 땀과 때를 깨끗하게 털어낸 미아는 평소 대
비 8할 정도의 미모를 되찾는 데 성공했지만, 좋은 아이디어는 끝
내 떠오르지 않았다.

욕실에서 나온 미아의 머리 위로 따끈따끈한 수증기가 피어올
랐다.

란베일 쪽에서 준비해준 옷은 조금 컸지만, 목욕으로 달아오른
몸에는 그 정도가 딱 좋았다.

"후우, 개운해졌어요······. 어머? 왜 그러시죠?"

은근히 지친 표정인 시온을 보고 고개를 갸우뚱하는 미아.

시온은 한숨을 쉬고 고개를 저은 뒤 말했다.

"네 머릿속에 있는 계획이 궁금하긴 한데······. 어쨌거나, 역시
다른 두 사람과 합류해야겠지. 아마 키스우드라면 이미 바람 까
마귀와 연락해서 우리를 찾고 있겠지만······. 게다가 본국에도 연
락을 넣어야 하고······."

원래 시온은 사태가 움직일 때까지 며칠 정도 여유는 있으리라
고 판단했었다.

하지만······, 그 예상은 빗나간다.

다음 날, 혁명파의 척후병이 한 소식을 가지고 돌아왔기 때문
이다.

왕도에서 파견된 기사단이 가도를 따라 진을 치고 있다는 급보
를.

그리고, 그 기사단을 이끄는 사람은······.

제35화 검은 까마귀와 하얀 까마귀

모니카 부엔디아.

이전 시간축에서 아벨 왕자를 암살한 메이드의 이름이다.

바람둥이로 유명한 아벨 왕자이므로 동기도 치정 싸움이라는 추측이 무성했지만……, 자세한 사정은 끝내 밝혀지지 않았다.

때는 변화하여, 조금 거슬러 올라간다.

미아와 시온이 강에 빠진 다음 날.

모니카는 렘노 왕국 왕성의 복도를 걷고 있었다. 그녀가 향하는 곳은 어떤 관리의 집무실이었다.

문 앞에 서서 일정한 박자로 노크했다. 그러자 문이 소리 없이 열렸다.

"그레이엄 님."

"모니카냐……."

그레이엄은 평소보다 더 깐깐하고 불쾌함을 감추지 않는 얼굴로 모니카를 맞았다.

"금강보병단 녀석들……, 아직도 움직이지 않는다니 대체 무슨 생각인 건지……. 설마 이것도 제국의 예지가 꾸민 일은 아니겠지……?"

의심에 푹 빠져버린 말투로 중얼거린 뒤, 그레이엄은 모니카 쪽을 살폈다.

"그런데 무슨 볼일이냐."

"네, 오늘 아침에 이것이 도착했습니다."

모니카는 작게 접은 파피루스를 그레이엄에게 내밀었다.

"큭……. 미아 황녀와 시온 왕자가…….."

내용을 읽은 그레이엄은 떨떠름하게 중얼거렸다.

이어서 한숨을 흘린 뒤, 다른 파피루스를 모니카에게 건넸다.

"이걸 본국에 보내다오."

"실례하겠습니다."

암호화한 서간을 전서조 전용 글자로 한 번 더 바꾸는 것이 모니카의 일이다.

그레이엄에게 받은 서간을 쭉 읽은 모니카는 눈썹을 찡그렸다.

"저기, 정말 괜찮은 겁니까?"

"무슨 뜻이지?"

"이건 본국을 전화에 휘말리게 하는 거짓 정보입니다. 정말 이걸 보내도 괜찮은 겁니까?"

"너희 검은 까마귀에게 어울리는 걱정이군. 아무쪼록 너희는 눈에 띄지 않도록, 뒤에서 몰래 정보를 모아라. 하지만 나는 백아다. 조국의 영광을 위해 정보를 무기로 싸우는 게 우리의 바람이지."

그 말을 들은 모니카는 작게 이를 악물었다.

선크랜드 왕국의 첩보부대, '바람 까마귀'.

몇 대 전 국왕의 치세 때 설립된 첩보 기관의 주요 임무는 각국에 잠입하여 다양한 정보를 본국에 보내는 것이다.

271

이들이 보낸 정보는 왕국 내에서 외교·군사를 보조한다. 그건 어느 의미 수동적인 기관이라고도 할 수 있는 조직이었다.

하지만 여기에 변화가 찾아왔다.

젬이라 불리는 남자가 제창한, 영토확장을 위한 계획.

정보를 보내는 것만이 아니라, 그걸 이용해 타국을 약체화하고 분석해서 정의의 이름으로 선크랜드 왕국의 영토를 확장한다.

그 계획을 실시하기 위해 바람 까마귀 내부에 만들어진 부대가 바로 '백아'.

선크랜드의 영광을 각지에 널리 알리는 하얀 까마귀다.

"이해하고 있지? 우리 하얀 까마귀의 임무는 어떤 것보다 우선시해야 한다."

"……네."

고개를 끄덕이긴 했지만……, 모니카 안에는 소화하지 못하는 감정이 소용돌이치고 있었다.

그레이엄의 집무실에서 나온 모니카는 작게 한숨을 쉬었다.

──나는 뭘 하는 걸까.

모니카는 모국인 선크랜드를 자랑스럽게 여겼다.

정의와 공익을 중시하는 왕실, 부정을 간과하지 않는 정부는 그녀 안에서 찬란하게 빛나는 영광으로 넘치는 존재였다.

──우리는…… 그 영광에 먹칠하고 있는 건 아닐까?

심각한 의구심이 그녀의 몸을 지배하려던 그때였다.

툭, 짧은 충격이 몸을 덮쳤다.

"꺄······."

그 자리에서 넘어지는 바람에 들고 있던 서류가 흩어졌다.

암호화된 내용이라고 해도 다른 사람의 눈에 띄어서 좋을 일은 없다.

허둥지둥 모으려고 한 모니카였지만 그녀가 손을 뻗은 방향에 떨어진 파피루스를 누군가가 짓밟았다.

"앗······."

얼굴을 들자 그곳에는 히죽히죽 징그러운 미소를 지은 중년의 문관이 서 있었다.

"이런 곳에서 한눈팔지 마라, 방해되지 않으냐."

문관은 멸시하는 눈으로 모니카를 쳐다보며 말했다.

왕실 메이드로서 정보를 모으는 것이 그녀의 사명이다. 여성을 멸시하는 렘노 왕국의 고관들은 놀라울 정도로 쉽게 메이드에게 정보를 흘린다.

무슨 말을 들어봤자 그게 중요하다는 걸 판단하지 못하리라고 생각하기 때문이다.

따라서 멸시받는 건 바라는바······.

하지만······, 그렇다고 태연한 건 아니다. 당연하다는 듯 쏟아지는 악의에 마음이 자꾸만 닳아 없어져 갔다. 동료 메이드가 이런 멸시의 시선을 받는 걸 목격하면 구역질과도 같은 증오가 솟아올랐다.

──이런 나라라면······, 멸망해도 되지 않을까.

설령 백성이 피를 흘린다고 해도 이런 부당함을 바꿀 수 있다면, 선크랜드의 공정한 통치에 맡겨야 하는 게 아닐까?

그녀가 그렇게 생각한……, 그때였다.

"주워."

소년의 목소리가 귀에 꽂혔다. 아직 앳된 느낌이 남은 그 음성은, 하지만 어딘가 심지가 곧은 의연한 목소리였다.

뒤를 돌아본 모니카의 눈동자에 비친 사람. ……그는.

"무례를 사과하고 그녀가 떨어뜨린 것들을 주우라고 했는데, 들리지 않았나?"

아벨 렘노―― 렘노 왕국의 제2왕자였다.

제36화 희망의 잡초는 퍼져나가고

"이, 이런. 아벨 전하."

중년의 문관이 허둥지둥 발을 치워 한 걸음, 두 걸음 뒷걸음질 쳤다.

"이건, 그게……. 저기 있는 여자가 한눈을……."

"주우라고…… 했을 텐데?"

아벨이 변명을 용납하지 않는 목소리로 한 번 더 말했다. 동시에 한걸음 발을 내디뎠다.

"아니면 나약한 제2왕자의 말 따위는 들을 가치가 없다?"

"아, 아뇨……. 당치도 않습니다."

문관은 급히 파피루스를 주운 다음 모니카에게 거칠게 내밀었다. 그러고도 포기를 못 한 건지 모니카를 노려보았지만…….

"다시 말하지. 만약 그녀에게 이 이상의 무례를 저지른다면, 그건 나에게 한 것이나 마찬가지라고 생각해."

아벨은 그보다 더 날카로운 눈빛으로 문관을 노려보았다.

그것은 전장에 나가는 전사들 특유의 칼날 같은 기색……. 틀림없는 살기였다.

──이분은 이런 표정도 지을 수 있게 되었구나…….

아벨의 그 표정에 모니카는 감탄했다. 예전부터 아벨 렘노에 대한 그녀의 평가는 나쁘지 않았다.

이런 나라에서도 친절하게 대해주는 착한 소년. 모친이나 누나, 여동생에게만 그런 게 아니라 사용인인 메이드에게도 배려를 보일 수 있는 사람.

모니카도 마치 남동생을 보듯 아벨을 따뜻하게 지켜보았다.

하지만 동시에, 통치자로서 남들 위에 서기에는 부적절한 인물이라는 생각도 했다.

우유부단하고 무른 면이 두드러지는 성격. 여차할 때 권력자로서 엄격한 판단을 내리지 못하는 게 아닐까. 그렇게 생각했는데…….

──예전 같았으면 지금 같은 상황에서도 헤실헤실 웃으면서 넘겼을 거야. 도와주긴 했겠지만 비난하진 않았겠지……. 그랬는데 변했어.

지금의 아벨은 마치 모국의 시온 왕자 같았다.

그러면, 어쩌면 이 나라에 자리 잡은 악습을 바꿀 수 있을지도 모른다는 생각이 들 정도의 변화다.

대체 무엇이 그를 이렇게 바꾼 걸까……?

"괜찮아?"

어느새 아벨이 모니카를 살피고 있었다.

"아, 죄송합니다. 왕자 전하."

"아니, 나야말로 미안해. 너희에게는 분명 일하기 힘든 환경이겠지. 어떻게든 해야 한다고는 생각해도 좀처럼 쉽지 않네."

아벨은 쓴웃음을 지으며 뺨을 긁적였다.

"저기…… 이런 말씀을 드리면 실례가 될지도 모르지만, 변하셨네요."

"응? 그런가?"

"네. 듬직해지셨습니다."

"하하하, 음, 뭐. '그녀'에게 한심한 모습을 보여줄 수 없으니까⋯⋯."

그녀⋯⋯.

모니카는 그게 누굴 가리키는 말인지 잘 알고 있다.

티어문 제국의 황녀, 미아 루나 티어문.

제국의 예지. 그레이엄이 질색을 하며 싫어하는, 그의 천적.

그저 착하기만 했던 아벨을 늠름한 사자로 바꾼 소녀⋯⋯.

소문이 자자한 제국의 예지라는 화제에 모니카의 호기심이 근질거렸다.

"어떤 분입니까? 미아 황녀 전하께선⋯⋯."

"으음, 그게⋯⋯."

아벨은 잠시 고개를 숙이고 생각에 잠긴 다음, 조금 쑥스러운 듯한 미소를 지으며 말했다.

"지금의 나로서는 도저히 손이 닿지 않을 만큼 매력적이야⋯⋯. 하지만 내가 따라잡으리라는 걸 진심으로 믿어준 사람이지. 내가 지금보다 더 나아질 수 있다고 믿고 격려해준 사람이야."

애정을 담아, 소중한 추억을 말하는 사람의 말투였다. 하지만.

"그래서 나는 그녀의 신뢰에 부응해야만 해. 더 열심히 해야 한다고⋯⋯, 그렇게 생각했는데⋯⋯."

불현듯 아벨의 얼굴이 어두워졌다. 거기서 모니카는 깨달았다.

그가 갑옷을 입고 있다는 걸⋯⋯.

"아벨 전하, 설마……."

"응? 그래, 맞아. 전선이 교착 상태인 모양이라서. 병사들을 고무시키기 위해 나도 참전하게 되었어. 사실은 형님이 적임이지만……."

그렇게 말한 아벨은 어깨를 으쓱했다.

"내가 다치게 했으니 불평할 수 없지. 왕족으로서 제대로 책임지고 올 생각이야. 왕권의 실추는 혼란과 파괴를 낳으니까……."

살짝 등을 바로 세운 아벨이지만 여전히 그 표정엔 그늘이 드리워 있었다.

"뭔가 마음에 걸리는 일이라도 있으십니까?"

"응, 아니……. 아무것도 아니야. 그냥……."

아벨은 얼굴을 들고 먼 곳을 바라보며 말했다.

"……분명 그녀는 백성 탄압에 가담한 나를 용서하지 않을 테니까."

쓸쓸해 보이는 표정으로 그렇게 중얼거렸다.

"전하……."

"그럼 나는 이만."

이렇게 출정하는 아벨 일행을 배웅한 뒤 모니카는 전서조를 날려 보냈다.

본국에 보고하는 정보를 들려준 하얀 까마귀와, 또 한 마리.

진실을 들려준 검은 까마귀를.

검은 깃털로 뒤덮인 새가 바람을 타고 하늘을 날았다.

이 연락이 그녀가 바라는 사람에게 도착한다는 보장은 없다.
그래도.

　──만약 도착한다면……, 그건 운명이 그걸 선택했다는 거
야…….

　운명이 향하는 곳은…….

　이리하여 미아가 열심히 뿌려놓은 씨앗이 싹을 틔우고, 마치
잡초처럼 잇달아 퍼져나갔다.

제37화 미아 황녀, 결의를 표명하다

시장 저택의 객실. 미아가 받은 방은 특히나 넓고 호화로운 방이었다.

잠버릇이 다소 좋지 않은 미아여도 떨어지지 않을 만큼 넓은 침대에 누워 푹신푹신한 이불을 덮은 미아는 신나게 게으름을 부렸다.

아무래도 오랜만에 만끽하는 침대이다 보니…….

다음 날이면 키스우드, 티오나와 합류하기 위해 여행을 떠나야 한다고 생각하면 자꾸만 일어날 의욕이 사라져버렸다.

시온은 자는 사이에 기습할지도 모른다며 경계해서 별로 자지 못했지만, 그런 걸 걱정하는 미아가 아니다.

애초에……, 그런 생각 자체도 하지 못했다.

그런고로 미아는 졸음 속을 헤엄치고 있었다.

입술을 우물거리면서 '버섯 수프 맛있어요……'라며 칠칠치 못한 미소를 지었다.

그런 기분 좋은 꿈을 깨부수듯 복도에서 소란스러운 목소리가 들렸다.

"으응……? 흐아암, 시끄럽네요……. 무슨 일이죠?"

눈을 비비고 침대에서 내려왔다. 작은 발바닥에 푹신한 카펫의 감촉이 느껴졌다.

그대로 문 근처에 있는 신발을 신은 다음 복도로 나왔다. 그러자 마침 시온이 지나갔다.

"앗, 시온. 마침 잘됐네요. 대체 무슨 일이죠?"

"그게, 실은……. 으음, 미아. 너 옷을 갈아입는 게 좋지 않을까?"

"네……?"

어리둥절하며 고개를 갸웃거리고 눈을 깜빡이는 미아. 그러다 자신의 옷차림을 내려다본 뒤 작게 고개를 끄덕였다.

"그래야겠군요……."

현재 미아는 복슬복슬한 양털을 듬뿍 사용한 원피스 타입의 잠옷과 마녀 모자 같이 생긴 나이트캡에 가죽 신발이라는, 다소 언밸런스한 차림새였다.

애초에 잠옷을 입고 남들 앞에 섰다는 것 자체가 문제이지만…….

"확실히 너무 편한 옷차림으로 지내면 안느가 화낼 거예요. 어쩔 수 없죠, 갈아입고 오겠습니다."

미아는 방으로 돌아가 빠르게 옷을 갈아입은 다음 시온과 함께 시장의 방으로 향했다.

"말도 안 돼……. 이렇게 빨리 부대가 파견될 리가……."

방으로 들어가자마자 란베일의 목소리가 들렸다.

"하지만 조금 전에는 이쪽의 항복을 재촉하기 위한 사자도 왔습니다."

"대체 무슨 일이지?"

뒤를 돌아본 란베일의 얼굴은 어쩐지 창백해 보였다.

"실은 지금 막 동지에게서 보고를 받았다. 정부군이 가도를 따라 진을 쳤으며, 그 부대를 이끄는 자가 제2왕자인 아벨 렘노라더군."

"어머나! 아벨 왕자님께서요?"

뜻밖의 소식에 미아가 소리쳤다. 기쁨이 치밀어올랐다.

그렇다. 많은 분이 잊고 계셨겠지만 미아의 구성성분 중 몇 퍼센트는 '사랑에 빠진 소녀'로 이루어져 있다. 그 외 몇 퍼센트는 미소년의 몸을 보고 실실 웃거나 불량 소년을 상대로 폼을 잡는, 꼴사나운 어른으로 이루어져 있지만……

아무튼 미아 안에 잠든 소녀심이 그녀의 심장을 두근거리게 했다.

——아아, 어제 목욕해두길 잘했어요!

크게 기뻐하는 미아였지만 그런 두근거림도 바로 시무룩해졌다. 왜냐하면.

"왕족이 직접 부대를 이끈다면 사기 고취가 목적이겠지."

시온이 바로 옆에서 떨떠름한 표정을 짓고 있었기 때문이다.

"이미 와 있던 금강보병단에 원군과 함께 왕의 명령을 보냈다는 건가. 아벨 왕자, 그게 네가 선택한 길이냐."

작게 중얼거린 시온은 다시금 란베일 쪽을 보았다.

"사자가 뭐라고 말했는지 자세히 알려줘. 그리고 군대가 진을 쳤다는 장소도 듣고 싶다."

"아니, 하지만……"

"우리나라의 협력을 기대한다면 내가 시키는 대로 해야 하지 않겠어?"

란베일은 생각에 잠긴 표정을 지었다가 바로 고개를 끄덕인 뒤 부하에게 지시를 내렸다.

그 후 시온은 미아 쪽을 보았다.

"미아, 너는 가고 싶지?"

"네……? 아, 아뇨, 하지만……."

순간 주저했다.

뭐니 뭐니 해도 지금부터 향할 장소는 전장이 될지도 모르는 위험한 지역이다. 그런 장소에 냉큼 따라갈 수 있을 리 없으니…….

"뭐, 네가 가지 않아도 나는 가겠지만……. 그래, 네가 따라오지 않는 게 편할지도 모르겠군."

"네? 어째서……?"

"아벨 왕자에게 물어봐야 하는 일이 생겼다. 경우에 따라서는……."

시온은 허리에 찬 검을 살짝 더듬은 다음 눈을 날카롭게 휘었다.

"그날 밤, 네게 했던 말을 실천하게 되겠지. 백성이 학살당하는 걸 어이없이 방관할 수는 없어."

"아벨 왕자님을……, 죽이실 건가요?"

미아는 자신의 목소리가 떨리는 걸 느꼈다.

"그렇게 되지 않길 바라지만……."

그 말을 듣고…… 미아는 각오했다. 그건 미아가 지금까지 살면서 일생일대의 각오라고 할 수 있을 만큼 무겁고 굳은 각오였다.

미아는 아벨이 죽길 바라지 않았다.

그리고 시온도……, 이런 일로 죽는 걸 바라지 않았다.

자신이 뭘 할 수 있을 것 같진 않지만, 자신이 모르는 곳에서 두 사람이 목숨을 건 결투를 하는 건 사양이었다.

미아는 작게 숨을 들이마셨다가, 내쉬고, 소심한 마음에 있는 힘껏 기합을 넣은 다음 말했다!

"시온, 저도…… 저도 가게쯉니다!"

……혀를 깨무는 바람에 발음이 꼬였다.

익숙하지 않은 일은 하는 게 아니라는 좋은 예시다.

각오가 담긴 날카로운 시선을 시온에게 보내는 미아.

그 눈동자는 아픔 때문에 조금 젖어 있었다.

제38화 재회와 결투……

"반란군에게선 아직 아무 연락도 없나?"

말이 즐비하게 늘어선 가운데, 아벨 옆에 있는 키가 큰 남자가 날카로운 목소리로 말했다.

풍성한 콧수염과 매처럼 예리한 눈이 특징적인 그 남자의 이름은 베르나르도 바질.

렘노 왕국 대응군, 제2기사단의 단장이다.

'강철창'이라는 이명을 지닌, 렘노 왕국에서도 손에 꼽히는 전사이다.

나무로 된 봉 끝에 금속으로 만든 창날을 붙인 통상적인 창과는 달리, 전체를 하나의 강철 막대로 만들어내서 보통 사람에게는 너무 무거운 창을 가볍게 휘두르기 때문에 붙은 별명이 강철창이다.

금강보병단과는 달리 수많은 도적단을 괴멸시키고 이웃 나라와의 전투에서도 모조리 승리하며 무훈을 쌓아 올린, 진정으로 숙련된 기사이다.

──실질적인 지휘는 베르나르도가 담당하고, 따라온 내 첫 출진을 띄워주려고 하는 건가…….

아벨은 그렇게 판단했지만…….

"왕자님, 어떻게 하시겠습니까? 이 이상 시간을 줄 필요는 없다고 봅니다만……. 다행히 세니아는 성벽도 낮고 반란분자들이 만든 바리케이드도 빈약합니다. 돌파하기 어렵지 않을 겁니다."

베르나르도는 꼬박꼬박 아벨에게 지시를 청했다.

나약한 제2왕자를 경시하는 자가 많은 와중에 아벨의 생각을 존중하는 그 자세는 신하로서 완벽한 예를 갖추고 있었으나…….
아벨에게는 다소 무겁기도 했다.

자신의 판단으로 백성을 탄압해야만 하기 때문이다.

"왕자의 의무……, 라."

입안에서 작게 중얼거린 뒤 아벨은 시선을 들었다.

"내버려 두기에는 성가신 장소지. 병사들의 사기를 올리기 위해서도 단숨에……."

"보고! 마을에서 움직임 포착!"

급히 달려온 병사의 목소리에 긴장이 확 퍼졌다.

"뭐지? 사자라도 보낸 건가?"

베르나르도의 날카로운 질문에 그 젊은 병사는 난처해하는 얼굴로 대답했다.

"아뇨, 그게…… 어린아이 둘이 와서……. 아벨 전하와 면회하겠다고 합니다."

"어리석군. 반란분자가 아벨 전하를 뵈려 하다니……. 그런 요구를 허락할 리 없을 텐데. 그런데 어린아이라고?"

"그, 그게……, 평범한 어린아이가 아니라 아벨 전하의 학우라고 합니다……."

"실례하지."

보고하는 병사를 밀어내며 한 소년이 나타났다.

늠름한 행동거지. 타인을 압도하는 절대적인 제왕의 분위기에 주눅이 든 병사들이 길을 비켜주었다.

"시온 왕자! 네가 어째서 여기에 있는 거지? 아니, 잠깐…….
그렇다면 설마……."

아벨은 경악해서 눈을 크게 떴다. 시온 바로 뒤에 그녀의 모습이 보였기 때문에…….

"미아 황녀……."

"오랜만이에요, 아벨 왕자님."

햇빛을 받아 달빛처럼 빛나는 백금색 머리카락, 깊은 지성의 광휘가 깃든 아름다운 눈동자, 매끄러운 피부……. 그날, 그 무도회 날 밤과 같은 아름다운 빛을 휘감은 미아 루나 티어문이 아벨 앞에 나타났다.

"날 만나러 온 거라면 기쁘지만……."

"어머나? 그것 말고는 여기에 올 이유가 없지 않나요?"

미아는 작게 고개를 갸웃거렸다. 하지만 아벨은 뼈저리게 이해하고 있었다.

물론 자신을 만나러 왔다는 건, 틀린 말은 아닐지도 모르지만……. 그 이상으로 이 어리석은 싸움을 막으러 온 것이다.

제국의 예지, 미아 황녀가 오직 자신을 만나기 위해 왔다는 생각은 차마 할 수 없었다.

——아마 미아 황녀는 내 편을 들어주진 않겠지……. 그래도 나는…….

짧은 동요 후, 아벨은 각오하듯 숨을 내뱉고 입을 열었다.

"시온 왕자, 너는? 설마 너도 미아 황녀처럼 날 만나러 왔다는 건 아니겠지?"

"그래, 그렇지. 이번에 나는 미아 황녀의 호위로 따라온 거였지만……, 이쯤 되니 가만히 있을 수 없어서 말이다."

시온은 허리에 찬 검을 가볍게 건드렸다.

"예상했던 것보다는 조금 이르지만……, 여름방학 전에 재대결하기로 약속했던 것을 이루도록 할까."

아벨은 순간 허를 찔린 듯 깜짝 놀랐다.

"그건, 즉…… 나에게 결투를 신청한다는 거야?"

"네가 검을 빼지 않고 왕도로 돌아간다면 겨울 검술대회까지 기다릴 수도 있는데."

어깨를 움츠리는 시온에게 아벨이 대답하려 한 순간, 옆에서 대기하고 있던 베르나르도가 한 걸음 나섰다.

"들을 필요 없습니다, 아벨 전하. 일군을 이끄는 왕자께서 직접 일대일 결투라니……."

"물러나라, 베르나르도. 선크랜드의 왕자가 자신이 믿는 정의를 위해 목숨을 건 결투를 신청했다. 거절하면 병사들의 사기가 추락할 테지."

아벨은 그 진언을 일축했다.

그 후 미아 쪽으로 힐끔 시선을 돌리며 희미한 쓴웃음을 지었다.

──게다가 그녀 앞에서 물러날 수는 없다는 이유도 크고. 나도 참…….

작게 숨을 내쉰 뒤 아벨은 말했다.

"알았어. 시온 왕자, 그 결투 신청을 받겠다."

──어, 어라? 이상하네요…….

눈앞에서 펼쳐지는 광경에 미아는 고개를 갸웃거렸다.

──저 분명 말했잖아요? 아벨 왕자님을 만나러 왔다고…….

에리스의 소설에선 이렇게 하면 그……, 와락 포옹도 하고, 좋은

분위기가 흐르면서 해결되지 않았던가요……?

그렇기 때문에 미아는 두 팔을 크게 벌려서 아벨 왕자를 껴안

을 준비를 하고 기다리고 있었는데…….

어째서인지 이야기의 중심은 미아가 아니라 아벨과 시온 두 사

람에게 넘어가 있었다.

──아아, 예전에도 이런 적이 있었죠. 검술대회 때 점심으로

샌드위치를 먹을 때였어요. 그때도 저를 버려두고 둘이서만 대화

했는데…….

"우리나라의 가도는 넓고 평탄하게 다져있지. 그곳이라면 싸울

장소로는 부족하지 않을 거다."

그러는 사이에도 시온과 아벨이 걸어 나갔다.

"아벨 왕자님! 기다려주세요, 결투라니 그건!"

미아는 크게 당황하며 아벨에게 달려가려 했으나, 그 직전에

베르나르도에게 잡혀버렸다.

"베르나르도, 네게 특별히 명령한다. 그녀를, 제국의 미아 황녀

전하를 지켜. 그녀에게 상처 하나 입히지 마."

"괜찮으신 겁니까?"

"황녀는 나와 시온의 결투가 정당한 것이었음을 증언해야 해. 렘노도 선크랜드도 아닌 그녀의 말이라면 선크랜드 국왕도 불평하지 않겠지."

"안 돼요! 아벨 왕자님, 그러지 마세요!"

"너와는 좀 더 다른 형태로 재회를 기뻐하고 싶었어……, 조금 더."

아벨은 작게 고개를 저은 뒤 자조하는 미소를 지었다.

"하하, 미련이 넘치네. 나도 참…….''

마치 그 마음을 끊어내듯 아벨은 미아에게서 시선을 돌리고…….

"아벨 왕자님!"

다시는 그 목소리에 돌아보지 않았다.

그 시선이 향하는 곳에 서 있는 사람은 한 명의 소년.

"미아의 말은 닿지 않았나?"

"설령 상대가 누구라고 해도 막을 수는 없어. 너라면 알고 있을 거야. 시온 왕자."

"부패한 왕권을 위해 목숨을 바치는 거냐, 아벨 렘노."

"그래도 왕권은 필요해. 질서가 없는 세계에선 더 많은 민중이 괴로워하게 될 거야. 썩었다고 해도 왕의 검은 필요해."

만약 왕족도 귀족도 전부 일소해버리면 치안은 망가지고 도적이 창궐하게 될 것이다.

"만약 권력이 부패했다면 그걸 바로잡는 게 내 역할이야."

결연하게 선언한 아벨은 조용히 검을 뽑았다.

"그래도 너희가 백성을 짓밟으려 하는 걸 간과할 수는 없다."

그러기 위해서는 자국의 개입도 불사한다. 부패한 권력자를 끌어내리고, 새로운 통치기구가 움직일 때까지 자국이 그 역할을 짊어지는 것도 시야에 넣은 시온과 렘노 왕가에 속한 아벨의 견해는 끝없이 엇갈렸다.

"만약 네가 백성을 괴롭히는 행위에 가담하겠다면 여기서 내 검 앞에 스러져라, 아벨 렘노."

날카로운 시선으로 아벨을 노려본 시온이 검을 뽑았다.

과거에 그러했듯 아벨은 머리 위로 높이 검을 들어 올린, 공격적인 상단세.

반대로 시온은 팔을 아래로 늘어뜨려 카운터를 노리는 하단세.

"그때와 똑같으리라고 생각하지 마. 오늘의 나에게 방심은 없다."

"그런 생각을 할 리가. 하지만 원래 내가 널 상대로 할 수 있는 건 하나밖에 없거든."

다음 순간! 먼저 공격한 사람은—— 시온이었다!

기습!

낮은 자세로 단숨에 아벨의 품 안에 파고들었다.

적의 공격을 기다리는 게 기본인 시온의 선제공격. 그건 확실하게 아벨의 의표를 찔렀다.

계획은 성공했다. 그 기습에 아벨은 한걸음 뒤로 물러나 자세가 무너졌다.

하지만—— 잘 풀린 건 거기까지였다. 물러나면서 날아온 참격이……, 그 날카로움이 시온의 예상을 웃돌았기 때문이다.

"큭!"

검을 들어 무거운 일격을 받아냈다. 동시에 한걸음 후퇴해 충격을 줄였다.

"완벽한 자세가 아니어도 이 위력이라니. 제대로 당했다면 어떤 위력이 나왔을지."

한 걸음 더 물러나 간격을 벌렸다.

"그렇군……. 재대결을 위해 훈련을 거듭한 건 나만이 아니었다는 건가."

"천재인 널 능가해야 하니까. 기합이 들어갈 만도 하지. 어쨌거나 나는 요령이 없거든."

자세를 바로잡은 아벨은 이번에야말로 공격을 날렸다.

"노력은 대단하군. 하지만 간단히 내어놓을 만큼 쉬운 목이라고 생각하지 마라."

힘차게 발을 내디디며 매끄러운 동작으로 쏘아 보내는 강격을 시온은 검을 기울여서 흘려보냈다. 칼날 위로 불꽃이 튀고, 받아내지 못한 충격 때문에 팔에 생채기가 났다. 그러나.

"하압!"

직후, 마침내 시온의 참격이 날아갔다.

검술대회 때조차 단 한 번도 보이지 않았던, 시온이 본래 구사하는 카운터.

그건 정확하게, 날카롭게 아벨의 옆구리를 찔렀다. 하지만…….

"하아아아압!"

아벨은 힘찬 기합을 지르면서 어깨를 날려 시온에게 몸통 박치기를 가했다.

"……큭, 일부러 가까이 접근해 간격에서 벗어나다니. 제법인데, 아벨 렘노."

"너야말로……. 간격을 없애지 않았다면 지금 공격에 치명상을 입었을 거야. 체인 메일을 간단히 찢어버리다니 역시 대단해, 시온 왕자."

피가 번진 옆구리를 가볍게 두드리며 아벨이 웃었다.

검을 겨눈 두 사람이 교차할 때마다 붉은 선혈이 흩날렸다.

아벨의 묵직한 강격을 흘려내면서 확실하게 반격을 가하는 시온. 그 검술은 마치 검무 같았다.

그날 밤의 무도회 모습을 방불케 하는 화려한 움직임에 지켜보던 병사들이 숨을 삼켰다.

천재라는 이름에 부끄럽지 않은 압도적인 검기에 반해 그에게 맞서는 아벨의 무기는 오직 하나.

그것은 물러날 수 없다는 결의…….

보통 사람이라면 느낄 법한 주저, 시온의 공격을 받을 때 무의식적으로 반응하는 순간적인 경직, 그로 인해 발생하는 거리를 아벨은 가뿐히 뛰어넘었다.

공포를 삼키고 한 걸음 더 나아감으로써 시온의 간격을 미묘하게 어그러뜨렸고, 결과적으로 아벨은 치명상을 입지 않고 있었다.

게다가 아벨 쪽은 전투용 방어구를 입고 있었다는 것도 데미지 경감에 도움이 되었다.

"여기까지 하다니……. 역시 너는 방심할 수 없는 남자인 모양이군."

"후후, 널 실망시키지 않아서 다행이야."

오기로 버티면서 미소를 짓는 아벨이었지만…… 그 얼굴에는 이미 여유가 없다. 조금 전부터 시온의 공격의 위력이 올라갔다는 걸 느끼고 있었다.

시온 솔 선크랜드의 검은 천재의 검.

싸우면서 간격을 조절하는 것쯤은 어렵지 않다.

──더는 못 버티겠어……. 다음이 마지막인가…….

무릎을 꿇고, 고통 때문에 얼굴을 조금 찡그린 아벨은 한숨을 쉬었다.

그 후 미약하게 시선을 움직여……, 미아 쪽을 보았다.

──그래……. 나는 그녀 앞에서 꼴사나운 모습을 보일 수는 없어.

크게 숨을 들이마신 아벨이 다시 일어났다.

"검을 들어, 시온 왕자. 마지막 승부다!"

검을 거머쥔 아벨은 다음 일격에 모든 것을 걸기 위해 힘을 담았다.

"이제 그만 하세요! 두 분 다, 정말로 죽어버리겠어요!"

두 사람의 모습을 보고 불길한 예감에 휩싸인 미아는 다시 소리쳤다. 하지만…… 역시 미아의 목소리는 닿지 않았다.

두 사람이 검을 거두려는 기색은 없었다.

그 모습을 본 미아의 마음을 절망이 지배했다.

──아아, 제 말은 결국 닿지 않는 거군요…….

이전 시간축에서의 일이 떠올랐다.

미아는 증오와 분노에 지배당한 민중에게 몇 번이고 말을 걸었다.

루드비히와 함께 제국 각지를 돌던 때, 제국의 황녀로서 소리쳤다.

하지만 끝내 사람들의 신뢰를 얻어내진 못했다.

──그때와 같아요…….

미아는 눈앞에서 칼날을 맞대려 하는 두 사람의 모습을 절망에 잠기며 바라보았다.

생각해 보면 그건 당연한 건지도 모른다.

검을 들고 싸울 의지를 품은 인간 앞에서 말은 무력하다.

그러니 미아의 말 역시…… 닿지 않는 것이다.

…………정말로?

정말로 미아의 목소리는, 바람은…… 닿지 않는 걸까?

아니── 그렇지 않다!

결투에 임하는 왕자들에게는 그 목소리가 닿지 않았다고 해도── 지금까지 쌓아온 인연은 그녀의 목소리를 전해주었다.

대체 누구에게?

그녀의, 믿음직스러운 충신들에게!

"곤란한데……."

미아 바로 옆을 달려가는 한 줄기의 질풍.

그 바람에 미아의 뺨을 타고 흐르던 눈물이 허공을 날아 반짝반짝 빛났다.

"우리 황녀님을 울리다니, 말썽 좀 그만 부리지? 왕자님들."

바람은 멈추지 않고 결투의 중심지── 검을 내리그으려는 아벨과 그 공격을 받아치고자 검을 들어 올리는 시온 사이에 파고들었다.

날카로운 금속음. 그 소리는…… 둘!

직후, 두 자루의 검이 하늘을 날았다.

검을 잃고 움직임을 멈춘 두 왕자 사이에 한 남자가 있었다.

두 손에 든 검을 아벨과 시온 양쪽에 각각 들이댄 그 남자…… 디온 알라이아는 쾌활한 미소를 지었다.

"우리 황녀님은 울보니까 너무 울리지 말아 주겠어?"

"앗……."

갑작스러운 아군의 도착에 미아는 몸에서 힘이 쭉 빠지는 걸 느꼈다.

무릎이 푹 꺾이고 비틀비틀 뒤로 쓰러지는 미아. 하지만 바로 부드러운 것이 그녀를 끌어안아 받아주었다.

"미아 님……!"

그리운 목소리. 미아가 당황하며 돌아보자 그곳에는.

"무사하셔서 다행이에요!"

"아, 안느……."

눈동자에 눈물이 가득 고인 최고의 충신이 서 있었다.

"안느, 안느으……."

미아가 안느를 와락 끌어안은 다음 순간 바로 옆에서 격노하는 목소리가 터져 나왔다.

"무례하다! 네놈, 언제까지 전하께 검을 들이대고 있을 셈이냐!"

미아의 호위를 맡았던 남자, 강철창 베르나르도가 분노하는 표정으로 디온을 노려보고 있었다.

"왕족 간의 신성한 결투에 찬물을 끼얹다니, 예의도 모르는 놈."

"아하하, 뭐 그렇겠지. 목숨을 건 왕자의 충신이 참고 있는데 멋대로 끼어들지 말라는 느낌? 근데 내가 검을 맡긴 사람은 이 두 전하가 아니거든."

"닥쳐라! 그 무례는 죽어 마땅하다! 목숨으로 갚아라!"

직후 베르나르도가 달려 나갔다.

그걸 본 디온은 기뻐하는 미소를 짓더니, 왼손에 든 검을 바닥에 꽂고 오른손의 검을 두 손으로 고쳐잡았다.

제39화 제국 최강VS강철창

강철창── 그것은 창날부터 손잡이까지 전부 강철로 만들어진, 날카롭고 무거운 창을 다루기 때문에 붙은 베르나르도의 이명이다.

평범한 병사는 오래 들고 있지도 못하는 그 무거운 창을 가볍게 꼬나쥔 베르나르도가 돌격했다.

"그 수많은 무례는 죽어 마땅하다. 내 창으로 찔러 죽여주마!"

기마병이라도 되는 것처럼 어마어마한 돌진에서 힘을 얻어 모든 기세를 실은 찌르기. 그건 마치 땅을 타고 가는 회오리바람처럼 디온에게 쏟아졌다.

격돌!

깡! 무겁게 울리는 금속 소리.

교차는 한순간. 베르나르도는 디온의 뒤로 달려갔다.

찰나의 정적. 그 후 검을 휘두른 자세를 유지한 채 디온이 말했다.

"그래, 대단한 찌르기로군⋯⋯. 칭송받을 만해. 하지만 한 가지, 궁금한 게 있는데⋯⋯."

검을 고쳐 쥐며 돌아본 디온이 웃었다.

"그 창날을 잃은 창으로 어떻게 나를 찔러 죽일 생각이지?"

직후, 바람을 가르는 소리가 나며 하늘에서 깨끗하게 베인 창날이 떨어져 내렸다.

그건 전장에서는 흔히 있는 풍경…… . 모여있던 병사들은 멍하니 그것을 보다가…… .

떠올렸다.

그게 평범하지 않은 광경이라는 것을.

베르나르도가 사용하는 창은 평범한 창이 아니다. 한 덩어리의 강철이다. 그 창날이 베였다는 건, 즉…… .

"강철을 베다니, 적이지만 훌륭하군."

뒤를 돈 베르나르도의 손에는 깨끗한 절단면이 남은 강철봉이 들려있었다.

두 사람이 교전한 그 짧은 시간에 디온이 휘두른 고속의 칼날이 강철을 베어버려 창을 봉으로 바꿔버린 것이다.

"뭐, 주군 앞이니까 이 정도는 해야지. 그래서? 어떻게 할래?"

"뻔하지 않은가…… . 찌를 수 없다면…… 때려죽일 뿐."

강철봉을 붕 휘두른 베르나르도가 웃었다.

초중량의 강철봉을 가볍게 휘두르는 베르나르도에게 그것은 평범한 창대가 아니었다. 그것은 머리를 스치면 의식이 날아가고, 제대로 공격이 들어가면 뼈마저 부숴버리는 무시무시한 흉기가 되었다.

아직도 수그러들기는커녕 한층 강해지는 살기에 이번엔 디온이 찬사를 보냈다.

"하하하, 아주 훌륭한데. 렘노 왕국에도 재미있는 녀석이 있잖아. 이름을 물어봐도 될까?"

"베르나르도 바질. 제2기사단, 단장이다."

"오, 소문이 자자한 강철창인가. 그래, 그렇군. 확실히 그 소문대로 호걸이야. 당신 같은 자가 있다니, 렘노 왕국도 영 얕볼 수 없겠어."

"나도 이름을 들어둘까. 제국의 기사여."

"디온 알라이아. 외람되지만 제국최강의 기사라고 자부하지."

농담을 던지는 디온을 향해 베르나르도는 코웃음을 쳤다.

"흥, 귀공 정도로 최강이라니. 티어문 제국의 수준이 보이는군."

"……말은 잘하는군. 강철창. 그 경솔한 입을 후회하지 않길 빌어."

디온은 지면에 꽂았던 검을 뽑아 다시 이도류가 되었다.

"돌격, 돌진, 돌파야말로 창술사의 명예. 후회 같은 나약한 짓을 할 만큼 한가하지 않다."

베르나르도는 강철봉을 찌르듯이 잡고는 반격의 자세를 취했다.

일촉즉발. 다시 긴장의 불꽃이 튀기 시작한 바로 그때……!

"양측 다 거기까지!"

날카로우면서도 늠름한 목소리가 높게 울려 퍼졌다.

"자중하라! 미아 황녀 전하의 어전이다. 양측 다 신속히 무기를 거둬라!"

어느새 나타난 건지……. 미아 바로 옆에서 루드비히가 당당히 소리 높여 주장했다.

그쪽으로 시선을 힐끔 던진 디온이 어쩔 수 없다는 듯 한숨을 쉬고는 두 손에 든 무기를 땅에 꽂았다.

그리고는 베르나르도 쪽을 흘겨보았다.

"쳇……."

반면 베르나르도는 못마땅한 표정을 지으면서 봉을 내렸다.

그가 돌격한 이유는 두 가지.

하나는 당연히 정체를 알 수 없는 남자가 검을 들고 왕자 옆에서 있다는 상황을 타개하기 위해.

분위기상 왕자에게 해를 가하리라고 보기는 어려웠지만, 그렇다고 내버려 둘 수도 없었다.

하지만 여기에 박차를 가하는 또 다른 이유가 더 컸다. 그건 그 자리의 주도권을 쥐는 것…… 이었으나…….

베르나르도가 무기를 내리자 모든 사람의 시선이 자연스럽게 미아에게 향했다.

주도권을 쥔 자, 이 자리의 지배자인 미아에게…….

"흐어……?"

애초에…… 전하의 어전이라고 한다면 아벨도 전하고, 미아와 동격인 시온 역시 이 자리에 존재한다.

하지만 강력한 기사인 베르나르도를 압도한 디온이, 이 자리의 최강의 전사인 남자가 고분고분 명령에 따라 검을 거두자 이 자리의 주도권은 완전히 미아에게 넘어갔다.

루드비히의 절묘하면서도 교묘한 유도였다.

그렇게 판을 깐 뒤에 루드비히는 미아 쪽을 보았다.

'자, 여기서부터는 당신 차례입니다'라는 양 자랑스러워하는 얼굴로…….

……솔직히 미아로서는 민폐였다.

지금의 미아는 다리가 풀린 데다 울상이 된 상태였으니까.

──어? 어? 왜 다들 저를 보는 거죠?

병사들의 시선을 받자 소심한 유리 심장이 비명을 질렀다.

하지만……, 지금의 미아에게는 의지할 수 있는 충신이 옆에
있다.

도움을 요청하며 안느 쪽을 보자 최고의 충신은 든든하게 고개
를 끄덕이더니 미아의 눈물을 닦아 얼굴을 깨끗하게 다듬어주고
머리카락도 슥슥 정리해준 다음 한 번 더 고개를 끄덕였다.

"저희가 있으니까요……."

──아, 아아……. 도망칠 수 없는 거군요…….

그 말에 미아는 마침내 결심하고 병사들 쪽을 돌아보았다.

어제 목욕한 데다 살짝 촉촉하게 젖은 그 눈동자는 미아에게 미
소녀 같은 분위기를 더해주었다.

훗날 출판된 미아 황녀전에는 그 자리에 있던 병사의 증언이 실
려 있었다.

"그 모습은 전장에 강림한 달의 여신과도 같았다." (주 : 에리스의
의역)

제40화 미아의 '아슬아슬한' 연설

잊어버리셨을지도 모르지만, 미아도 황녀로서 태어난 자. 사실 많은 사람 앞에서 말하는 건 익숙했다.

이전 시간축에서의 이야기이긴 하지만 노성이 오가는 장소에 루드비히와 함께 찾아가 연설했던 적도 없지는 않았다.

하지만…….

──어, 어쩐지 조금 무서워요!

자신에게 모인 시선에 미아는 살짝 겁먹었다. 완전무장한 젊은 남자들이 조용해져서 미아의 목소리에 열심히 귀를 기울이려 하고 있기 때문이다.

──정말이지! 좀 더 시끄럽게 떠들면 좋을 텐데요.

이래서는 작은 말실수도 할 수 없다며 분개했지만, 그게 문제였던 걸까.

"여러분, 들어주세요. 저는 미아 루냐…………."

발음이 꼬였다.

성대하게 꼬여버렸다. 심지어 자신의 이름에서.

지난번에 깨물었던 곳을 또 깨물었기 때문에 구내염이 조금 걱정되었다.

그건 그렇다 치고……, 긴장해서 얼굴이 딱딱해져 있던 병사들은 그 기습에 당해버렸다.

몇 명은 웃음을 터트렸고, 몇 명은 얼굴이 빨개진 미아에게 훈훈한 시선을 보냈다.

한편 처음 자기소개 시점에서 병사들의 마음을 사로잡은 미아를 본 루드비히는 눈을 부릅떴다.

"설마 지금 이것도 일부러……?"

이런 식으로 엉뚱한 소릴 중얼거렸지만, 당사자인 미아에겐 그게 중요한 게 아니었다.

부들부들 떨면서, 비틀비틀 돌아서서 안느의 옷에 얼굴을 묻었다.

"……더는 싫어요."

"미, 미아 님. 힘내세요!"

"……이런 치욕은 처음이에요!"

부끄러움을 얼버무리기 위해 분노하며 소리치는 미아. 뭐, 자업자득이니 아무에게도 따질 수 없지만…….

그래도 마음을 다잡은 미아는 다시 말을 하려…… 다가 깨달았다.

──어라? 저 무슨 이야기를 하면 되는 거죠?

생각해 볼 것도 없이, 미아에게 렘노 왕국군을 막을 계획은 없다. 애초에 미아가 여기까지 온 건 아벨을 만나기 위해서였다.

그 목적은 달성했으니……, 지금까지도 결코 생각이란 걸 하며 행동한 건 아니었지만 여기서부터는 더욱더 백지상태인 셈이다.

──어, 어, 어떻게 하죠……?

마음속 동요를 숨기기 위해 미아는 극상의 미소를 지었다. 웃어서 얼버무리자는 작전이다.

그 미소에 병사들의 열기와 기대가 더욱 끓어올랐다. 어제 목욕해서 되찾은 피부의 위력은 대단했다!

하지만 그것도 한계가 있다.

──이, 이 이상 입을 다물고 있을 수는 없어요!

침묵에 견디다 못해 쓸데없는 소리를 나불거리는 사람이 종종 보이는데……, 미아가 바로 그 타입이었다.

아무런 생각 없이 미아가 입에 담은 말은 겉치레조차 잊은 소망이었다.

즉…….

"렘노 왕국군 여러분, 이대로 검을 거두고 왕도로 돌아가 주시기 바랍니다."

이것이다! 당연히…….

"말도 안 되는 소릴. 아무것도 하지 않고, 반란군을 내버려 둔 채 돌아가라는 건가!"

바로 반론이 날아왔다. ……어마어마한 기세였다.

분노하며 외친 사람은 베르나르도였다. '이 꼬맹이가 무슨 소릴 하는 거야!'라는 시선에 미아는 겁을 잔뜩 집어먹었다.

──히익! 이, 이, 이 사람 무서워요! 디온 대장과 같은 냄새가 느껴져요!

그 박력에 미아의 뇌가 드디어 돌아가기 시작했다. 조금 늦은 감이 있지만, 어쩔 수 없다. 끝까지 멍하니 있는 것보다는 낫다.

그렇게 미아가 내린 결론, 이 궁지에서 벗어날 수 있는 방법. 그것은!

"그, 그야 바보 같은걸요. 당신들이 싸우다니……."

아첨이었다…….

상대는 오합지졸이잖아요? 당신들 같은 훌륭한 기사가 상대할 가치도 없어요! ……라는, 미아 나름대로 전력을 담은 아첨이었다.

하지만 그 말에 어떤 병사들은 더 큰 분노를 드러냈다.

목숨을 걸고 치안을 회복하기 위해 싸우려는 자신들의 용기를 무시했다고 느꼈으니 화가 나는 것도 당연했다.

또, 어떤 병사들은 위화감을 느꼈다.

백성을 학살하는 짓은 극악무도하다며 비난하는 거라면 그래도 이해할 수 있다.

혹은 단순히 피를 흘리는 걸, 싸우는 걸 기피하는 말이라고 해도 수긍은 간다.

상대는 아직 어린 소녀. 전쟁을 두려워하는 마음에서 그런 말을 했을 가능성은 차고 넘친다.

하지만── 하필이면 바보 같다니? 무슨 의미인 걸까?

그 기묘한 표현에 고개를 갸웃거릴 수밖에 없었다.

그리고……, 미아를 아는 사람, 즉 아벨 왕자에게 제국의 예지에 대한 소문을 듣고 나약한 왕자를 믿음직한 젊은 주군으로 성장시킨 상대방이 그녀임을 아는 자들은…… 이렇게 생각했다.

'그 제국의 예지가 바보 같다고 하다니, 정말 이 싸움은 바보 같은 싸움인 게 아닐까?'라고.

심각한 의문에 맞닥뜨린 그들은 미아의 다음 말을 더욱 열심히 기다렸다.

──히익! 이, 이 사람들은 제 빈말이 통하지 않아요!

애초에 미아는 빈말을 잘 못하기 때문에 어지간한 사람들에겐 다 통하지 않지만, 그건 그렇다 치고…….

분노든 호기심이든, 미아는 자신을 향한 시선 변화를 민감하게 알아차렸다.

'이건 위험한 상황인 게 아닐까?' 하며 식은땀을 줄줄 흘리는 미아 옆에서 목소리가 날아왔다.

"바보 같다는 말은 썩 좋지 않은데, 미아. 그러고 보면 너는 전에도 마음에 걸리는 말을 했었지. 위화감이 있다고 했던가……?"

치료를 다 받은 시온이 팔짱을 끼고 미아 쪽을 보고 있었다.

"그거예요!"

미아는 그 지원사격을 받아먹었다. 흐름을 바꿀 수 있다면 뭐든 좋았다.

"네, 맞아요. 바로 그거예요. 확실히 그런 말을 했죠."

입에 담아보고 새삼 실감했다.

이 상황은 이상하다. 명백하게 이해할 수 없다.

그것은 제국에서 혁명이 일어나기 전에 나라가 기울어가는 모습을 상세히 지켜보았던 미아이기 때문에, 루드비히에게 비아냥이 촘촘히 박힌 해설을 들었기 때문에 눈치챌 수 있었던 위화감.

렘노 왕국에서 직접 본 것과 과거 티어문 제국이 놓여있던 상황은 전혀 다르다.

그런데도 내란이 일어난 원인도, 그 후의 흐름도 몹시 흡사했다.

루돌폰 변경백과 다사예프 도노반 재상.

백성의 아군인 귀족이 핍박을 받은 것을 계기로 내란이 일어난다. 그리고 둘 다 압정에 괴로워하는 민중을 구하는 건 선크랜드 왕국이다.

조건이 완전히 다른 두 개의 장소에서…… 그런 우연이 일어날 수 있을까?

──절대 그렇지 않아요.

이건 마치 누군가가 선크랜드 왕국을 정의의 집행자로 만들어 내려고 하는 것 같지 않은가.

누군가가……, 운명의 신인가, 혹은 잔혹한 악마의…….

"교활한 음모…… 같아요."

거기까지 생각한 미아는 퍼뜩 깨달았다.

──어라? 하지만 이걸…… 어떻게 설명해야 하는 거죠?

그렇다. 모든 것은 이전 시간축의 지식이 전제된 의혹이다. 미아는 자신의 위화감을 설명할 방법이 없었다.

──어, 어, 어떻게 해야 하죠?!

초조해하는 미아였지만, 바로 옆에서 뜻밖의 인물이 도와주었다.

"교활한 음모라……. 그렇군, 황녀 전하께선 이 반란이 누군가의 간계에 의해 일어난 일이라고 생각하는 겁니까. 우리나라를 분열시키기 위한 반란이자, 그자의 손바닥 위에서 놀아나 동포끼리 피를 흘리는 건 '바보 같은 짓'이라고……, 황녀 전하께선 그렇게 말하고 싶은 거죠?"

베르나르도가 조금 전의 험악한 반응과는 정반대로 미아에게 흥미롭다는 시선을 보내고 있었다.

"흐어……?"

"역시 미아 황녀 전하. 역시 깨닫고 계셨습니까."

"역시 대단하세요, 미아 님!"

입을 떡 벌린 미아를 루드비히와 안느가 감탄하면서 띄워주었다.

유일하게 디온은 팔짱을 끼고 상황을 지켜보고 있었지만……

"그렇다는 건, 혹시 시온 왕자님께서 몸을 던져 아벨 왕자님을 막으려 한 것도 그런 사정이 있었기 때문입니까?"

베르나르도가 시온 쪽으로 시선을 돌렸다. 시온은 천천히 고개를 저었다.

"아니, 나는……."

──모, 모처럼 원만하게 수습되려는 분위기였는데 뭘 솔직하게 부정하려는 거예요?!

미아는 허둥지둥 시온의 입을 틀어막았다.

시온은 자신 내면에 양보할 수 없는 것이 있었기 때문에 싸운 거고, 아벨 또한 그럴 터……. 그걸 오해받은 채로 두는 건 아벨에게도 실례가 될 것이라든가, 뭐 그런 다양한 생각에서 입을 연 셈이었지만……. 솔직히 미아에게 그런 건 알 바 아니었다.

입을 틀어막은 뒤 어떻게든 시온을 설득할 수 있는 논리를 만들어냈다.

이때 미아의 두뇌 회전은 역대 최고속도를 자랑했다.

"조, 조금 더 정확하게 하자면 반은 정답입니다."

"반?"

의아해하는 표정인 베르나르도. 마찬가지로 고개를 갸웃거리는 시온의 귀에 미아가 빠르게 귓속말을 했다.

"당신은 저를 지키기 위해 오신 거니까, 제 목적이 그 교활한 음모를 해결하기 위해서라면 적어도 반은 그걸 위해 왔다고 할 수 있는 게 아닐까요? 그렇죠?"

미아는 그냥 그런 걸로 치라는 의지를 담아 시온을 노려보았다.

"뭐, 그렇게 말하지 못하는 것도 아니지만……."

"바로 그런 겁니다!"

억지로 밀어붙인 미아는 주위를 날카롭게 돌아보았다.

──이러면 어떤가요! 서, 성공하지 않았을까요?!

아무도 입을 열지 않아 안도한 미아의 얼굴이 환하게 빛나려던 바로 그때!

"하지만……."

베르나르도가 침중한 말투로 말했다.

"아쉽게도 황녀 전하, 그 정도로는 저희가 돌아갈 이유가 되지 않습니다. 황녀 전하께서 그렇게 말씀하시는 근거도 듣고 싶지만……. 설령 그런 의도를 지닌 자가 있다고 해도, 저희는 반란군을 해산하고 현지의 치안을 회복시켜야만 하니까요."

──아아, 역시……. 그리 쉽게 풀리지는 않는군요.

어깨를 축 떨구는 미아. 하지만…….

"저들도 세금을 내려달라는 요구가 이뤄지지 않는다면 그리 쉽게 창을 거둘 마음은 없을 겁니다."

그 말에 활력을 되찾았다.

"어머, 그게 아니에요. 반란군, 즉 봉기한 백성들의 요구는 다사예프 도노반 재상님을 석방해 달라는 거니까요."

미아는 린샤가 했던 말을 고스란히 옮겼다.

그러자…… 극적인 반응이 돌아왔다.

"……아벨 왕자님, 도노반 백작님을 감옥에 가두었다는 이야기를 폐하께 들은 적이 있으십니까?"

"아니……. 그런 이야기는 들은 적 없어. 폐하께서도 말씀하신 적 없고, 나도 처음 듣는데."

아벨은 놀란 얼굴로 고개를 저었다. 참고로 이미 치료도 끝났다. 아무래도 크게 다치진 않은 것 같아 미아는 안도의 숨을 내쉬었다.

"그렇군……. 아무래도 황녀 전하의 말씀은 일리가 있는 것 같군요……. 하지만 그것도 도노반 백작님이 어디에 잡혀있는지 모르면 의미가 없습니다. 도노반 백작님을 구출할 수 있다면 반란군도 수긍하고 해산할지도 모릅니다만……."

베르나르도의 말에 디온이 긍정했다.

"그래. 나도 그게 궁금했어, 미아 황녀 전하. 당연히 어디에 잡혀있는지도 대충 짐작해놨을 테지만, 애초에 죽었을 수도 있지 않아?"

재상 다사예프 도노반은 인질이 아니다.

민중이 봉기하는 계기만 만들면 그만이니, 살려둘 필요가 없다.

실제로 제국혁명의 계기가 된 루돌폰 변경백은 살해당했다.

디온은 당연한 질문을 한 거였지만…….

"그……?"

당연하게도 미아는 그 질문에 대답할 수 없었다. 이미 이야기는 미아의 제어를 완전히 잃어버렸기 때문이다.

"네? 아, 저기, 그건, 그게…….."

하지만…… 또다시 뜻밖의 방향에서 도움의 손길이 다가왔다.

"그건 제가 대답하는 게 좋을 것 같군요."

귀에 익은 목소리. 시선을 그쪽으로 돌리자 빨간 머리카락을 긁적이면서 난처한 표정으로 웃는 청년, 키스우드가 서 있었다.

그리고 그 어깨에는 검고 아름다운 깃털을 지닌 새가 앉아있었다.

"키스우드, 무사했던 건가? 그보다 뭐지? 그 까마귀는…….."

시온의 질문에 키스우드는 작게 어깨를 으쓱했다.

"낭보입니다. 아니, 저희에게는 비보일지도 모르겠네요."

미아가 뿌린 씨앗은 머나먼 이국땅에서 아름다운 꽃을 피우고, 그 땅에 사는 검은 새를 매료했다.

새는 씨앗을 뿌린 자에게 자신이 지닌 새로운 희망의 씨앗을 가져다주었다.

이리하여 모니카가 맡긴 희망은 검은 까마귀와 함께 도착했다.

제국의 예지 주위에 모인, 비극을 전복할 씨앗.

발아의 순간이 코앞으로 다가와 있었다.

"먼저 시온 왕자님께 보고하고 싶은데 괜찮겠습니까?"

그렇게 말한 키스우드와 시온이 자리를 이동하는 걸 지켜본 뒤 미아는 아벨에게 다가갔다.

일단 사태가 바로 움직이지는 않으리라고 판단했기 때문이다.

"아벨 왕자님, 다친 곳은 괜찮으세요?"

"그래, 네 가신 덕분에 살았어. 그대로 계속했다면 당했겠지. 아직 훈련이 부족하구나."

그 말에 미아는 깨달았다.

──아벨 왕자님……, 어쩐지 전보다 더 늠름해지셨어요.

여름방학이 시작되기 전보다 더 날카로워진 의연한 기색……. 근육이 붙고 조금 커진 몸을 바라보며 미아는 가느다란 한숨을 쉬었다.

"응? 미아 황녀, 왜 그래?"

미아의 시선을 알아차린 건지 아벨이 작게 고개를 갸웃거렸다. 미아는 허둥지둥 시선을 피했다.

"아, 아무것도 아니에요."

"하지만 얼굴이 붉은 것 같은데……. 여기까지 오면서 무리한 거 아니야?"

"아뇨, 무리는 오히려 당신이 더…… 앗."

거기까지 말한 미아는 떠올렸다.

"흥, 몰라요!"

"어? 왜, 왜 그래? 미아 황녀, 내가 무슨……."

당황하는 아벨에게 주장했다!

"조금 전에 저를 무시하고 위험한 일을 하셨잖아요. 아벨 왕자님! 제가 어떤 마음이었는지 당신은 모를 거예요."

미아는 고개를 홱 돌렸다. 생각났더니 부아가 치밀었기 때문이다.

"정말이지, 시온도 시온이라니까요. 아벨 왕자님을 진심으로 공격하다니, 믿어지지 않아요!"

홍홍 화내는 미아를 본 아벨은 쓴웃음을 지었다.

"그런데……, 시온 왕자는 시온이라고 부르는구나."

그리고는 조금 쓸쓸한 듯 작은 목소리로 중얼거렸다.

순간 미아는 무슨 일인지 이해하지 못했지만…….

──어머나? 혹시 아벨 왕자님, 질투하는 건가요? 저와 시온이 서로를 이름만으로 부르니까……?

바로 알아차렸다! 미아의 감은 시시콜콜한 일일수록 빛을 발한다.

그랬더니…… 살짝 훈훈해졌다.

──아이참. 이름만 부르는 것쯤이야 별로 대단한 것도 아닌데요.

시온을 시온이라고 처음 부를 때는 매우 쑥스러워했던 미아였지만……. 당연히 그런 건 기억 저편으로 내동댕이쳤다.

"이건 신분을 숨기기 위해서 그런 거라 깊은 의미는 없어요. 이번에는 몰래 온 거니까요."

"아……, 그렇군. 그런 거였나……. 다행이야."

안도하며 웃는 아벨을 본 미아는 한층 기분이 좋아졌다.

당연히 조금 전까지 화났던 것도 기억 저편으로 날아가 버렸다.

미아의 기억 저편은 미아의 어깨로 던져도 닿을 만큼 가까운 거리에 있다.

──어휴, 어쩔 수 없네요. 특별히 아벨 왕자님도 경칭을 떼고 불러드리겠어요. 뭐, 애초에 아벨 왕자님은 아직 어린아이니까 제가 그냥 부르는 건 오히려 평범한 일이지만요…….

미아는 어른의 여유를 실컷 부리며 아벨에게 말을 걸었다.

여유가 넘치게, 지극히 침착하게…….

"저기……, 으음, 그…… 아, 아, 아아, 아벨……."

자기도 모르게 작은 목소리로 '왕자님'이라는 경칭을 붙여버리는 미아.

전혀 침착하지 않았다!

다행히 작게 덧붙인 목소리는 들리지 않았던 건지, 아벨은 깜짝 놀란 얼굴로 미아 쪽을 보았다.

"딱히, 저기, 괜찮습니다. 저를 그…… 미아, 라고 부르셔도. 그, 그 대신, 저도, 그게……, 아, 아아, 아벨, 이라고…… 그렇게, 부르겠어요."

실컷 더듬고 힘겨워하면서도 끝까지 말을 마친 미아.

그러자……, 아벨의 얼굴에 빛나는 미소가 번졌다.

"정말?! 무척 영광이야."

어린아이처럼 순수하고, 숨기는 게 없는 눈부신 미소.

방금 전까지 '조금 어른스러워졌나……?'라고 생각했던 상대의 순수한 미소를 보자, 그 어마어마한 반전매력에 미아는 두근거렸다.

심장 박동이 순식간에 빨라졌다!

뺨이 아주 뜨거워지고 눈앞이 흐물흐물 일렁이는 듯한……, 구름 위에라도 올라탄 것 같은 기분이 들었다.

어른의 여유 같은 건…… 조금도 없었다!

"어, 으음, 그럼, 바로……. 그, 미, 미아……."

"네, 넵!"

이름을 불린 순간 미아는 등을 꼿꼿하게 세웠다.

"아, 아아, 아벨……."

숨을 거칠게 몰아쉬며 가까스로 아벨의 이름을 불렀다.

그 후에 갑자기 부끄러워지는 바람에 새빨개진 얼굴을 푹 숙였다.

뭐 그런…… 새콤달콤한 연애 공간과 조금 떨어진 장소에서 시온과 키스우드가 심각한 표정으로 대화를 주고받았다.

이윽고 대화가 끝난 건지 돌아온 시온의 얼굴은 조금 파리해져 있었다.

"아벨 왕자, 미아. 할 말이 있다."

그 목소리는 이상하게 딱딱했다.

"왜 그러시죠? 시온. 표정이 좀 무서운데요."

미아는 '뭐, 늘 그렇긴 하지만요.'라며 농담을 던지려고 했지만, 직전에 그 말을 삼켰다.

시온의 얼굴이 무섭다기보다는 창백하고, 왠지 생기가 없어 보였기 때문이다.

"시온, 대체 무슨……?"

미아의 질문에는 대답하지 않고 아벨 쪽으로 걸어간 시온이 땅바닥에 무릎을 꿇더니 그대로 손을 짚었다.

"히익?!"

너무나 뜻밖인 행동에 미아는 숨을 삼켰다. 그 후 급히 하늘로 시선을 옮겼다.

벼락이라도 떨어지는 게 아닌지 걱정이 되었기 때문이다.

어쩔 수 없었다. 그 시온 솔 선크랜드가 주저 없이 땅에 엎드려 머리를 조아렸기 때문이다.

이런 광경은 쉽게 볼 수 있는 게 아니다.

미아는 그걸 보고 개운…… 해지기보다는, 오히려 으스스해서 소름이 돋았다.

──불길해요. 이 남자가 이런 짓을 하다니, 뭔가 무시무시한 일이 일어나지 않으면 좋겠는데요…….

뭐 이런 식으로 좀 너무한 생각을 하며 그 광경을 지켜보았다.

"시온 왕자, 대체 무슨……? 일단 얼굴을 들지 않겠어?"

아벨은 놀라면서 시온 옆에 무릎을 꿇었다.

하지만 시온은 머리를 들지 않았다.

"미안하다, 아벨 왕자……. 나는 사과해야만 해."

"왜 그러는 거야?"

표정이 딱딱해진 아벨에게 옆에 있던 키스우드가 대신 대답했다.

"우리나라의 첩보부대, '바람 까마귀'의 하위 부대 하나가 폭주해서 이런 사태를 일으킨 모양입니다."

키스우드의 입에서 나온 진실에 미아는 입을 떡 벌렸다.

그건 다소 우아하지 못하다고 할지……, 좀 멍청해 보이는 얼굴이었지만, 그런 것에 신경 쓸 때가 아니었다.

——뭐, 뭐, 뭐…… 뭐라고요?!

혼란스러워서 머리가 빙글빙글 돌았다.

——화, 확실히 그렇죠. 제국과 렘노 왕국 중 어디서 내란이 일어나도 이득을 보는 건 선크랜드니까요. 전부 선크랜드가 꾸민 일이라면 이해는 가는데요…….

불현듯 눈꺼풀 뒤에 그날의 풍경이 되살아났다.

붉은 석양. 죽음의 공포에 떨면서 올라선 단두대.

그 원인이 된 사건이, 전부 심판자 측의 음모로 일어났다고 한다.

미아는 땅에 머리를 박은 시온을 내려다보며 생각했다.

——아아, 이건 제게 사죄하는 거나 마찬가지예요…….

이건 일종의 앙갚음, 복수의 결말. 원래는 기분 좋은 광경일 터이다. 그런데.

——별로 보기 좋은 건 아니네요.

미아의 가슴에는 뭐라 말할 수 없는 씁쓸함이 퍼졌다.

그건 아마도 시온의 목을 단죄의 칼날로 날려버린다 해도 마찬가지이리라.

미아는 그게 신기하지 않았다. 같은 학교에 다니며 함께 여행

한 상대가 처벌받는 걸 보고 기분 좋아하는 사람은 분명 심성이
못된 녀석일 게 분명하다.

　──시온은 고지식하니까 이런저런 것에 얽매인 것 같지만……,
제가 이 녀석의 철학을 따를 필요는 없으니까요.

　싫은 건 싫다. 어느 때라도 자신의 심정이 최우선인 미아였다.

　──하지만 아벨은 어떻게 하실 생각일까요……?

　걱정되는 건 아벨 쪽이다. 그에게는 시온을 단죄할 자격이 있
고, 그건 다름 아닌 시온이 관철해온 태도이기도 하다.

　권력을 지닌 자는 책임을 져야 한다. 죄가 있으면 심판받아야
한다.

　엄밀하게 말하자면 렘노 왕국을 모략에 빠뜨린 건 시온 개인이
아니다. 책임을 져야 하는 자는 우선 선크랜드 국왕이어야 한다.

　하지만 시온은 그걸 받아들이지 않았다.

　그가 배운 것, 그를 옥죄는 규칙과 대조했을 때 자신에게 죄가
없다고 단언하지 못하기 때문이다.

　군침을 삼키며 지켜보는 미아. 그 눈앞에서 아벨이 시온에게
한 걸음 다가갔다.

　"얼굴을 들어, 시온 왕자. 네게 그런 태도는 어울리지 않아."

　"……하지만."

　"고개를 숙이는 것도 뭐, 좋긴 한데……. 굳이 따지자면 왕족에
게는 왕족으로서 책임지는 방법이 있잖아?"

　"책임지는 방법……."

　"우리가 해야 하는 일은 백성을 위하며 다스리는 것. 그러기 위

해 나는 이 전투를 '무력'으로 평정해야 한다고 생각했어. 하지
만…… 이 싸움을 막을 방법을 제시해준 사람이 있지. 이 '바보 같
은 싸움'을 말이야……."

미아 쪽을 돌아본 아벨의 표정이 부드러워졌다.

"나가야 할 길에 빛을 비춰준 사람이 있지. 그렇다면 우리가 해
야 할 일은 그 길로 나아가는 거야. 틀려?"

"……그래, 그 말이 맞아."

시온은 작게 숨을 내쉰 뒤 일어났다.

"머리를 숙이고 용서를 청하는 것도……, 심판을 바라는 것도
자기만족에 불과하다는 건가."

"나도 너도 구원받은 거야. 백성 위에 서는 자로서 올바른 행동
을 할 수 있어. 그 기회를 받았으니, 감사해하며 힘을 다해야 한
다고 생각해."

"지금은 그저 제국의 예지가 비춰준 길로 나아갈 뿐이다, 이건
가."

두 사람이 미아 쪽으로 시선을 돌렸다. 그러자 미아는 무척 만
족스러워하는 미소를 지으며 두 사람에게 걸어왔다.

제41화 미아 황녀, 하이킥!

미아는 한걸음 물러난 곳에서 아벨과 시온의 대화를 지켜봤다. 아무래도 아벨은 시온을 용서한 모양이다.

——다행이에요······. 역시 아벨.

그가 자신과 같은 판단을 내린 게 조금 기쁜 미아였다.

——그건 그렇고, 당분간은 시온이 으스대지 않겠군요.

미아는 히죽히죽 웃으면서 시온에게 걸어갔다.

"용서받은 모양이네요. 다행이에요."

"그래, 네 덕분이다. 미아."

시온은 미아를 보며 조용히 머리를 숙였다. 옆에서 아벨이 쓴 웃음을 지으며 어깨를 으쓱했다.

"뭐, 솔직히 아바마마께 죄가 없다고는 하지 못하니까. 전부 선크랜드 탓으로 미룰 수도 없어."

아벨의 말이 옳다는 걸 미아도 잘 알고 있었다. 모든 책임을 음모 때문이라며 떠넘길 수도 없다.

그때 제국은 확실히 부패했고······, 심판을 받아도 어쩔 수 없는 수준이었다.

그러므로 미아가 하고 싶은 말은 하나였다.

"시온, 드디어 당신도 실패를 알게 되었군요."

미아의 지적에 시온은 어리둥절한 표정을 지었다.

"당신 같은 분은 모르실 수도 있지만요, 사람은 실수도 하는 법입니다. 완벽하게 살 수 있는 사람은 없어요. 그렇기 때문에 적어도 만회할 기회를 줘야 하는 거고요."

마음속으로 '특히 저에게는!'이라는 말을 덧붙이는 미아였다.

뭐니 뭐니 해도 이전 시간축에서는 그 기회가 전혀 주어지지 않았으니······.

"하지만······, 그렇게 생각해 보면······ 왠지."

조금 침착해진 미아는 팔짱을 꼈다.

──제국혁명 때도 이번 렘노 왕국과 같은 일이 일어난 거라면······, 정의의 아군 행세를 했던 이 녀석도 잘못한 게 없다고는 할 수 없는 거죠······. 그렇게 생각하니까······ 왠지, 그, 좀 부아가 치밀어오르네요······.

미안해하는 표정인 시온을 보고······ 미아의 귓가에 블랙 미아가 속삭였다.

──지금이라면 살짝 따끔한 맛을 보여줘도······ 괜찮지 않을까요?

······조금 우쭐해지기 쉬운 미아였다.

"시온, 당신의 잘못을 잊지 않도록 그 몸에 각인해드리겠어요."

"······? 무슨 소리지?"

물어보는 시온을 향해 미아는 짐짓 무거운 말투로 말했다.

"죄는 벌을 받음으로써 완결되는 법······. 아벨 왕자님께선 용서해주신 모양이지만, 그걸로는 당신의 마음이 수긍하지 못하는 것 아닌가요?"

"벌이라니, 잠깐만요. 미아 황녀 전하!"

당황하는 키스우드를 시온이 한 손을 들어 제지했다.

"아니……, 그 말이 맞아. 기꺼이 벌을 받겠다. 나는 뭘 하면 되지?"

"흐흥, 좋은 마음가짐이에요! 그렇다면 거기에 서 계세요."

힘차게 말한 미아는 눈을 감은 시온 주위를 슬금슬금 걸었다.

한 가지 검만 단련한 아벨과 마찬가지로…… 미아 또한 갈고닦은 것이 있었다.

안느에게 아프지 않다는 말을 들은 날 이후로 열심히 단련했다.

언젠가 사용할 기회가 있을지도 모른다는 생각에 위력을 높여 왔다.

그 다리를 이용한 발차기의 위력을!

──아주아주 아프게 만들겠어요!

'아픈 건 싫다'는 주의를 잠깐 접어두고 일섬! 땅을 힘차게 딛고 하이킥을 날렸다!

힘껏 들어 올린 다리는 시온의 머리…… 까지는 당연히 닿지 않았고……. 어깨…… 도 닿지 못했고…….

옆구리…… 보다 더 아래, 엉덩이에 직격했다!

찰싹! ……영 애매한 소리가 주위에 울려 퍼지고…….

"그 아픔과 함께 가슴에 똑똑히 새겨두세요! 시온."

미아는 해냈다는 얼굴로 선언했다.

각오했던 만큼 아프지도 않고…… 맥이 풀릴 만큼 약한 발차기에 맞은 시온은 멍하니 미아 쪽을 바라보았다.

"지금 그건 대체……."

하지만 바로 깨달았다.

——설마 일부러……?

죄는 벌로 끝나고, 과오는 심판으로 완결된다.

제국의 예지는 '아벨에게 용서를 받고 끝나는 건 네 마음이 개운하지 않지?'라고 물었다.

죄에는 벌이 필요하다. 벌을 받아서 끝난다. 그러니……, 그렇기 때문에—— 미아는 그걸 용서하지 않았다.

표면적으로는 지금 이것으로 시온은 벌을 받은 셈이 된다. 따라서 이제는 아무도 시온에게 벌을 주지 않는다.

하지만 실제로 벌을 받지 않았다는 건 다름 아닌 시온 본인이 알고 있다.

그렇기에 그 죄는, 그 고통은…… 결코 사라지지 않는다.

앞으로 시온은 정의를 행하려 할 때 반드시 오늘의 실패를 떠올린다.

그 괴로움을 떠올리고, 멈춰서서, 이것이 정말 바른 행동인 건지 자문해야만 한다.

그리고 자신이 용서받은 것처럼 상대방 또한 용서받을 여지가 있는 게 아닐까. 만회할 기회를, 자비를 줘야 하는 게 아닐까. 그렇게 검토하게 되리라.

——오늘 얻은 교훈을 결코 잊지 말고 새겨두라고…….

공정하게 심판하라고, 정의롭게 행동하라고…….

어린 시절부터 줄곧 들어왔던 말.

그 진정한 의미를, 참된 무게를, 그리고 그게 얼마나 어려운 것인지…… 시온은 처음 알게 된 기분이었다.

몇 년 뒤, 사려 깊고 자비롭다는 연유에서 '천칭왕'이라는 이름을 받게 되는 시온 솔 선크랜드는 충신 키스우드에게 쓴웃음을 지으며 말했다고 한다.

"그날이 내 분기점이었다. 만약 그 고통을 맛보지 않았다면 나는 백성의 증오를 사 목이 날아갔겠지. 그리고 만약 그 고통을, 돌이킬 수 없는 단계에서 맛보았다면 나는 잘못을 인정하지 못했을 거다."

번외편 단죄왕과 미아의 충신

티어문 제국, 백월 궁전.

역대 티어문 제국의 황제가 기거하는 아름다운 성은 제국 전역이 혁명의 불길로 타올라도 그 아름다움을 잃지 않았다.

혁명군은 그 성에 수뇌부의 지휘실을 만들었다.

각지의 전투가 끝나고, 이 나라를 좀먹은 대귀족들을 전부 멸하고 나면 이곳은 다시 이 나라의 중추가 될 터였다.

그 알현실에 호출된 루드비히는 눈앞의 왕좌에 앉은 청년에게 무릎을 꿇고 머리를 숙였다.

"거듭 제안해주셔서 대단히 감사합니다. 저는 원래 제국의 관리입니다. 이 나라의 백성을 위해 일하는 것은 저도 바라는 바입니다. 하지만⋯⋯, 그걸 위해 전하께 부탁이 하나 있습니다."

루드비히는 얼굴을 들었다.

그 시선 끝에 있는 아름다운 백은빛 머리카락의 청년은 흥미롭다는 듯 루드비히를 바라보았다.

"뭐지? 이 내가 할 수 있는 일이라면 최대한 들어주려 한다만⋯⋯."

"제가 바라는 것은 오직 하나입니다. 시온 전하. 미아 황녀 전하를 살려⋯⋯."

"안타깝게도 미아 황녀의 처형을 재고할 수는 없다."

시온은 루드비히의 말을 끝까지 듣기 전에 무겁게 고개를 저었다.

"피가 너무 많이 흘렀다. 대귀족과 황실의 횡포에 느끼는 백성들의 분노가 너무나도 크다. 처형이 취소되면 혁명군 수뇌부에 매서운 비난이 쏟아지겠지."

선크랜드 왕국의 군사력이라면 백성을 억누를 수 있다. 하지만 그러면 혼란이 길어지고 나라는 한층 피폐해진다. 많은 백성이 괴로워하게 된다.

"한시라도 빨리 혼란을 수습할 필요가 있다. 그러기 위해서 혁명군은 부패한 권력을 시정하는 정의의 사도로서 백성의 신뢰를 얻어야만 한다."

백성들의 신뢰와 인정을 받아 올라서는 새로운 지도자. 그 아래에서 제국은 새롭게 다시 태어난다.

그게 가장 순탄하고 무리가 없는 부흥의 길이다.

틀림없는 정론이자, 공정하기 그지없는 판단이었다.

그건 루드비히도 알고 있지만……, 그렇기에 그는 한숨을 쉬며 일어났다.

"그렇습니까……."

작게 어깨를 으쓱한 뒤 발걸음을 돌렸다.

그건 한 나라의 왕족 앞에서 보이기에는 조금 많이 무례한 태도였다.

시온 옆에 있던 병사가 무심코 검에 손을 올렸지만, 시온은 한쪽 손을 들어 그를 제지했다.

"힘을 빌려줄 수 없겠나? 제국을 재건하기 위해."

"시온 왕자……. 당신은 이상적인 주군이지. 총명하고, 공정하고, 분명 우수한 사람일 거야."

그 멍청한 황녀 전하와는 다르게……. 루드비히는 내심 그렇게 덧붙였다.

세인트 노엘 학원에 다니면서도 그 의미를 전혀 이해하지 못했고, 외교적인 배려도 일절 없이 자기 입맛에만 맞춰 교류해온 결과……, 한 톨의 호의도 받지 못하게 된 그녀.

어쩌면 지원해줬을지도 모르는 나라의 왕녀와 같은 시기에 학교에 다녔는데도 불구하고 이름을 잊어버렸고…….

『으음, 누구였죠?』

본인 앞에서 그런 소리를 해버리는 꼴이라니…….

——최소한 같은 학교에 다닌 유력자의 이름과 나라 정도는 기억하란 말이다!

그런 욕설을 가까스로 삼키며 진언한 적이 몇 번이었는지…….

하지만 루드비히가 끝까지 분노하지 못한 건 그렇게 지적한 뒤로 그녀가 상대의 이름과 나라가 적힌 메모를 들고 어떻게든 외우고자 노력했기 때문이다.

그랬다. 노력했었다. 그녀는, 미아 황녀 전하는…….

다시금 눈앞의 시온 왕자를 보았다.

적인 미아를 모시던 자신도 스카우트하려는 넓은 도량, 총명한 판단과 적절한 정치적 수완. 눈앞의 인물만큼 자신이 모시기에 합당한 사람도 없다는 건 알지만…….

루드비히는 쓸쓸한 미소를 지었다.

"아마 당신은 틀린 적이 없었을 거다. 단 한 번도……, 그러니까……."

몰랐던 거겠지. 그분의 심정도, 노력도…….

그 말을 삼키고 고개를 저었다.

올바른 일을 할 수 있을 때 올바른 일을 행한다.

그건 통치자로서 훌륭한 자질이다.

수중에 자유로이 쓸 수 있는 돈이 있어도, 그걸 올바른 일에 사용할 수 있는 자가 과연 얼마나 있을까.

눈앞에 있는 시온 솔 선크랜드는 틀림없이 그 돈을 올바른 일에 사용할 수 있다. 그런 사람이다.

하지만……, 동시에 그건 행운이기도 하다.

이 세상엔 올바른 일을 행할 수 없는 상황에 몰리는 일도 얼마든지 일어난다.

가난한 국민에게 먹을 것을 주고 싶어도, 먹을 것 자체가 없을 때도 있다.

백성을 풍요롭게 하고자 올바르게 다스리려고 했을 때 그럴 능력도, 국력도 없는 경우도 있다.

그래도……, 자신의 주군은 그런 최악의 상황에서 발버둥 쳤다.

작게 숨을 내뱉은 루드비히는 시온 쪽을 보았다.

"당신에게는 내 힘이 필요한 것 같지 않아. 우수한 부하는 얼마든지 있을 테죠?"

루드비히는 자신이 감상적으로 행동한다는 걸 자각하고 있었다.

열심히 했다. 노력했다. 그런 건 변명이 되지 않는다.

실제로 많은 백성이 황실의 무능 때문에, 문벌귀족의 횡포 때문에…… 죽었다. 유족의 분노는 어떠한 말로도 치유해줄 수 없다.

하지만, 그래도…… 그녀의 노력이 보답받지 못하는 게 서글펐다.

"나는 당신이나 티오나 님을 모실 마음은 들지 않아. 이만 실례."

조용한 목소리. 거기에 희미한 분노가 담겨있다는 것에 놀라면서 루드비히는 그 자리를 뒤로했다.

시온은 그런 그를 벌하지 않았다.

그로부터 이틀 뒤, 제국의 광장에서.

미아 루나 티어문의 처형이 집행되었고……, 이후 루드비히의 모습을 본 사람은 없었다.

"미아 황녀에겐 의외로 인망이 있었다는 건가."

처형이 끝난 뒤 집무실에 돌아온 시온이 중얼거렸다.

그가 아는 미아 루나 티어문이라는 소녀는 제멋대로 권력을 남용하는 자였다. 마음에 들지 않는 하급 귀족의 영애에겐 차갑게 굴고, 뻔한 가치를 추구하는, 그런 시시한 인간.

백성을 짓밟고 나라를 쇠하게 하는, 어리석은 통치자의 일원…….

도저히 호감을 품을 수 없는 인물이었는데…….

"그녀에게도 내가 모르는 측면이 있었다는……, 그런 걸까."

그렇게 생각하자 불현듯 그 제국 황녀의 얼굴이 머리를 스쳤다.

과거에 같은 학교에 다니고 대화를 나눴던 인간의 목을 쳤다. 기분이 좋을 리 없으나……, 단순한 상심 이상의 기묘한 씁쓸함이 가슴에 남았다.

이윽고 시간은 흘러간다.

티어문 제국의 붕괴를 계기로 대륙에 혼란의 시기가 찾아온다.

성 베이르가 공국에서 일어난 라피나 암살 사건. 렘노 왕국의 혁명. 그리고 그 파도는 선크랜드 왕국마저 집어삼켰다.

수많은 전란과 국내의 권력투쟁. 국왕 시온을 중심으로 그의 우수한 신하들은 그 모든 것을 극복했다. 국토의 몇 할을 잃고 백성도 희생되었지만, 그래도 그 숫자는 타국에 비해 압도적으로 적었다.

일단은 선정이라고 말할 수 있는, 공정한 통치였다.

하지만……. 뒷맛이 남는 판단을 강요받을 때마다 시온의 뇌리에는 그날의 붉은 단두대가 되살아났다.

──틀린 선택은 아니었을 터. 그건……, 어쩔 수 없는 일이었다.

그때마다 그는 자기 자신을 타일렀다.

자신도 눈치채지 못했지만 그건 명확한 상처였다.

오랫동안 치료하지도 않고 계속 무시해온 상처는 틈만 나면 그를 괴롭혔다.

훗날 '단죄왕'이라는 이름으로 불리는 시온 솔 선크랜드는 선왕이라는 명성을 얻었지만 고독하게 그 생애를 마감하게 되었다. 친근함도, 호감도 없이 두려움과 공포의 눈빛을 받게 되는, 그런 인생이었다.

그건 이윽고 찾아올 수도 있었던 하나의 종막.

미아가 온 힘을 담은 어설픈 킥으로 걷어찬, 미래의 한 가지 형태이다.

제42화 다정한 신념

"저, 저기, 시온……."

고뇌하는 표정인 시온을 보고 조금 걱정이 된 미아가 말을 걸었다.

"미아, 고맙다. 너는 확실히 제국의 예지야."

고분고분한 얼굴로 인사하는 시온 때문에 미아는……, ……조금 움츠러들었다.

——이, 이 녀석 걷어차였는데 고맙다니 어떻게 된 거죠? 혹시 아프게 해주면 기뻐하는, 티오나 양의 아버지와 같은 부류의 사람이었던 건가요……?

"네 말이 없었다면 분명 깨닫지 못했을 거다."

——히익! 깨, 깨달았다고요? 뭐를요? 뭘 깨달은 건데요? 게다가 제국의 예지라니. 발차기와 지혜가 무슨 상관이라고……. 세, 세기나 각도가 중요하다는 건가요?! 발차기를 잘하니까 다음에 또 차 달라고 부탁하면 어떻게 반응해야 하죠?!

미아는 경직된 미소를 지었다.

"그, 그래요. 다행이네요."

가까스로 그 말을 뱉은 미아는 묘하게 개운한 표정인 시온에게서 스스슥 시선을 피했다.

왠지 자신이 돌이킬 수 없는 짓을 저질러버린 듯한 기분이 들었지만 생각하지 않기로 했다.

"그, 그런데 다사예프 재상이 어디에 잡혀있는지 알아내셨나요?"

대신 화제를 바꿨다. 문제를 미뤄두는 건 미아의 상투 수법이다.

"그래……. 키스우드, 설명해줘."

시온의 말을 들은 키스우드가 고개를 끄덕였다.

"정보에 의하면 아무래도 도노반 공은 이 마을, 세니아에 감금된 모양입니다."

"뭐라고요?!"

경악하며 눈을 부릅뜨는 미아.

"아벨 왕자님, 여기입니다. 아시나요?"

키스우드의 질문에 아벨은 조용히 고개를 저었다.

"아니, 하지만 병사 중에 아는 사람은 있을지도 몰라. 물어볼까……."

"어머나, 그거라면 린샤 씨에게 물어보는 게 좋지 않을까요?"

미아는 불현듯 떠오른 아이디어를 입에 담았다.

——애초에 저희에게만 귀찮은 일을 떠넘기고 자기는 아무것도 하지 않는다니, 좀 안이한 거 아닌가요?

그런 생각을 하며 미아는 살짝 심술궂은 미소를 지었다.

참으로 귀엽게, 반짝반짝한 미소를 짓는 미아를 본 아벨은 순간 넋을 잃을 뻔했다.

그래도 어떻게든 시선을 돌리고 헛기침을 한 뒤에 의문을 던졌다.

"린샤? 누구야?"

"실은 반란군 리더의 동생과 아는 사이가 되었답니다. 그분이 린샤 씨인데요……."

미아의 설명을 들은 아벨은 무심코 감탄을 흘렸다.

"그렇구나……. 그런 일이……."

그것만으로도 아벨은 미아가 무슨 생각인지 알 것 같았다.

──이건 감형을 위한 건가?

조금 전 미아가 했던 말을 떠올렸다.

사람은 누구나 잘못을 저지르는 법. 따라서 만회할 기회를 줘야 한다.

아무리 타국의 간첩에게 선동당했다고 해도 반란군 참가자, 특히 중심이 된 사람들에게 아무런 벌도 주지 않을 수는 없다.

이대로 가면 아마 극형을 피하지 못하게 될 것이다.

하지만 따지고 보면 그들은 무거운 세금에 불만을 품은 백성이다. 원인은 왕가에도 있다. 그걸 아는 미아는 그들을 불쌍히 여긴 게 아닐까.

조금이라도 형을 줄여주기 위해 그들에게 기회를 주자고 하는 게 아닐까.

예를 들어, 만약 여기에서 조금이라도 사태 해결에 공헌한다면 어쩌면 정상참작의 여지가 생길지도 모른다.

──선크랜드의 간첩에게 속았지만 중간에 마음을 바꾸고, 비겁한 음모를 방해하기 위해 렘노 왕국군에게 협력했다……. 그렇게 말하면 아바마마께선 의외로 수긍하실지도 몰라…….

렘노 국왕은 단순한 남자다…….

여기에 티어문 제국의 황녀인 미아가 거들어준다면 그 가능성이 커진다.

──그 정도의 미래는 확실하게 내다보고 있겠지…….

아벨은 감탄하는 것과 동시에 조금 기뻐졌다.

그녀의 지혜가 잘못을 저지른 자들을 연민하는 방향으로 움직였다는 게 어째서인지 몹시 기뻤다.

그건 자비롭다기보다는 무른 사고방식이다. 통치자로서는 그릇된 사고방식일 터이다.

그런데도 아벨의 가슴에 맴도는 건 동경이었다.

왜냐하면 미아의 그건 무른 생각이기만 한 게 아니라, 분명한 합리성에 기반한 사고방식이었기 때문이다.

린샤라는 소녀가 이 근방에 산다면 지리에도 해박할 것이다. 반란군 관계자라면 감금장소에 대한 지식도 있을지도 모른다. 안내자 역할로 딱 맞았다.

게다가 후처리 문제도 있다.

어쨌거나 백성의 대표자인 혁명파의 리더를 처형한다면 당연히 알력이 발생한다. 적어도 국왕을 반대하는 세력에겐 공격할 근거를 주는 셈이 된다.

하지만 체제를 유지하기 위해서는 엄벌을, 적어도 그런 자세를 보여주는 게 절대적으로 필요하다. 정당한 이유 없이 그것을 게을리한다면 권력 유지에 지장을 초래한다.

그렇다. 정당한 이유가 없다면…….

그러므로 그렇게 하지 않아도 되는, 혹은 그렇게 못 하게 하는 이유를 만드는 것이 미아의 의도이다.

　그리고 수많은 논리로 근거를 만들어두긴 했으나 그 중심에 존재하는 건 미아의 다정한 신념이다.

　——역시 미아야……. 지금은 어렵지만 나도 언젠가는…….

　……아벨이 미아의 다정한 신념이라는 것의 정체를 알아차리는 날은…… 안타깝게도 오지 않을 것 같다.

　"그런데…… 선크랜드의 간첩, 바람 까마귀라고 했던가. 우리 왕가의 퍽 깊은 곳까지 잠입한 모양이군."

　불현듯 떠올랐다는 말투로 아벨이 말했다.

　"대체 누구인지……."

　"아, 이번 일을 알려준 건 메이드인 모니카 부엔디아다."

　"잠깐, 시온 전하. 그건……!"

　놀란 키스우드가 막으려고 했지만, 시온은 고개를 젓고 대답했다.

　"됐어. 알려져도 괜찮아. 바람 까마귀는 전원 본국으로 송환하자고 아바마마께 말씀드릴 생각이다."

　그런 말을 들으니 키스우드도 아무 말도 할 수 없었다.

　게다가 아마도 시온이 제안하거나 말거나 그렇게 될 것이다.

　현재 선크랜드도 렘노도 전면전쟁이 일어나는 사태는 피하고 싶다.

　렘노 쪽은 전력적 측면에서, 선크랜드 쪽은 외교적인 이유로.

그렇게 되면 극비리에 회담이 이뤄지게 되고, 아마 배상금 등의 형태로 해결이 진행될 것이다.

그 회담에 앞서 렘노 측에서 선크랜드에게 바람 까마귀의 국외 퇴거 및 자국 내 첩보망의 일소를 요구하리라는 것도 어렵지 않게 상상할 수 있다.

직접 음모에 가담한 자에게 어떤 처벌을 내릴지는 외교거래에 달려있겠지만…….

"게다가 아벨 왕자라면 그녀에게 해코지할 생각도 없겠지."

"그래, 그건 믿어도 돼. 하지만 모니카라……. 그래……, 그녀가…….."

아벨은 며칠 전 마주쳤던 메이드의 얼굴을 떠올렸다.

──미아 황녀만큼은 아니지만, 모니카에게는 그리 큰 벌이 내려지지 않으면 좋겠는데……. 그렇다면…….

아벨은 쓴웃음을 지으며 미아 쪽을 보았다.

"미아 황녀, 미안하지만 네 가신인 저 남자를 함께 데려가도 괜찮을까?"

"……네?"

어리둥절해져서 고개를 갸웃거리는 미아에게 아벨은 어깨를 으쓱했다.

"본래대로라면 베르나르도를 보내는 게 맞겠지만, 그는 영 융통성이 없거든. 가능하다면 아직 선크랜드가 이 건에 엮여있다는 걸 알려주고 싶지 않아."

"아, 그렇군요. 음……, 싫다고 하진 않겠지만요…….."

미아는 묘하게 내키지 않는 얼굴로 디온에게 향했다.

"뭐, 황녀 전하가 간다면 나도 안 따라갈 수 없지."

디온은 어깨를 으쓱하며 어쩔 수 없다는 듯 고개를 내저었다.

——아아, 이건…… 저도 당연하게 같이 가는 분위기네요. 네, 그럼요. 알고 있었답니다.

미아는 깨달음을 얻은 눈으로 한숨을 쉬었다.

결국 재상 다사예프 도노반 구출에 임하는 멤버는 두 명의 왕자와 키스우드, 디온, 여기에 미아와 안느로 총 6명이 되었다.

루드비히는 란베일을 찾아가 도노반 백작을 되찾았을 때는 즉시 반란군을 해산시키도록 교섭하기로 했다. 다소 검을 다룰 줄 아는 티오나도 루드비히와 동행하게 되었다.

왕자가 직접 현장에 간다고 하자 이론도 제기되었지만, 그렇다고 다른 사람을 보낼 수가 없었기 때문에 최종적으로는 받아들였다.

렘노 왕국군의 병사를 마을에 들여보내는 건 란베일을 비롯한 지하혁명파 '창건당'이 경계해서 불가능했다.

그렇다고 그 혁명파에서 병사를 차출하는 것도 실력과 신용이라는 두 가지 이유 때문에 기각.

결과적으로 현재 움직일 수 있는 사람 중에서 가장 믿을 수 있는 게 미아 일행이 되고 말았다.

——솔직히 나 혼자여도 충분하지만……, 뭐 무슨 일이 생기면 황녀님과 메이드 아가씨만 지키면 되겠지. 황녀님이 좋아하는 왕

자 전하는 직접 싸우라고 하고.

모니카에게 받은 정보에 의하면 감금장소에 있는 적은 많지 않다.

전투 훈련을 받은 첩보원, 바람 까마귀 몇 명과 젬이 전부라고 한다.

'적어도 그 세 배는 있어야 재미있는데⋯⋯'라는 흉흉한 생각을 하는 디온이었으나, 이번에는 미아가 동행하니 아주 조금 경계하기로 했다.

"전투 측면에서는 별걱정은 안 들긴 하지만⋯⋯, 실제로는 어떻게 되려나⋯⋯?"

출발하기 전, 디온은 루드비히에게 물었다.

"무슨 소리지?"

"적을 전멸시키는 거라면 알겠지만 다사예프 재상을 탈환해오라는 건 좀. 내 생각엔 지금까지 살려둘 것 같지 않거든."

다사예프 도노반은 어디까지나 민중을 봉기시키는 계기에 불과하다.

살려둘 의미는 별로 없어 보이는데⋯⋯.

"그렇군⋯⋯. 하지만 가능성은 0가 아니라고 봐."

루드비히의 대답에 디온은 뜻밖이라는 표정을 지었다.

"그래? 그건 어째서⋯⋯?"

"미아 님께 들은 거지만⋯⋯, 혁명파의 지도자는 '말을 잘하고 가벼워 보이는 남자'라고 하셨거든."

그 대답에 고개를 갸웃거린 디온은 바로 이해했다.

"아, 그런 건가…… . 그래, 살려둘 이유가 아예 없는 건 아니네. 뭐, 아무튼 황녀님은 내 목숨을 걸고서라도 지킬 테니까 그쪽은 혁명파 놈들을 확실하게 휘어잡아줘."

손을 가볍게 흔든 뒤 디온은 발걸음을 돌렸다.

제43화 온다! (미아 황녀가……)

그 저택은 세니아의 중심가, 비교적 유복한 사람들이 거주하는 지역에 세워져 있다. 과거에 부유한 상인이 살았다는 그 저택은 면적도 넓고 가구도 훌륭했다.

다사예프 도노반은 그 저택의 지하실에 잡혀있었다.

대우 자체는 그리 나쁘지 않았다.

감금한 사람들은 다사예프가 고령이라는 점을 섬세하게 배려했다. 그렇다고 계속 잡혀있고 싶냐고 묻는다면 당연히 아니라고 대답하겠지만…….

"이봐요, 슬슬 우리에게 협력할 생각 없어?"

다사예프는 방에 들어온 경박해 보이는 남자에게 매서운 시선을 보내며 말없이 고개를 저었다.

"영문을 모르겠네. 당신은 가족도 없잖아. 백성을 생각한다면 일어서야 할 때 아니야?"

"나는 국왕 폐하께서 결정적인 잘못을 저질렀다고는 생각하지 않는다. 나의 진언에 귀를 기울여주실 때까지 거듭 말씀드릴 뿐. 검으로 폐하를 치면 혼란에 박차가 가해지고 백성들은 더욱 괴로워할 것이다."

"당신이 대신 위에 서면 되잖아. 해야 할 일이 보인다면 그게 빨라. 관심이 없는 것도 아닐 텐데?"

나라의 정점에 선다. 그건 귀족이나 정치가라면 누구나 한 번

쯤은 동경하는 것이다.

하지만 다사예프는 즉시 고개를 저었다.

"애당초 제대로 이름을 대지 않는 자의 말을 따르라는 건가?"

"어? 그랬나? 처음에 말했던 것 같은데……, 내 이름은."

"젬…… 이라고 했던가."

그건 이 지역에서는 가장 흔한 이름이었다.

이름을 밝히지 않는 자를 '익명의 젬'이라고 말할 정도로 흔해 빠진…….

따라서 다사예프는 남자가 본명을 밝혔다고 믿지 않았다.

"사라져라. 몇 번을 와도 소용없는 짓. 수상한 남자의 유혹에 넘어갈 만큼 나는 젊지 않다."

"뭐, 됐어. 하지만 계속 친절하게 대해줄 거라고 생각하지 않는 게 좋아."

젬은 어깨를 움츠린 뒤 방에서 나갔다.

"아, 진짜 지긋지긋해……. 저 영감님 슬슬 짜증 나는데."

복도에 나오자 젬은 거친 말투로 투덜거렸다.

"마음 같아선 콱 죽여 버리고 싶지만……. 젠장, 그레이엄 자식. 빨리 쓸만한 녀석을 찾아내라고…….."

바람 까마귀에서 전투 훈련을 받았으니 다사예프를 죽이는 건 쉽다. 처음 예정에서는 그렇게 하기로 했었다.

하지만 그러지 못하게 된 것은 어떠한 사정이 있기 때문이다.

티어문 제국의 루돌폰 변경백에게는 티오나 루돌폰이라는 존

343

재가 있었지만, 다사예프 도노반에게는 없었기 때문이다.

그에게는 아이가 없고, 아내도 죽은 지 오래되었다.

친척도 다들 늙었으며 국왕에게 복종한다. 반역은 상상도 못하는 자들이기 때문에, 다사예프의 죽음으로 얻게 되는 '복수할 대의명분'을 적절히 활용할 수 있는 사람이 없었다.

란베일은 확실히 달변가다. 게다가 젬의 지도를 따라 상대방의 마음을 어느 정도 읽을 수 있게 되었다.

인간을 열광시키는 건 쉽다.

그 사람이 바라는 말을 읽어내고, 거기에 자신이 바라는 방향성을 덧붙여주기만 하면 된다. 듣기 좋은 말로 포장한 뒤 안에는 상대방을 심취하게 만드는 독을 혼입하면 된다.

실제로 그는 이 방법을 이용해 여러 명의 인간을 조종하고 있다.

렘노 왕국 지하 혁명파 녀석들도, **선크랜드의 바람 까마귀 대원들도**.

하지만……, 혁명이 성공하려면 그것만으로는 부족하다. 폭도의 열광을 정리하는 핵으로서는 부족하다.

"원래대로였다면 지금쯤 제국의 혼란을 부추기고 있어야 했는데, 진짜 골치 아프다니까."

모든 것은 제국의 예지 때문……. 온갖 준비가 부족하다. 시간이 압도적으로 짧았다.

어쩔 수 없이 그는 계획을 변경했다. 대타 시나리오는 이렇다.

우선 란베일이 이끄는 혁명군이 재상 다사예프 도노반을 구출.

구출된 도노반 공은 혁명군에 합류. 백성을 이끌어 반정부 활동을 전개하는 것과 동시에 정부의 잘못을 철저하게 탄핵한다.

따라서 이 마을, 세니아에 감금해두었다. 설득만 잘 된다면 수정할 수 있다고 판단했지만……

"그 멍청한 자식이……"

설득이 끝날 때까지 봉기를 미루고 있었는데, 란베일이 민중을 선동해서 소란을 일으키고 말았다.

말재주가 뛰어나고 백성을 조종하는 능력이 탁월한 만큼 멋대로 움직이면 몹시 성가시다.

"역시 사람을 잘못 선택했어. 킵해두려고 접촉한 것뿐이었는데. 영 시간이 부족한 게 문제라니까……"

젬은 일그러진 미소를 지으며 품에서 한 권의 책을 꺼냈다.

검은 표지가 달린 그 책은 왠지 으스스한 분위기를 뿌리는 것처럼 보였다.

"제국의 예지……, 미아 루나 티어문. 그 라피나 오르카 베이르가의 친구라던데……, 설마 그 여자의 밀명을 받은 건 아니겠지……"

불쾌하다는 듯 중얼거리며 표지를 더듬었다.

그러자 그 위로 무언가가 흐릿하게 나타났다. 가느다란 실 같은 그것은 얼핏 뱀처럼 보이기도 했다.

"제국의 붕괴를 기점으로 온갖 국가가 연쇄적으로 붕괴……. 질서의 파괴로 인해 찾아오는 혼돈. 그것이야말로 우리의 비원…… 방해하는 자는 배제한다."

다사예프 도노반을 어떻게 회유할 것인가……. 고민하기 바쁜 그는 몰랐다.

계획의 완전한 붕괴가 소녀의 모습을 하고 바로 코앞까지 들이닥쳤다는 것을.

미아가 '올' 때까지, 앞으로 조금.

미아의 예상대로 린샤는 그 건물의 장소를 알고 있었다.

"원래 상인인가가 쓰던 저택이었을 거야. 혁명파의 건물로 쓴 적은 없을 텐데……."

그 말에 한층 신빙성이 올라갔다고 할 수 있다. 아마추어인 혁명파의 인간에게는 숨겼다는 점에서 건물의 중요성을 증명해주는 셈이기 때문이다.

참고로 미아에게 사정을 들은 린샤는 두말없이 안내자 역할을 받아들였다. 그건 다행이지만…….

"왜 그러죠?"

어째서인지 자신의 얼굴을 물끄러미 쳐다보는 린샤를 향해 미아는 고개를 갸웃거렸다.

"어? 아니. 아무것도 아닌데……. 설마 정말 이 싸움을 막아줄 줄은 몰랐거든……. 영락없이 널……."

"영락없이…… 뭐죠?"

고개를 갸우뚱하는 미아를 보고 린샤는 말없이 고개를 저었다.

"……아무것도 아니야. 가자."

"왠지 굉장히 무례한 생각을 하고 있었던 것 같은 느낌이 드는데요…….”

미아는 묘하게 석연치 않아 하는 표정을 지었지만, 그래도 린샤의 뒤를 따라 달려갔다.

세니아는 아주 고요했다. 길을 걷는 사람의 모습도 적다. 거의 없다고 해도 과언이 아니었다.

“곤란한데. 이래선 이쪽의 움직임이 훤히 보여.”

키스우드가 못마땅해하며 주위를 둘러보았다.

“어쩔 수 없지. 아무도 괜한 싸움에 휘말리고 싶지 않을 테니까.”

린샤는 어깨를 으쓱한 뒤 좁은 골목으로 향했다. 몇 번 모퉁이를 돌고 나자 이윽고…….

“저기야!”

린샤가 손가락질하는 방향에 큰 저택이 보였다. 건물 주위에는 넓은 정원이 펼쳐져 있었다. 몸을 숨길 수 있는 나무는 없고, 저택까지 가는 길에 엄폐물도 없어 보였다.

“어떻게 하지? 어두워질 때까지 기다릴 수도 있지만…….”

린샤의 그 말과 동시에 주위가 살짝 어두워진 것 같은 느낌이 들었다.

미아는 하늘을 올려다보았다.

“벌써 이런 시간이 되었군요…….”

무심코 중얼거리며 눈을 살짝 가늘게 떴다.

어느새 저녁놀이 지는 시간이 다가와 있었다.

붉은, 타오르는 듯이 붉은 저녁놀이 시야를 태웠다.

그건 마치, 그래…… 그날처럼…….

귀에 날아와 꽂히는 욕설. 수많은 증오의 시선 앞에서 걸어가는 불안함.

그날의 고독이 되살아났다.

──왠지……, 불길한 느낌이 들어요…….

그 통증의 원인을 만든 사람이 눈앞의 건물 안에 있다. 그렇게 생각하자 불현듯 등에 소름이 돋았다. 미아는 무심코 팔을 문질렀지만, 몸을 뒤덮는 한기는 끈적하게 달라붙어서 떨어지려 하지 않았다.

"무서워? 미아."

"네?"

문득 옆을 보자 아벨이 진지한 얼굴로 미아를 물끄러미 쳐다보고 있었다.

"아……, 아벨……. 아뇨, 아무것도 아니에요."

미아는 작게 고개를 저었다.

그야……, 단순히 비슷한 광경을 보고 옛날 일을 떠올렸을 뿐이다.

그건 단순한 기분 문제일 뿐이니까…….

그런데…… 아벨은 미아의 얼굴을 빤히 바라본 다음 살며시 손을 잡았다.

"…………어?"

갑작스러운 일에 미아의 몸이 깜짝 놀라 떨렸다.

"어? 무, 무, 무슨!"

미아의 마음을 점령하고 있던 불안이 산산조각이 나서 날아갔다!

포근하게 미아의 손을 감싸는 아벨의 손바닥. 따뜻한 소년의 온기에 미아의 입에서 달뜬 숨이 흘러나왔다.

"갑자기 잡아서 미안해. 옛날에 어마마마께서 이렇게 해 주시면 편안해졌거든……."

변명하듯 그렇게 말한 아벨은 살며시 시선을 돌렸다. 그 코끝이 붉게 물들어 있다.

"마, 마마, 마음 써 주셔서 감사합니다……, 아벨."

미아는 귀 끝까지 빨개지면서 간신히 그 말을 내뱉었다.

심지어 목소리는 군데군데 갈라지고 묘하게 떨렸다.

참으로 버거운 상태다.

……참고로 굳이 확인할 필요까지는 없는 일이지만……, 손을 잡았을 뿐이다.

고작! 그게 다다.

……참으로 퓨어한 미아였다.

"두 사람 다 왜 그래?"

그때 앞에서 가던 시온이 말을 걸었다.

──지, 지금 딱 좋은 분위기였는데!

내심 그렇게 투덜거리면서도 사실은 조금 안심한 미아.

익숙하지 않은 연애 시추에이션에 미아의 소심한 유리 심장은 빠르게도 한계돌파 중이었기 때문이다.

……손을 잡은 게 전부지만.

"나라의 존속을 위해 필요하다는 건 알지만 때와 장소를 고르는 게 좋습니다, 황녀님."

디온이 기가 막힌다는 듯 고개를 절레절레 내저었다.

"게다가, 아무리 그래도 아직 후계자를 낳기엔 이르거든요."

"무슨! 소, 손을 잡은 정도로 아이가 생기진 않잖아요! 아, 아마도."

아마도는 개뿔, 절대 그럴 리 없지만…… 묘하게 자신이 없는 미아였다.

그런 미아를 감싸듯 안느가 디온과 미아 사이에 섰다.

"디온 씨, 미아 님을 너무 놀리지 말아 주세요."

"하하하, 루드비히 씨도 그렇고 안느 양도 그렇고 과보호라니까."

미아는 전혀 반성하는 기색이 없는 디온을 원한 어린 눈을 노려보았다.

하지만 바로 그 표정이 부드러워졌다.

그날과 같은 해 질 녘. 불길하게 붉게 물든 하늘 아래……. 하지만 외톨이가 아니라는 게 든든했다.

아벨이 있다. 시온이, 키스우드가, 디온이 있다.

그리고 바로 옆에는 충신 안느, 떨어져 있어도 루드비히가, 겸사겸사 숙적이었던 티오나도 있다.

──괜찮아요. 분명 잘 될 거예요.

고개를 끄덕이는 미아.

"너희들, 몰래 갈 마음 없지?"

그 와중에 오직 린샤만이 피곤에 절은 얼굴로 일행을 보고 있었다.

몰래 갈 마음이 없는 거라며 린샤에게 야유를 받았으나…….

"저택 안에 있는 자들이여! 무기를 버리고 나와라! 내 이름은 시온 솔 선크랜드. 이미 백아의 계획은 탄로 났다! 너희가 싸울 의미는 없다!"

설마 돌입 전에 큰 소리로 안에 있는 사람들에게 말을 걸 줄은 미아는 상상하지 못했다.

──정말 이래도 괜찮은 걸까요?

무심코 불안해져서 디온 쪽을 봤지만 디온은 태연한 얼굴로 어깨를 작게 으쓱했다.

"순순히 믿을지는 애매하지만요. 뭐, 고민하긴 할 겁니다."

그 후 디온은 검을 뽑아 어깨에 걸쳤다.

"그럼 귀하신 분들. 부디 저보다 앞으로 나가지 마시길. 깜빡 앞으로 나서면 목숨을 보장해드릴 수 없거든요."

미아 일행은 둘로 갈라져서 저택에 잠입하기로 했다. 앞문으로는 시온, 디온, 아벨, 그리고 미아와 안느다.

안느는 그렇다 쳐도 미아가 완전히 덤이라는 건 말할 필요도 없다.

참고로 뒷문엔 린샤와 키스우드가 들어갔다.

"그럼 갑시다."

검을 한 번 휘두른 디온이 정면의 문을 부숴버렸다.

어스름에 잠긴 저택을 확인한 뒤 디온은 감고 있던 쪽의 눈을 떴다. 그건 어두운 저택 안에 돌입할 때 바로 시야를 확보하기 위한 기술이었지만…… 그게 빛을 보았다.

직후 '카앙' 하는 금속음.

사각에서 튀어나온 무기를 깔끔하게 받아낸 디온이 살짝 쓴웃음을 지었다.

"이런, 기습 공격인가?"

사각에서 들어온 완전한 기습. 그런데도 디온은 놀라지 않고 어깨를 으쓱했다.

"역시 간첩이야. 방식이 암살자 같은데? 공간이 한정된 저택 안에서라면 검을 휘두르지 못한다고 생각했나? 아니면 어둠에 눈이 적응하기 전에 쓰러뜨릴 생각이었다거나?"

고개를 절레절레 내저은 그가 말을 이었다.

"미안하지만 그 정도의 찌르기라면 눈을 감고도 대처할 수 있어. 아무래도 강철창 덕분에 기대치가 올라간 모양이야."

무기를 든 남자의 팔을 세게 움켜쥐었다. 그러자 우두둑 소리가 나더니 남자의 얼굴이 고통으로 살짝 일그러졌다.

디온은 그대로 얼굴을 가져가 남자의 얼굴을 들여다보고는 매서운 미소를 지었다.

"그런데 말이야. 아마 들렸을 테지만, 이쪽에는 시온 왕자님이 있거든?"

그 말에 남자가 눈을 굴렸다. 시선 끝에는 바로 그 시온 왕자의 모습이 있었다.

"이런 일을 하고 있다면 밤눈도 밝지? 잘 확인하라고."

친절하게 들리기까지 하는 말투로 디온이 말했다.

"그쪽, 백아라는 놈들의 꿍꿍이도 대충 탄로 난 마당에…… 아직도 버티게? 목숨을 버리고 덤비겠다면 그 각오에 부응해 용서하지 않을 거야."

하고 싶은 말을 마치자 디온은 남자를 힘껏 걷어찼다.

쓰러진 남자의 팔을 짓밟고 코앞에 날을 들이댔다.

"투항해. 그리고 동료들에게도 그렇게 전해. 괜한 싸움은 하고 싶지 않거든."

그리고는 의욕 없는 모습으로 검을 어깨에 걸친 디온이 말했다.

"어머, 의외네요. 디온 대장. 영락없이 싸우는 걸 좋아하는 사람이라고 생각했는데요."

"그거야말로 의외인데요, 황녀님. 저도 상대는 고른다고요. 실력 차이가 너무 나면 약자를 괴롭히는 게 되잖아요. 그 강철창 같은 고수라면 기꺼이 싸우겠지만요."

그렇게 말하며 쓰러진 남자를 싸늘한 눈으로 내려다보았다. 그건 남자들의 전의를 꺾고도 남는 방식이었다.

자신이 모시는 왕가의 왕자가 적으로 나타나고, 자신들이 결코 당해낼 수 없는 강자가 가로막고 선 상황.

어느 하나만이라면 모를까, 두 가지 벽이 동시에 나타났으니 싸울 마음은 들지 않을 것이다.

투항한 남자에게 명령해 저택 안의 램프를 차례차례 켰다.

그러자 그 불빛에 비친 시온 왕자의 모습을 보고 저택 안에서 무장을 해제한 남자들이 하나, 둘씩 투항하기 시작했다.

——어떻게든 될 것 같네요.

그 광경을 본 미아는 가슴을 쓸어내렸다.

"미아 님, 머리카락이 조금 상하셨어요……."

안심한 건 안느도 마찬가지였는지 그녀는 미아의 머리카락을 보고 작게 한숨을 쉬었다.

"어머, 알아보겠나요? 실은 샴푸가 별로라서요. 아벨에게 받은 건 좀 더 미끌미끌했던 걸로 기억하는데요."

"안심하세요, 미아 님. 여기요."

그렇게 말한 안느는 주머니를 주섬주섬 뒤져서 작은 병을 꺼냈다.

"이렇게 가져왔답니다."

"어머나! 세심하네요, 안느! 역시 제 안느예요."

미아는 안느에게서 병을 받고는 그걸 안은 채 빙글빙글 춤추듯이 돌았다.

……어딜 봐도 경솔한 행동이었다.

"저는 이 싸움이 끝나면 마음껏 목욕할 생각이었어요. 즐거움이 늘어났네요!"

거의 이겼다고 할 수 있는 상황에서……, 전장에서 결코 하면 안 되는 말을 당당히, 발랄하게도 입에 담은 미아.

그런 플래그가 회수되지 않을 리가 없다!

"어라?"

직후, 미아는 자신이 발을 헛디뎠다는 걸 느꼈다.

램프 불빛이 채 비추지 못한 사각의 어둠, 그곳에 뜬금없이 입을 벌리고 있던 지하로 가는 계단…….

"흐어어어어어어억!"

허공으로 붕 뜨는 감각에 이어 몸이 데굴데굴 굴렀다.

이윽고 '쨍그랑'하고 무언가가 깨지는 소리와 함께 간신히 몸이 멈췄다.

"우, 우욱, 속이 안, 좋아요."

어질어질 도는 시야. 그 눈동자가 불현듯 한 남자의 모습을 포착했다.

"이것 참, 미아 황녀 전하. 만나 뵙게 되어 영광입니다."

교활해 보이는 미소를 지으며 자신을 내려다보는 그는……, 동료들 사이에서 젬이라는 이름으로 불리는 남자였다.

제44화 말 샴푸의 기적 (마찰 계수라는 뜻에서……)

"다, 다, 당신, 은?"

"하하하. 그 유명한 제국의 예지께 이름을 밝히다니요……. 그런 주제넘은 짓은 도저히 못 하겠군요."

아니꼬운 말투에 연극 같은 동작으로 꾸벅 허리 숙여 인사한 뒤, 남자는 얄미운 미소를 지었다.

"미아, 무사해?!"

직후 허둥지둥 나타난 아벨과 시온에 이어 안느와 디온도 내려왔다.

"네가 젬이냐?"

시온의 날카로운 질문에 젬은 난처하다는 듯 어깨를 으쓱했다.

"제 이름을 알고 계신다는 건, 혹시 백아의 계획도 이미 알고 계시는 겁니까?"

"맞다. 너희의 계획은 전부 탄로 났어."

그렇게 말한 시온이 검을 뽑았다.

"네 동료들도 투항했다. 쓸데없는 저항은 그만둬."

"동료라……."

젬은 어째서인지 쓴웃음을 지으며 고개를 저었다.

"그나저나 그레이엄 녀석도 불쌍하게 되었군. 모처럼 국가에 충성을 바쳤는데 젊고 결벽적인 전하께선 받아들여 주지 않다니."

"포기해. 다사예프 도노반 백작도 이미 구출했어. 남은 건 너뿐이다."

반대쪽, 즉 지하 쪽에서 목소리가 날아왔다.

어둠 속에서 나타난 건 당당한 표정의 키스우드였다.

이로써 젬은 포위당했다.

"지하로 통하는 샛길까지 발견한 거냐. 참나, 시온 왕자만이 아니라 종자 쪽도 소문대로 대단한데……."

계단 위에는 시온, 지하에는 키스우드.

사면초가 상태가 된 젬과……, 그 자리에서 슬쩍 도망치려고 하는 미아.

——이, 이 틈에 도망가야겠어요…….

자연스럽게, 아무렇지도 않은 태도를 가장하며 그 자리를 떠나려고 한 미아였으나.

"안 되지. 움직이지 마."

직후, 차가운 금속의 감촉이 목에 닿았다.

"히익!"

미아는 숨을 삼키며 펄쩍 뛰어올랐다.

자신의 목에 닿은 날카로운 칼날. 뇌리에 단두대의 차갑고 무거운 칼날의 기억이 되살아났다.

"괜한 생각 하지 마. 네 목을 베어버리는 것쯤은 쉬워."

젬의 말에 고개를 끄덕인 미아는 몸을 뻣뻣하게 굳혔다.

"어리석은 짓은 하지 마라. 선크랜드 본국은 바람 까마귀도 백아도 옹호하지 않을 거다. 이미 너희의 계획은 무너졌다고."

"그런 매정한 소리 하지 말아 주시죠, 시온 전하. 너무 충격이 커서 손이 미끄러지는 바람에 이 계집의 목을 베어버릴지도 모른다고요."

젬은 마치 괴롭히듯 칼날로 미아의 어깨를 툭툭 두드렸다.

"이쪽은 이 계집 때문에 계획이 망가진 원한이 뼛속까지 박혀 있어서 말이죠."

"히익⋯⋯⋯⋯."

미아의 뻣뻣한 비명 직후── 똑, 작은 소리가 들렸다.

무언가 액체 같은 게 떨어지는 소리⋯⋯. 젬은 미아를 내려다보고 깔보는 듯한 미소를 지었다.

"흥, 제국의 예지라고 해도 어차피 어린애군. 꼴사납기도 하지."

미아의 치마가 젖은 걸 보고 그 자리에 있는 사람들은 다들 그렇게 생각했으리라.

미아가 너무 무서운 나머지 실례를 저지른 거라고⋯⋯.

하지만 단 한 명── 그렇지 않다는 걸 깨달은 사람이 있었다.

미아의 제일가는 충신, 안느다.

──아니야! 이 냄새는⋯⋯.

코를 간질이는 이 꽃향기는 안느에겐 아주 익숙한 냄새이자⋯⋯.

자신의 소중한 주군의 머리카락을 장식하는 고운 향기라는 걸 깨달았기 때문이다.

『아벨에게 받은 건 좀 더 미끌미끌했던 걸로 기억하는데요.』

그 샴푸는 기름 함유량 때문인 건지 평범한 샴푸보다 더 미끌미끌하다.

그러니까, 즉, 그것은!

"미아 님! 뛰세요!"

갑자기 소리친 안느에게 그 자리에 있던 모든 사람이 순간 움직임을 멈췄다.

하지만 미아는……, 미아만큼은! 그 충신의 지시를 믿고 힘껏 달리기 위해 바닥을 박찼다!

직후 시간이 움직이기 시작했다.

"이 애새끼가!"

도망치려고 하는 미아를 알아차린 젬이 밉살맞은 제국의 예지의 목을 따버리고자 검을 휘두르고 힘껏 휘둘렀다.

그 칼날은 미아의 가늘고 어린 목을 쉽게 베어버릴── 줄 알았으나…….

미끌!

바닥을 박찬 미아의 발이 뒤로 힘차게 미끄러졌다.

"까아악!"

신발 바닥을 듬뿍 적신 샴푸가 만들어낸 것은 전투 훈련을 쌓은 자라고 해도 예상할 수 없는 뜻밖의 움직임.

미아는 그 자리에서 기세 좋게 앞으로 굴렀다.

그 뒤통수를 바람이 부웅 가르는 소리가 스쳤다.

"흐어억!"

조금 경망스러운 비명을 지른 미아였지만 그걸 비난할 사람은 한 명도 없었다.

"젠장, 이게! 으억!"

젬은 다시 검을 휘둘러 미아를 찔러 죽이려고 했지만, 그쪽으로 발을 옮길 때 바닥에 고인 샴푸를 밟는 바람에 뒤로 자빠졌다!

그 손에서 검이 날아가 버렸다.

"미아 님, 빨리! 빨리 이쪽으로!"

"히, 히익! 히익!"

일어나서 허둥지둥 안느 쪽으로 가려고 한 미아가 다시 굴렀다.

그 발이 뒤쪽을 향해 쭉 뻗어나갔다. 그리고…… 그곳에는 마침 넘어졌다가 일어나 미아를 잡으려고 쫓아오던 젬의 모습이 있었다.

"이 꼬맹이, 기다…… 으억!"

……그것은 우연히 일어난 불행한 사고였다.

우연히 넘어진 미아의 발 높이가 마침, 그…… 젬의 불…… 아니, 굳이 말할 필요는 없으리라. 너무나도 좀 그러니까…….

아무튼 걷어차고 말았다. 아주 힘껏…….

"끄어어어억!"

젬은 탁한 비명을 지르며 그 자리에 웅크렸다.

검을 거머쥔 디온이 그에게 접근했지만…….

"하하……. 설마 황녀님이 치명타를 먹일 줄은 몰랐는데……."

디온은 기가 막힌다는 듯 말했다.

이리하여 흑막 중 한 명, 젬을 훌륭하게 격퇴했다.

사건을 종결시킨 결정타는 제국의 예지, 미아 루나 티어문의
고운 다리에서 날아간 화려한 발차기였다.

제45화 소중히 키워온 게 시들지 않도록

"으윽, 젠장……."

미아 일행의 눈앞에는 밧줄로 묶인 백아의 구성원이 모여있었다.

하지만 아직도 저항 의사를 보이는 자는 딱 한 명. 원한 서린 눈으로 노려보는 젬뿐이었다.

미아는 말없이 쳐다보다가…… 아벨 쪽을 보고 입을 열었다.

"아벨……, 시온. 두 사람에게 부탁이 있습니다. 이분들…… 목숨만은 어떻게든 살려주실 수 있을까요?"

그걸 들은 아벨은 그리 크게 놀라지 않았다.

──아아, 역시 미아가 바라는 건 그거구나.

오히려 이런 감정이 가슴을 점령했다.

백아의 구성원들은 국가전복을 꾀한 자들이다. 바람 까마귀처럼 그저 정보만 수집했던 게 아니라, 직접적으로 공격한 자들이다.

극형에 처해도 약한 수준이다. 타국의 인간이 아니라면 일족과 사용인들까지 말살해도 이상하지 않다.

그런데도 미아는 목숨은 구해달라고 청했다.

보통은 당연히 그런 요청을 들어줄 수 없다. 그렇지만……, 그래도 아벨은 생각했다.

──제국의 황녀가 부탁하는 말이라면 아바마마께서 들어주실까?

기본적으로 그는…… 여자의 부탁에 약한 남자다.

──첩보 기관에 소속된 자들은……, 어떻게든 설득해서 최대한 양보하면 국외추방이겠지……. 오히려 문제는 국내에서 혁명 활동에 가담한 자들일 거야……. 단순히 선동당했을 뿐인 자들은 채찍형으로 끝날지도 모르지만, 린샤와 란베일 남매는 보통 극형……. 미아는 그걸 어떻게 생각하고 있는 거지?

의문은 느끼지만 걱정은 안 했다. 그걸 미아가 생각하지 않았을 리 없기 때문이다.

시온 또한 아벨과 같은 생각을 했다. 미아가 자신에게 했던 말, '만회할 기회'를 눈앞에 있는 자들에게 주려는 생각이라고.

그리고 그렇게 하기 위해 그녀가 움직인 것이라고도 생각했다.

백아 때문에 진흙탕 살육전이 일어났다면 아마 이 자들을 처형할 수밖에 없었을 것이다. 렘노 왕국과 선크랜드 왕국의 관계도 악화되고, 전쟁이 일어나는 걸 피하지 못했으리라.

그렇게 되면 어떻게 수습할 방도가 없다.

하지만 이번 피해는 그 정도로 크지 않다.

적어도 렘노 왕국이 대국 선크랜드를 적으로 돌리면서 전쟁을 벌일 생각을 할 만큼은 아닐 것이다.

교섭에 달려있다고 해도 아슬아슬한 선에서 저지했다고 볼 수 있다.

그런 상태에서 미아가 한 말이다.

──어쩔 수 없다는 말은 그렇게 되지 않도록 노력한 사람만이

할 수 있다……, 고 했지.

미아는 그러기 위해 최선의 노력을 다했다. 그렇다면…….

──나는 내가 지닌 모든 권한을 이용해 그녀의 말에 부응해야 해.

그녀에게 만회할 기회를 받은 시온으로서는 적어도 그 정도는 해야만 했다.

그리고 그러기 위해서는 면밀한 균형을 잡을 필요가 있다.

──만약 렘노 왕국이 국외추방 정도의 가벼운 처분을 내린다면 선크랜드 측에서도 처형하기 어렵지. 입을 막기 위해 죽인 거라고 생각할 거야. 그건 아벨 왕자 쪽에서 당부하게 해두고…… 문제는 이 녀석들의 처우인데……. 어떻게 하는 게 타당할까…….

"하하. 우릴 처형하지 않겠다니 제정신이야? 뭐야, 고문이라도 하시겠다?"

경직된 웃음을 흘리며 젬이 말했다.

"히히. 그런 짓을 해 봤자 아무 말도 안 할 거라고."

신경에 거슬리는 그 목소리에 시온은 무심코 눈썹을 찡그렸다.

──흐음, 고문이라. 그렇군. 황녀님은 아직 배후에 무언가가 숨어있다고 추측한 건가……?

유일하게 디온만은 완전히 다른 생각을 했다.

여기에 오는 동안 각종 사정을 들은 그는 한 가지 의혹을 품었기 때문이다.

그건 바람 까마귀의 변질이다. 수동적이었던 바람 까마귀라는 조직이 백아로 변모한 계기가 된 남자…….

──젬이라는 남자……, 영 수상해.

고문이든 뭐든 해보라는 말.

그건 국가에 충성을 맹세한 자라면 입에 담아도 이상한 말은 아니다.

그야말로 첩보에 몸담은 자라면 당연한 마음가짐이긴 한데…….

하지만 디온에게 그 말투는 단순한 충성심으로는 들리지 않았다. 비유하자면, 그러니까…….

──광신도가 내뱉는 것 같은……, 그런 것과 비슷한 뉘앙스가 있었어.

비뚤어진 조직. 미아는 그 뒤에 숨어있는 무언가를 민감하게 감지했기 때문에 눈앞에 있는 자들의 목숨을 살려달라고 청한 게 아니냐는 것이 디온의 추측이었다.

──하지만 저 녀석, 본인이 그렇게 말한 대로 쉽게 입을 열려고 할 것 같지 않은데. 황녀님은 어떻게 생각하는 거지? 의외로 아무 생각도 없다거나…….

……마지막 한 마디만 떼놓고 보면 디온이 정답이다.

미아가 한 말은 단순한 희망 사항이고, 실제로 어떻게 할지는 당연히 생각하지 않았다.

애당초 그 희망 사항 자체가 마이 퍼스트에 기반한 것이기도 하지만…….

그렇다. 아벨도 시온도 미아가 자비로운 성녀 같은 존재라는 것을 눈곱만큼도 의심하지 않으나……, 물론 그것은 착각이다.

말하자면 입 아프지만, 미아는 딱히 범인들에게 자비를 베풀려는 게 아니었다.

미아는 성녀도 아니고 딱히 마음이 넓은 것도 아니다. 오히려 굳이 따지라면 조금 좁은 편이다.

불쾌한 일을 겪으면 짜증을 부리고, 눈앞의 남자들 때문에 자신이 단두대에 올라가야 했다고 생각하면 굳이 도와줄 마음도 들지 않았다.

그렇다고 디온이 생각하는 것처럼 무언가를 의심한 것도 아니다.

그럼 왜 이런 말을 한 것이냐. 바로 한가지 불안에 사로잡혔기 때문이다.

즉…….

──제가 만회할 기회를 받은 것처럼 이 사람들에게도 주어지는 거 아닐까요?

자신이 시간 역행을 경험한 이상 다른 인간도 같은 기회를 얻을 가능성을 부정할 수 없다.

──그렇다면 그 조건은 뭘까요.

분명한 것은 모른다. 모르는 이상 실제로 그걸 경험한 자신을 기준으로 생각할 수밖에 없다.

예를 들어 그날과 같은 날, 같은 시간, 같은 장소에서 죽는다거나…….

혹은 단두대에서 목이 떨어지는 것이라거나, 미련을 남기고 죽는다든가…….

——이 음모의 관계자가 처형되면……, 그런 가능성도 있는 거 겠죠?

아무튼 자신과 같은 방식으로 죽은 눈앞의 남자들이 만회할 기회를 얻는다면 어떻게 되는가.

모처럼 지금까지 노력해서 역사를 개변했던 게 전부 뒤집힐지도 모른다.

——다, 단두대로 돌아가는 건 사양이에요!

그건 시간 역행을 한 뒤로 계속 미아를 지배해온 사고방식이다. 하지만…….

그 이상으로 강한 감정이 하나 있다는 것을 미아는 자각하고 있었다.

——그것만이 아니죠. 저는 지금 이 '시간'이 마음에 든다고요.

미아는 시선을 굴렸다.

이 자리에 있는 사람들…….

과거에 적이었던 시온, 그 종자인 키스우드, 게다가 자신의 목을 친 디온.

게다가 과거에는 남이나 마찬가지였던 아벨도 있다.

여기에 올 때까지 도와준 티오나가 있고, 클로에가 있고, 라피나가 있고…….

안느와 루드비히가 전부였던 미아의 주위가 지금은 수많은 동료로 가득했다. 이 따뜻한 세계를 자신이 생각했던 것보다 더 마음에 들어 하고 있다는 걸 알아차린 미아는 조금 당황했다.

시온과 티오나조차 이대로 자기 옆에 있어 주길 바라는 걸 깨닫고…….

──따, 딱히 당신들을 좋아하게 된 건 아니니까요! 착각하면 곤란해요!

무심코 마음속으로 츤데레 캐릭터를 발휘하는 미아였다.

참고로 디온만큼은 예전 그대로다.

──가능하다면 별로 가까이 두고 싶지 않아요…….

어느 의미 초지일관이다.

"아벨, 당신을 곤란하게 만든다는 건 알지만요. 그래도…….”

불안해하며 말하는 미아를 향해 아벨은 쓴웃음을 지으며 고개를 저었다.

"그래, 알았어. 네가 없었다면 이런 식으로 해결하지 못했을 테니까. 아바마마는…… 내가 어떻게든 설득해볼게.”

"하지만 설령 그들을 처형하지 않는다면 어떻게 할 생각이지?”

시온의 지당한 질문에 미아는 깜짝 놀라 고개를 갸웃거렸다.

"으음, 그러게요…….”

미아는 솔직히 살려놓기만 한다면 다른 건 아무래도 상관없었다. 하지만…….

──렘노 왕국의 감옥에 넣으면 암살당할 것 같고 말이죠…….
선크랜드의 감옥도 렘노 왕국 쪽에서 받아들이지 못하겠죠. 티어문이 데려가는 것도 괜찮지만…….

그때였다.

"뭐야, 정말 우리를 살려둘 생각이야? 황당할 정도로 착하구만.”

히죽히죽 웃는 젬의 얄미운 얼굴이 보였다.

——이 녀석, 어쩐지 좀 열 받네요…….

은근한 짜증이 올라온 미아는 불현듯 떠올렸다. 떠올리고 말았
다!

궁극의 괴롭힘을!

"음, 그래요. 그럼 라피나 님께 맡겨서 3년 정도 매일 설교를
듣게 한다는 건 어떨까요?"

미아의 제안에 시온도 아벨도 수긍하는 표정을 지었다.

실제로 그 제안은 미아가 낸 것 치고 참으로 타당했다. 베이르
가에 맡기면 가장 불만이 나오기 어렵기 때문이다.

디온은 '무르군……' 하고 중얼거렸지만 그럴 만도 한 것이, 상
당히 온정어린 처분이라 할 수 있다.

실제로 백아의 일원들은 대다수가 어안이 벙벙한 표정이었다.

……하지만.

"우, 웃기지 마! 업신여기는 거냐!"

단 한 명. 젬은 안색을 바꾸며 소리쳤다. 그 얼굴은 다소 창백
해 보였다.

조금 전까지는 얄미운 소릴 지껄이던 남자의 초조해하는 얼굴
을 본 미아는 심술궂은 미소를 머금었다.

"어머나. 고문이든 뭐든 해보라고 했잖아요?"

'꼴 좋군요!' 하며 웃은 미아는…… 몰랐다.

이 제안이 어떤 의미를 지니는지…….

이 판단이 역사의 그림자 속에 숨어있는 어둠을 파헤치는 최초

의 일격이 된다는 것을…… 꿈에도 상상하지 못했다.

이리하여 렘노 왕국에서 일어난 일련의 소란은 종식을 향했다.

걱정하던 란베일, 린샤 남매를 비롯해 혁명군의 중심 멤버에게도 온정이 주어졌다.

미아의 뜻을 헤아린 루드비히가 의기양양하게 왕도로 찾아가 설득했기 때문이다.

루드비히 왈, '자국민에게 책임을 물으면 선크랜드의 죄가 가벼워지지 않겠습니까?'라고 했다고 한다.

책임을 분산시키지 않고 선크랜드에 몰아줘서 더 많은 이득을 끌어내는 게 좋지 않겠냐는 그의 말에 렘노 국왕이 귀를 기울인 것이다.

그렇게 소동을 무사히 잠재우고 학원에 귀환한 미아는 중간고사 때문에 울게 되지만, 그건 여기서는 생략하기로 한다.

제1부 에필로그 식욕 및 마이 퍼스트인 황녀님

대륙에 찾아온 300년에 걸친 번영과 평화의 시대.

그 시작에는 수많은 영웅이 나타났다.

천칭왕이라 불린 현왕(賢王) 시온 솔 선크랜드와 그의 제일가는 심복 키스우드.

민중에게 구원의 길을 설파하고 국가 간의 평화에 힘을 쏟은 성녀 라피나 오르카 베이르가.

대륙 전역에 상호원조 시스템인 '미아넷'을 확립시킨 포크로드 상회의 수장, 클로에 포크로드와 사교도와 대규모 강도단과의 싸움에서 활약한 디온 알라이아.

티어문 제국의 체제를 개혁하고 활력을 되찾게 만든 수완가 루드비히, 신종 밀가루를 비롯해 유용한 작물을 수없이 개발한 세로 루돌폰과 그 지식을 계몽하는 데 종사한 티오나 루돌폰 등 이름을 꼽으면 끝이 없다.

그렇게 별처럼 찬란히 빛나는 위인들의 중심에서 한층 밝은 빛을 뿌리는 달이 있다.

대국 티어문 제국의 여제, 미아 루나 티어문.

제국의 예지라 불리며 수많은 영웅에게 사랑받은 그녀이지만, 실은 본인이 겉 무대에 서서 무언가를 이룩했다는 기록은 상당히 적다.

하지만……, 위인들이 어떠한 공적을 세웠을 때 '반드시'라고 해도 좋을 정도로 미아 여제의 모습이 곁에 있었다는 것은 역사가들 사이에선 유명한 이야기이다.

그런 수수께끼에 쌓인 그녀지만 제국 백성 사이에서는 인기가 아주 좋았고, 숱한 전설과 이야기가 구전되어 내려왔다.

다양한 이야기 중 사람들이 가장 좋아하는 것은 '왕자구출' 이야기다.

어떤 사건 때문에 국왕의 눈 밖에 난 왕자를 연인인 미아가 직접 구하러 가서 그대로 제국으로 데리고 돌아왔다는, 그녀의 '정열적인 사랑'을 엿볼 수 있는 에피소드이다.

그 후 그녀는 그 왕자를 자신의 남편으로 삼아 정식으로 제국에 받아들이게 되었다.

당시 제국 귀족들은 반발했다.

왜 폐위된 왕자와 혼인하는가. 완전히 쓸모없는 행동이 아닌가.

그런 반론을 그녀는, 그리고 그녀의 신하들은 온 힘을 다해 때려눕혔다.

정열적인 여성인 황녀 미아는 권력을 휘둘러 횡포를 부리지 않았으나, 자신의 사랑을 관철하기 위해서는 그 예지와 권세를 적극적으로 이용한 여성이었다.

그리고 그녀는 정열적인 사람이었지만 바람기가 많은 사람은 아니었다. 어린 시절의 사랑을 평생 품고 간 여성이기도 했다.

그게 사람들이 그녀를 좋아하고 친근하게 느끼는 원인 중 하나이기도 했다.

그 후 왕자였던 미아의 남편은 여제가 된 그녀를 헌신적으로 내

조했다. 제국은 번영했고, 부부는 8명의 아이를 낳아 황실의 핏줄도 한층 번영하였……

"8명이라니……. 너무 많은데요……."

미아는 읽고 있던 낡은 역사서에서 시선을 들어 올렸다. 여기는 세인트노엘 학원의 도서실이다.

클로에와 만나기로 약속한 미아는 문득 눈에 띈 역사서를 아무 생각 없이 펼쳐봤다.

거기에 적힌 건 티어문 제국의 여제, 미아 루나 티어문의 생애였다. 보통은 깜짝 놀랄 만한 상황이지만, 안타깝게도 미아는 비슷한 것을 알고 있다.

"아, 그 일기장 같은 건가 보군요……."

그렇게 가벼운 마음으로 읽어봤는데……

"8명……. 저, 저도 참. 굉장히 노력했잖아요……. 아벨과의 아이가 8명이나……."

"응? 미아잖아. 이런 곳에서 뭐 하는 거야?"

"으허어억?!"

갑자기 목소리가 들리는 바람에 미아는 펄쩍 뛰어올랐다. 뻣뻣하게 그쪽을 돌아보자, 아벨이 의아해하며 고개를 갸웃거리고 있었다.

"아, 아, 아벨, 무슨 일인가요? 이런 곳에서……."

"조금 조사하고 싶은 게 있어서. 미아는 뭘 읽고 있어?"

"어, 그게…… 어머?"

차마 이걸 아벨에게 보여줄 수는 없다고 생각하며 페이지에 시선을 되돌리자, 묘한 위화감이 느껴졌다. 조금 전까지 읽었던 부분이 어디에도 보이지 않았기 때문이다.

"이상하네요……. 조금 전까지는 분명히……."

작게 중얼거리는 미아의 시야 한구석에 순간 금색 빛이 보였다.

페이지에서 떠오른 글자 같은 그것이 바로 실처럼 풀리더니 허공으로 녹아 사라졌다.

"지금 이건…………?"

"미아?"

미아는 작게 고개를 젓고 아벨을 쳐다봤다.

"아뇨, 아무것도 아니에요."

사라진 역사서의 글귀. 미아의 눈에는 그게 한 번 정해졌던 미래가 다시 미정이 된 증거처럼 보였다.

행복해 보이는 미래가 물거품처럼 사라졌다. ……하지만 미아는 딱히 개의치 않아 하며 말했다.

"뭐, 상관없죠. 그걸로는 불만이었고……."

왜냐하면 그 미래에선 아벨이 고국으로 돌아가지 못하게 되고, 가족과도 만나지 못하게 되기 때문이다.

그걸로는 완벽히 행복한 미래라고 할 수 없다.

탐욕스럽게 행복을 추구하는 게 미아의 스타일이다.

흔들림 없는 마이 퍼스트를 관철하는 것. 과거에나 지금이나 변하지 않는 미아의 삶의 방식이다.

그러니까.

"모처럼 단두대에서 죽는 운명을 회피했으니, 그 정도의 행복으로는 만족하지 않을 거예요. 그럼요. 누가 그걸로 만족해준다고."

미래는 아직 정해지지 않았다. 미아의 인생이 어떻게 될지는 모른다.

단 하나, 변하지 않는 건 미아가 절대 타협하지 않는다는 것.

자신의 행복에도, 그리고…… 소중한 사람들의 행복에도…….

이건 다소 자기중심적인 황녀님이 다시 쓰는 이야기.

그녀가 뿌린 희망의 씨앗이 어떤 미래를 물들이게 될지…….

그건 아직 아무도 모른다.

제1부 Fin

심야의 도서실.

아무도 없는 실내가 달빛을 받고 있다.

중후한 나무 책상 위, 누군가가 책꽂이에 돌려놓는 걸 잊어버린 건지 한 권의 책이 놓여 있었다.

그건 낮에 미아가 읽었던 역사서다.

……이쯤 되면 누가 잊고 간 건지 알아차렸으리라.

별안간 그 책이 펼쳐졌다.

바람도 없는데 페이지가 파라락 넘어가더니, 그곳에서 은은한 금색 빛이 뿜어져 나왔다.

빛은 글자 모양으로 바뀌더니 새로운 문장을 형성해나갔다.

그 불길한 예언 같은 문장, 암흑의 미래에 도달하는 역사는 누구의 눈에도 머무르지 않고 다시 무너져 사라진다.

마지막까지 남은 글자는 한 소녀의 이름이었다.

제국의 예지의 피를 이어받은 자. 티어문 제국 최후의 황녀, 미아벨 루나 티어문.

그녀야말로 상자 속에 남은 마지막 희망이라는 듯, 그 글자는 계속 형태를 유지한 채 버티다가 결국엔 무너져서 허공으로 녹아버렸다.

시간은 흐르고, 이야기는 다시 움직이기 시작한다.

제3권으로 계속

월광회의 초대

Invitation to the moonlight society

한 소녀가 세인트노엘 학원의 넓은 복도를 걷고 있었다.

나이는 10대 중반 정도일까. 호화롭게 기른 머리카락을 흩날리며 어깨로 바람을 가르고 걸어갔다.

자신만만한 미소를 짓는 소녀를 보고 스쳐 지나가던 학생들 상당수가 발을 멈추고 길을 비켜주었다.

주변국의 왕후 · 귀족을 모아둔 이 학원에서도 그녀는, 자신이, 자신이야말로 공경을 받기에 어울리는 존재라고 확신하며 그 확신은 흔들리지 않았다.

그 정도의 권력을 지닌 가문에서 태어나고 자란 소녀였다.

에메랄다 에트와 그린문.

티어문 제국의 사대공작가의 한 축을 담당하는 그린문 공작가의 영애이다.

그 이름에 별(에트와)을 지닌 그들은 에트왈라, 즉 별을 지닌 공작이라 불리며 어엿한 황위 계승권을 지닌 황제의 혈족이었다.

그 막대한 권력은 황제의 권위가 실추하기 전에는 작은 나라의 왕족과도 필적한다고 하였다. 따라서 여기 세인트노엘에서도 그녀는 한 수 위로 여겨지는 존재가 되었다.

당당히, 마치 왕과도 같은 걸음으로 향한 곳은 다과회 등에 많이 쓰이곤 하는 살롱, '아기 천사가 머무는 곳'이었다.

넓은 살롱에는 사람의 모습이 거의 없었다. 중앙 탁자에서 차를 즐기는 소년 한 명과, 그의 종자뿐이었다.

"안녕, 에메랄다. 상당히 늦었잖아. 이 나를 기다리게 하다니,

에트왈린(별을 지닌 공작 영애)이 아니었다면 무슨 일이 일어났을지……."

마치 건배하는 듯한 동작으로 홍차가 담긴 잔을 들어 올린 소년의 이름은 사피아스 에트와 블루문. 에메랄다와 마찬가지로 사대공작가의 한 축을 담당하는 블루문 공작가에서 태어났다.

나이도 에메랄다와 같은 16살이기 때문에 파티나 이런저런 자리에서 얼굴을 볼 기회도 많다.

그렇다고 사이가 좋으냐면 절대 그런 건 아니지만…….

"뭐, 이 월광회에서는 아무리 늦게 온다고 해도 불평할 수 없긴 해."

월광회라는 이름이 붙은 이 다과회는 에메랄다의 제안으로 시작된 모임이다. 자랑스러운 제국 귀족으로서 제국을 위해 모든 힘을 다하기로 맹세하기 위한 다과회다.

참가 자격은 에트왈라 이상의 가문에 소속된 제국 귀족.

즉, 올해 봄부터 이 세인트노엘에 다닐 예정인 옐로문 공작가의 영애를 제외한 세 명, 그린문, 블루문, 레드문 공작가의 자제에 더해 황녀 미아 루나 티어문만을 대상으로 한 다과회다.

그리고 오늘은 바로 미아를 처음으로 초대한 모임…… 이었는데…….

"그래서? 변덕스러운 레드문 공작가의 영애가 아직 오지 않은 건 늘 그랬으니 그렇다 치고, 미아 황녀 전하께선 아직 안 오신 거야?"

에메랄다는 그 질문에 대답하지 않고, 대신 자리에 앉아 불만 어린 한숨을 쉬었다.

"좀 들어주세요, 사피아스. 미아 님께선 오늘 여기에 못 오신다는 거예요."

입을 열자마자 불평이 가득한 에메랄다의 말에 사피아스는 어깨를 으쓱했다.

"이런. 무슨 일이 있으신가? 우리 황녀 전하께선."

에메랄다는 사피아스의 맞은편에 앉아 눈앞에 있는 케이크를 한 입, 두 입, 세 입······.

그 후 깊은 한숨을 쉬었다.

"루돌폰 가 첫째의 노고를 치하하신다나요."

"루돌폰? 아, 변경백······. 하지만 치하하다니, 그 시골뜨기가 뭘 했길래?"

"뭐라나, 렘노 왕국에서 공을 세웠다던가? 미아 님의 대리로 렘노 국왕과 회담한 루드비히라는 평민과 동행해 담판을 짓고 왔다고 하던데요······."

에메랄다는 심통이 난다는 듯 입술을 삐죽였다.

"신상필벌(信賞必罰)을 소홀히 할 수 없다고는 해도, 우리를 경시하는 행동은 유쾌하지 않네. 선크랜드의 왕자 전하와 밀회하거나 라피나 님과 다과회가 있다는 거라면 모를까······."

사피아스는 눈앞에 놓인 과자를 입에 넣었다. 바삭바삭한 파이를 씹어먹은 다음 씩 웃었다.

"하지만 그건 우리 사대공작가의 조력은 필요하지 않다고······, 미아 황녀 전하께선 그렇게 말씀하시는 걸까······? 후후후, 우리도 참 가볍게 보였구나. 그렇지? 에메랄다."

완전히 악당 같은 표정으로 에메랄다에게 말을 건네는 사피아스였지만……. 안타깝게도 에메랄다는 듣고 있지 않았다…….

"……으으윽……, 모처럼 제가 다과회를 열어드렸는데 그걸 거절하시다니, 받아들일 수 없어요! 미아 님……, 어째서……."

부들부들 떨리는 손으로 케이크용 포크를 힘껏 움켜쥐었다.

"……에메랄다, 포크를 구부러뜨리지는 마. 여기 비품은 라피나 님의 관할이니까."

그걸 본 사피아스는 기가 막힌다는 듯 어깨를 으쓱했다.

"이쪽입니다. 사자님."

미아의 밀명을 받은 루드비히 휴이트는 렘노 왕국의 왕성에 찾아왔다. 지난 혁명 사건을 마무리 짓기 위해서, 미아가 목표로 하는 기적 같은 해피엔딩을 실현하기 위해서.

그리고 그런 그의 뒷모습을 보며…… 티오나 루돌폰은 한숨을 쉬었다.

본래 티오나는 미아 일행과 함께 귀환할 예정이었지만, 어떤 이유 때문에 루드비히와 동행하겠다고 청했다.

──아무런 도움도 되지 못했어…….

그녀는 자신의 무력함을 절실하게 느꼈다. 미아에게 보은하고 싶어서 몸을 날려서라도 지키려고 다짐했었는데도 마차에서 습격을 당했을 때 아무런 도움도 되지 못했다.

그 후에도 뿔뿔이 떨어져 있었기 때문에 미아를 위해 무엇 하나 이루지 못했다.

——미아 님께선 엄청난 일을 이루셨는데, 아무런 도움이 되지 못했어.

그래서 뭘 할 수 있는지도 몰랐지만 무언가를 하고 싶다는 생각에 루드비히를 따라왔다.

도저히 이대로 돌아갈 수는 없다고 생각했기 때문에…….

하지만…….

——여기서 내가 할 수 있는 일이 있을까……?

그녀는 벌서 후회하고 있었다.

눈앞에서 노호가 날아다녔다.

루드비히가 대치하는 자들은 렘노 왕국의 중신들. 그리고 가장 높은 곳에서 이쪽을 내려다보고 있는 사람은 바로 렘노 국왕이다.

"혁명군을 무죄 방면하라고? 무슨 말도 안 되는 소린가."

그가 날카로운 목소리로 루드비히의 말을 쳐냈다.

"그렇지. 외부인이 참견할 일이 아니오."

왕을 추종하듯 주위에 있던 귀족들이 언성을 높였다.

확실히 정론이긴 하다.

미수로 끝났다고 해도 국가전복을 획책한 중죄인. 피해 규모와는 상관없이, 일족을 몰살시켜야 하는 대역죄다.

애초에 주범인 선크랜드의 간첩 '백아'에게는 성 베이르가 공국의 개입도 더해져서 손을 대지 못하는 이상, 그 분노의 칼끝이 혁명파의 수뇌부인 란베일과 그 일당으로 향하는 것도 어쩔 수 없다.

그렇다. 그건 당연한 일이다. 따라서 그 당연한 것을 뒤엎기 위해서는 상대방이 받아들일 수 있을 만한, 타당하고 합리적인 이유가 필요해지는데…….

──루드비히 씨, 조금 전부터 계속 아무 말도 없어.

티오나는 그 이유를 잘 알고 있었다.

눈앞에 있는 사람들은 애초에 루드비히의 말을 들을 마음이 없기 때문이다.

아무리 이성적으로, 혹은 합리적으로 말해도 분노라는 감정은 그것을 쉽게 무시해버린다. 그렇기에 루드비히는 이런 상황에선 무슨 말을 해도 소용없다고 판단한 것이다.

"아벨에게 협력한 린샤라는 여자라면 모를까, 그 오라비와 동료들의 처형은 피할 수 없다."

왕의 말은 그저 엄숙하고 가혹했다. 아벨 왕자와 루드비히의 말에 귀를 기울이려는 기색이 없었다.

심지어 그 분노의 칼끝은 여기에 없는 자에게까지 향했다.

그건 즉…….

"애초에, 귀공은 티어문 제국이라고 해도 황녀의 가신이 아닌가. 조금 전부터 어리석기 그지없는 진언을 하는 건 전부 그 황녀의 뜻에 따른 것일 테지만……. 그런 아둔한 말에 귀를 기울일 필요는 느끼지 못하겠군."

미아를 향한, 화풀이로도 들릴 수 있는 모욕……. 그 말만은 흘려들을 수 없었다.

인내심의 한계라는 듯 루드비히가 입을 벌리려고 한 바로 그 순간, 티오나가 언성을 높였다.

"미아 님께선 결코 어리석은 자가 아닙니다."

티오나 자신은 확실히 아무것도 하지 못했다. 하지만 그녀는 보았다.

미아가 일으킨 기적을 빠짐없이 그 눈에 각인했다.

그렇기에 티오나는 그저 본 것만을, 마음이 이끄는 대로 이야기하기 시작했다.

"미아 님께선 렘노 왕국의 소식을 듣고, 학우이신 아벨 왕자님의 곤경을 구하기 위해 적은 인원으로 이 나라에 오셨습니다. 자세한 상황을 듣고 혁명을 일으킨 자들에게도 동정의 여지가 충분하다는 걸 알아차리시고는, 단 한 명의 목숨도 스러지지 않도록 손을 쓰셨습니다. 이러한 일을 달리 누가 할 수 있다는 겁니까?"

"무슨 어리석은 말을……."

왕은 티오나를 향해 모욕하는 시선을 보냈다.

그곳에 있는 사람은 렘노 왕국에서는 입을 다물고 있어야 할 어린 계집. 그 입에서 나오는 말은 유치해서 들을 가치도 없는 작은 목소리…….

그건 말하자면 길거리에 굴러다니는 돌멩이다. 완고하게 낡은 사고방식을 신봉하는 국왕에게도, 주위의 중신들에게도 결코 닿지 않는…….

하지만 그것은 돌멩이다. 호수에 떨어뜨리면 파문이 퍼지고, 그렇게 만들어지는 파도는 때로 바위를 깎아내는 힘을 지닌다.

티오나가 움직인 것. 그것은 렘노 국왕의 마음이 아니었다.

그녀가 환기한 것은…… 그때 그 자리에 있던 자들의 마음이다.

제국의 예지, 미아 루나 티어문의 말을 직접 들었던 자들의 마음이었다.

그리고 강철창, 베르나르도 바질도 마음에 파문이 일어난 사람 중 한 명이었다.

고풍적인 전사인 이 남자는 일대일 승부를 사랑할 정도의 남자다. 뒤틀린 걸 싫어하고, 기사도를 중시하는 남자다.

따라서……, 소녀의 말에 마음이 움직이니…… 자신도 입을 열수밖에 없었다. 침묵을 지키는 것은 그에게는 수치였다.

"폐하, 그자의 말에 부디 귀를 기울여주십시오. 아직 어린 외국의 황녀가 이번 사건을 피 한 방울 흘리지 않고 해결했습니다. 우리나라가 휘말린 모략을 파헤치고, 왕의 검인 저희가 왕의 국민을 치는 것을 미연에 방지했습니다. 저희는 동포끼리 피를 흘리는 길을 피할 수 있었습니다."

"베르나르도……, 네가……."

렘노 왕국은 무(武)를 중시하는 나라.

나라를 대표하는 기사의 말은 아무리 왕이라고 해도 귀담아들을 수밖에 없다. 머뭇거리는 왕의 동요는 중신들에게도 영향을 주었다.

그건 그들의 분노의 파도와 티오나 루돌폰이 미아를 위하는 마음의 파도가 부딪혀서 만들어낸 감정의 고요.

그 찰나의 정적에 루드비히가 마침내 입을 열었다.

"렘노 국왕 폐하, 그리고 여기 모여계신 중신 여러분. 부디 들어주십시오. 부디 렘노 왕국을 위해 지금 무엇을 해야 하는지, 어떻게 하는 게 이 나라의 상처를 달래주는 방법인지 생각해주시기 바랍니다."

루드비히는 손가락으로 안경을 고쳐 쓰면서 말을 이었다.

"자국민의 죄를 물었을 때와 묻지 않았을 때의 이점……. 그에 대해 잠시 함께 생각해주셨으면 합니다."

루드비히가 고심하면서 짜 맞춘 설득은 왕을 비롯한 중신들의 마음에 스르륵 파고들었다.

이리하여 제국의 예지, 미아 루나 티어문이 일으킨 기적은 종국을 향해 나아가게 되었다.

그런데…….

루드비히와 티오나가 얼마나 고생하는지는 조금도 모른 채…….
세인트노엘 학원에 귀환한 미아는 완전히 힘이 빠져서 여행의 피로를 달래고 있었다.

"으음, 다른 사람들에게 감사 인사를 해야겠네요……."

그런 생각을 떠올린 건 침대 위에서 사흘 정도 뒹굴거린 뒤였다.

"한 명 한 명에게 선물을 보내는 것도 좀 귀찮으니까, 한꺼번에 축하 파티라도 여는 게 좋을까요……?"

결코 자신이 달콤한 음식을 먹고 싶었기 때문…… 인 건 아니다.

계속 긴장하고 다녔기 때문에 아주 피곤해서, 자신에게 상을 주기 위해 공전절후의 디저트 파티를 열기로 했다는 것도 크나큰 오해이다.

"그래요. 어디까지나 이건 보답을 위해서니까요……. 보답, 보답……."

이렇게 미아의 눈앞에 대의명분이 갖춰졌다.

"하지만 축하 파티를 여는 건 좋아도 메뉴 선정이 어렵네요…… 으음."

그런 생각을 하던 미아는 친구인 라냐 왕녀에게 상담해봤다.

페르쟝 농업국의 왕녀인 라냐라면 디저트에 대해 자세히 알고 있을지도 모른다고 판단했기 때문이다.

렘노 왕국에서 일어난 일련의 사건을 들은 라냐는 미아가 무사하다는 걸 진심으로 기뻐했다.

"앗……, 그런 거라면 마침 좋은 게 있답니다, 미아 님."

"어머나, 생각나는 게 있나요?"

"네. 실은 얼마 전 저희 농업국에서 테스트로 만들어본 황제 멜론이라는 게 있는데요……, 이게 정말 극상의 맛이라……."

"흠흠, 자세히 들려주세요!"

"품종개량을 거듭해 당도를 극도로 높였답니다. 그 대신 익은 뒤에 상할 때까지 걸리는 시간이 아주 짧지만요……. 그래도 그 맛은 정말 천국의 맛……. 입에 넣은 순간의 단맛이 극상의 설탕 과자 같답니다. 하지만 입안에서 녹을 때는 달콤한 멜론의 향기 와 은은한 산미가 사르르 퍼지죠. 마치 대지의 은혜를 인간의 지혜로 응축해놓은 듯한 근사한 과일이랍니다."

"어머, 어머…… 근사하네요. 분명 대단히 근사할 거예요."

미아의 머릿속에 페르쟝의 맛있는 멜론에 거는 기대가 펼쳐졌다.

"다만 조금 전에도 말씀드린 대로 먹을 수 있는 시간이 아주 짧습니다. 그러니 여기로 들여오면 그날 바로 드셔야 하는데요……."

"그렇군요. 연회 일정을 한 번 잡으면 절대 변경해선 안 된다는 거죠? 그건 문제없지 않을까요……?"

소수 인원을 모아서 여는 작은 파티다.

사전에 약속을 잡아둔다면 문제는 없을 것이다.

문제가 되는 건 오히려…….

"아, 하지만 그렇게 맛있는 멜론이라면 굉장히 비싸지 않을까요?"

이제는 완전히 구두쇠가 되어버린 미아였다. 맛있는 게 비싸다는 건 뼈저리게 알고 있다.

그런 미아에게 라냐는 부드럽게 웃으며 말했다.

"괜찮습니다. 미아 님의 무사 귀환을 축하하는 뜻에서 제가 선물하겠습니다. 본국에는 저희 페르쟝의 농산물을 선보일 자리로 다과회를 열어주시는 거라고 전해두겠습니다."

미아의 눈에 그 미소는 천사의 미소로 보였다.

이렇게 문제는 전부 해결된 건 줄 알았으나…….

"우후후, 페르쟝의 맛있는 멜론. 기대돼요!"

즐거운 망상으로 머리가 가득 찬 미아에게 에메랄다의 연락이 날아왔다. 사대공작가 중 세 가문의 영식, 영애와 함께하는 다과회에 초대한다는 내용이었다.

심지어 하필이면 축하 파티날과 일정이 겹쳤다.

"으으윽……, 정말 타이밍이 안 좋아요……."

소국 페르쟝 농업국의 왕녀가 주최하는 다과회를 우선시해서 그녀의 초대를 거절하면 에메랄다는 화를 낼 게 분명하다.

페르쟝 본국에 보내는 편지는 대외적으로는 라냐가 파티를 주최한다고 되어있기 때문이다.

그렇다고 일정을 바꿔 달라는 것도 어렵다.

──극상의 멜론을 생각하면 시간을 바꿀 수 없어요. 에메랄다 양은 자존심 때문에 바꿔주지 않을 테고…….

성가신 문제에 봉착한 미아는 머리를 부여잡았다.

"으으, 어떻게 하죠……? 정말이지. 에메랄다 양은 왜 이렇게 귀찮은 일을 끌고 오는 건가요! 정말 믿을 수 없어요!"

미아 안에서 에메랄다의 호감도가 10 내려갔다.

끄응, 끄응……. 앓는 소리를 내며 고민하기를 잠시. ……미아는 퍼뜩 떠올렸다.

"아, 그래요. 그럼 이번 사건에서 공을 세웠다고 하며 티오나 양에게 포상을 내리는 자리라는 걸로 해두는 건 어떨까요?"

그 후 미아는 책상 위에 대충 쌓아두었던 보고서 다발에 손을 쑤셔 넣어 뒤적뒤적 찾았다.

"분명 루드비히에게 티오나 양이 열심히 했다는 연락을 받았던 것 같은데요…….”

상대는 원한 관계였던 티오나이긴 하지만…… 그때는 그때고 지금은 지금이다.

“논공행상은 윗사람의 소중한 의무죠. 이거라면 에메랄다 양도 이해해주겠죠. 음! 나이스 아이디어예요!”

이리하여 미아는 콧노래를 흥얼거리면서 에메랄다에게 보낼, 다과회에 불참한다는 내용의 편지를 썼다.

미아의 황홀한 일기장

MEER'S ECSTATIC
DIARY

TEARMOON
EMPIRE STORY

10월 1일

오늘은 빵에 벌꿀을 듬뿍 발라서 먹었다.
역시 성 베이르가 공국의 벌꿀은 최고다. 대단한 맛이었다.

10월 10일

오늘의 메뉴는 케이크…… 로 하려고 했더니 안느에게 혼났다. 설마 안느가 주방장과 공모하고 있었을 줄이야……. 다음부터 케이크를 먹을 때는 몰래 먹어야겠다고 생각했다.

10월 25일

오늘은 오랜만에 황월 토마토 스튜를 먹었다.
맛있었지만 제국에서 먹었던 게 더 좋은 맛이었다.
주방장의 요리가 조금 그리워졌다.

11월 25일

잠깐, 어째 다시 읽어보니 또 먹을 것 이야기만 써 놓았잖아요.
방심하면 식사 메뉴를 적게 되다니……. 이 일기장, 저주받은 거 아닐까요?
뭐, 그건 됐습니다. 그보다 오늘은 굉장한 것을 발견했거든요.

도서실에 미래가 적힌 역사서가 있었는데요. 솔직히 그건 괜찮아요. 그 일기장도 있었으니 놀랄 필요는 없죠.

하지만 문제는 거기에 적힌 내용입니다.

제가 아벨과 결혼한다고 적혀있었지 뭐예요.

아벨은 어떤 식으로 청혼해줄까요? 기대됩니다.

아뇨, 기다리기만 해선 안 되겠죠? 역시 제 쪽에서, 아니, 하지만 그건…….

그건 그렇고, 결혼이라니. 단두대에서 시작해 멋진 남성과 맺어지는 미래로 가다니, 저도 참 열심히 했군요. 감개무량해요.

게다가 아이가 8명이나 있다잖아요. 8명이나 낳으면 황실도 안녕하겠군요. 좋은 시류예요.

하지만……, 8명…… 은 좀 너무 많은 느낌도 듭니다. 이건 엄청난 노동이에요.

심지어 여제가 된다고도 적혀있었죠. 솔직히 좀 귀찮습니다.

아아, 누가 대신해주지 않을까요?

후기

안녕하세요, 오랜만입니다. 모치츠키 노조무입니다. 또 만나 뵙게 되어 기쁩니다.

이 이야기는 WEB 사이트에 정기적으로 투고하고 있는 이야기 이다 보니, 그때그때 유행하는 화제나 당시 작가가 인상 깊게 기 억한 소재가 군데군데 담겨있습니다. 이 2권에서 꼽자면 '기근은 식량의 절대량이 부족해서 일어나는 게 아니라, 물자의 흐름이 정체되기 때문에 일어난다'는 부분이 바로 그런 경우입니다.

이 이야기는 미국 대공황을 다룬 방송과 기근 대책을 세우는 NGO 단체의 기사에서 알게 되었습니다. (몇 년 전 일이기 때문 에 지금도 그런지는 모르겠지만요⋯⋯.)

식량의 절대량이 부족하다면 어떻게 할 수 없지만, 생산량 자 체는 전 세계 사람들을 전부 먹일 수 있을 만큼은 나옵니다. 하지 만 일부에서 창고에서 썩혀두고 있는 식량이 구석구석 도달하지 못하기 때문에 굶주리는 사람이 생기는 거죠. 즉, 그건 인간이 만 드는 시스템에 따라서는 어떻게 해볼 수 있는 문제 아닌가? 하는 숙제가 나온 듯한 기분이 들었습니다.

⋯⋯뭐 이렇게 사회에 대해 조금 배울 수도 있고 전 세계 사람 들이나 윤리적인 문제를 생각할 계기가 되기도 하는 티어문 제국 이야기⋯⋯, 아들·딸이나 손자·손녀들, 여름방학 과제 도서로 도 추천입니다!

그럼 이번에도 미아 황녀와 함께 3권의 볼거리를 소개하겠습니다. 좋았어!

미아 : ……3권이고 뭐고, 2권에서 끝나도 되는 거 아닌가요? 저는 그게 더 행복한 인생을 살 수 있을 것 같은 느낌이 드는데요…….

모치츠키 : 무슨 말씀이세요? 미아 전하께서 열심히 하지 않으면 자손이 고생하게 되니까 놀고 계시면 안 되죠. 애초에 그 원인은…….

미아 : 그래요, 알고 있어요. 그건 그렇고 3권이라면……. 아아, 제가 거대 상어를 쓰러뜨리는 이야기였던가요?

모치츠키 : 아뇨, 그건 더 나중에 나오는 이야기입니다.

미아 : 아, 그럼 제가 라피나 님과의 인기투표에서 승리하는 이야기?

모치츠키 : 딱히 틀린 건 아니지만 저는 모릅니다? 라피나 님께서 이 이야기를 들어도…….

미아 : 어머나, 제가 무슨 말을 했죠? 오호호, 큰일이네요. 요즘 자주 기억이 날아가요.

뭐 이런 느낌으로 다음 권에는 신규 캐릭터 등장! 기대해주세요!

마지막으로 감사 인사를.

일러스트 담당인 Gilse님, 이번에도 멋진 그림을 그려주셔서 감사합니다. 미아를 귀엽게 그려주셔서 정말 좋아요. 독자 여러분 중에는 '이상해, 미아가 너무 귀여워…….' 라며 당황해하는 분도 계시지만요. (웃음) 작가인 저는 대만족입니다!

담당 편집자인 F님, 여러모로 신세 많이 졌습니다.

가족·친척 여러분. 늘 신세 지고 있습니다. 응원 감사합니다.

마지막으로 독자 여러분. 이 책을 읽어주셔서 감사합니다. 미아의 대모험을 즐겁게 기대해주신다면 더없이 기쁩니다. 그럼 또 다음 권에서 만날 수 있길 바라며.

2권도

잘 부탁
드립니다.

권말 보너스

코미컬라이즈 미리 보기

COMICS TRIAL READING

TEARMOON

EMPIRE STORY

원작 —— 모치츠키 노조무

만화 —— 모리노 미즈

캐릭터 원안 —— Gilse

우웅....

티어문 제국, 제도 루나티어.

제국의 유일한 황녀, 미아 루나 티어문. 20세.

왕아앙아

앙아아아아

......어째서

어째서 이런 일이.

끼야아아
아아아아
아아아아
아아아아
아아아악!

모, 모모모, 목!
제목, 제목,
제목이이이이!

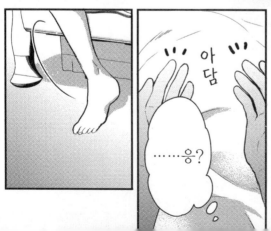

''' 아
담

......응?

부, 붙어
있군요.
괜찮아요.
괜찮아.

이건……

……

제
일기장……
이네요.

어쩐지
무척 낡아
보이는데……

속

펄럭

이제 곧 처형일이다. 분명 단두대에서 목이 잘리겠지.
무서워. 무서워. 무서워무서워. 죽고 싶지 않아. 누가 살려줘.

뭐가 문제였던 거지? 빵이 없으면 고기를 먹으면 된다고 웃었기 때문에?
실연의 분풀이로 가난한 귀족 영애의 뺨을 때렸기 때문에?
싫어하는 야채가 들어간 요리를 만든 주방장을 해고했기 때문에?
싫어싫어싫어죽고싶지않아죽고싶지않아죽고싶지

끼야아아
아아아아
아아아아
아아아아
아야아아악

……하지만

이거
잘 보니

황녀님의
영양 밸런스를
고려한 식사이니
편식하지
마십시오.

……

이런 점이
싫어서
해고한건데요.

……

왠지 모르게……

떽,
너희들!

세상이
망하는 게
아닐까….

?

화, 화,
황송합니다.

지금
드신 건
3일에 걸쳐서
끓였으니까요.

예를 들어
황월 토마토는
푹 익히는 단계를
생략하면 비릿하고
텁텁한 맛이라고
느끼실 수 있지만

하지만…
오늘의 스튜는
재료 본연의 맛을
살리는 요리였으니
제 공적은 아닙니다.

불 조절만
조심하면
누구든
만들 수 있지요.

어머,
그랬나요?

구벅

아뇨,
그러면
황녀 전하의
몸에
안 좋습니다.

어머
그런기

하지만
그렇게
손이 많이
가는 거라면
무리해가며
만들 필요는

황실 분들의
건강을 지키는 것도
신하인 저희의
의무이니까요.

꿈(?)속에서는

혁명 후에 이런 식으로
나를 염려해주는 사람은
거의 없었죠.

……… 생각해 보면

오늘 드신 요리는
서민이 한 달은 일해야
하는 봉급과 비슷한
가격의 고급 요리였으니

단순히
단가의 문제일지도
모르지만요….

그런가요…?

서민의
봉급이라고
해도 잘 와닿지
않

네
요….

………

호왓

당신들
왕족의 식사에
얼마나 많은 돈이
들어가는지

알고는 있나?

…라?!

……역시 10년 가까이 꿈을 꿨던 것 같은데요….

조금 전의 그 비아냥 섞인 목소리·· 누구였죠……

무언가… 꼭 떠올려야만 하는 것이 있는 것 같은데요.

짝 짝

알겠습니다.

메이드! 누가 달콤한 음식을 가져와 주세요.

반 짝

그래요!

머리를 쓸 때는 당분이 필요하죠.

으음

네, 문제없어요. 고마워요.

네?!

미아 님, 죄송합니다. 다치신 곳은 없으십니까?

세상에 당신 지 뭘 하는 겁

그 미아 님께서
화를
안 내시다니……?

미아 님,
대단히
죄송합니다.

그보다
저 메이드는
괜찮은
건가요?

케이크는
새 케이크로
다시 내오면
그만이니까요.

분노했다.

당신!!!

실은 오늘의
케이크는
그것 말고는…

거기
무릎
꿇으세요!

성큼
성큼
성큼
성큼
성큼
성큼

쿵쿵쿵쿵쿵쿵

히익!

제, 제 케이크를!

당신, 얼굴을 드세요!!

역시
평소의
황녀님이셔.

이후 내용은 코믹스로 즐겨주세요

티어문 제국 이야기 III

TEARMOON EMPIRE STORY

2020년 발매!

Tearmoon
Empire Story

모치츠키 노조무 지음

Giise 일러스트

미아 할머니,
학생회장 선거에
나가서
라피나 성황제님을
지게 해 주세요!

네에...?

또다시 파멸 회피로——……

제가 할머니라니
무슨 말인가요?!

미래에서 역전 전생한 자신의 자손(&자신의 미래)을 구하기 위해
미아가 임하는 학생회장 선거의 행방은?

제2부 「이정표의 소녀」 개막!

Tearmoon Teikoku Monogatari 2-Dantoudai kara hazimaru hime no gyakuten story-
by Nozomu Mochitsuki

Copyright © 2019 by Nozomu Mochitsuki
Original Japanese edition published by TO Books, Inc.
Korean translation rights arranged with TO Books, Inc.
Korean translation rights © 2020 by Somy Media, Inc.

티어문 제국 이야기 2 ~단두대에서 시작하는 황녀님의 전생 역전 스토리~

2022년 7월 30일 1판 3쇄 발행

저　　　자 모치츠키 노조무
일러스트 Gilse
옮 긴 이 현노을
발 행 인 유재옥
본 부 장 조병권
담당편집 정영길
편 집 1 팀 김준균 김혜연 박소연
편 집 2 팀 정영길 조찬희 박치우 정지원
편 집 3 팀 오준영 곽혜민 이해빈
미　　　술 김보라 박민솔
라이츠담당 맹미영 이승희 이윤서
디 지 털 박상섭 최서윤 김지연
발 행 처 ㈜소미미디어
인쇄제작처 코리아피앤피
등　　　록 제2015-000008호
주　　　소 서울 마포구 토정로 222, 403호(신수동, 한국출판콘텐츠센터)
판　　　매 ㈜소미미디어
마 케 팅 한민지 최정연 박종욱
물　　　류 허석용
전　　　화 편집부 (070)4164-3962, 3963 기획실 (02)567-3388
　　　　　　 판매 및 마케팅 (070)4165-6888, Fax (02)322-7665

ISBN 979-11-6507-863-8 04830
ISBN 979-11-6507-670-2 (세트)